Jack Vance
De Fox Valley Moorden

DE FOX VALLEY MOORDEN

JACK VANCE

VERZAMELD WERK **21**

John Holbrook Vance

Uitgegeven door Spatterlight, Amstelveen 2017
Oorspronkelijk verschenen als *The Fox Valley Murders,* Bobbs-Merrill,
Indianapolis 1966
Deze vertaling is conform de gerestaureerde tekst van de
Vance Integral Edition © 2017 Karin Langeveld

ISBN 978-1-61947-251-8

www.spatterlight.nl

JACK VANCE

DE FOX VALLEY MOORDEN

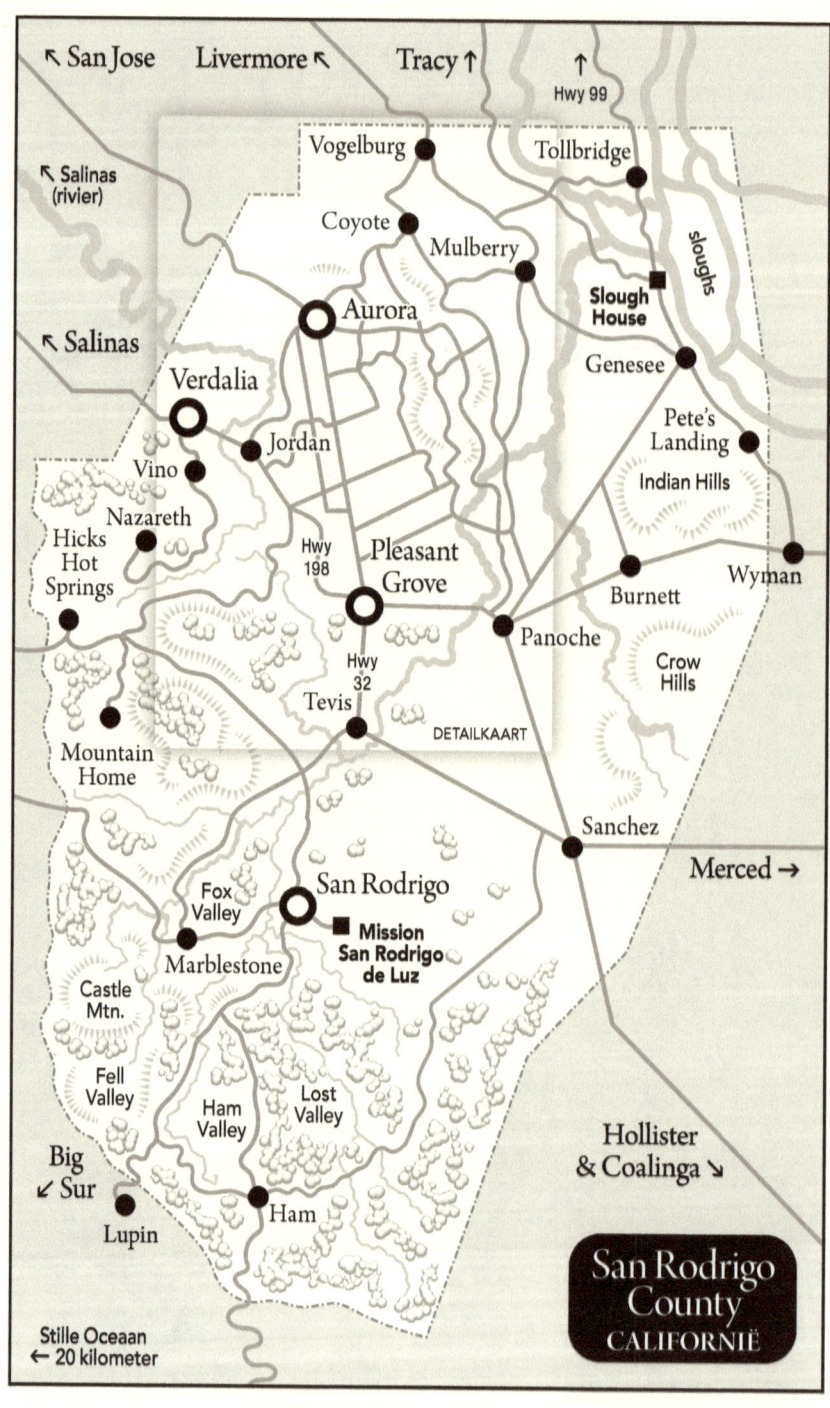

← San Jose   Livermore ↖   Tracy ↑   ↑ Hwy 99

↖ Salinas (rivier)

Vogelburg

Tollbridge

Coyote

Mulberry

Slough House

sloughs

↖ Salinas

Aurora

Genesee

Verdalia

Pete's Landing

Jordan

Indian Hills

Vino

Nazareth

Hicks Hot Springs

Hwy 198

Pleasant Grove

Panoche

Burnett

Wyman

Crow Hills

Hwy 32

Tevis

DETAILKAART

Mountain Home

Sanchez

Merced →

Fox Valley

San Rodrigo

■ Mission San Rodrigo de Luz

Marblestone

Castle Mtn.

Fell Valley

Ham Valley

Lost Valley

Hollister & Coalinga ↘

Big ↙ Sur

Ham

Lupin

Stille Oceaan ← 20 kilometer

San Rodrigo County CALIFORNIË

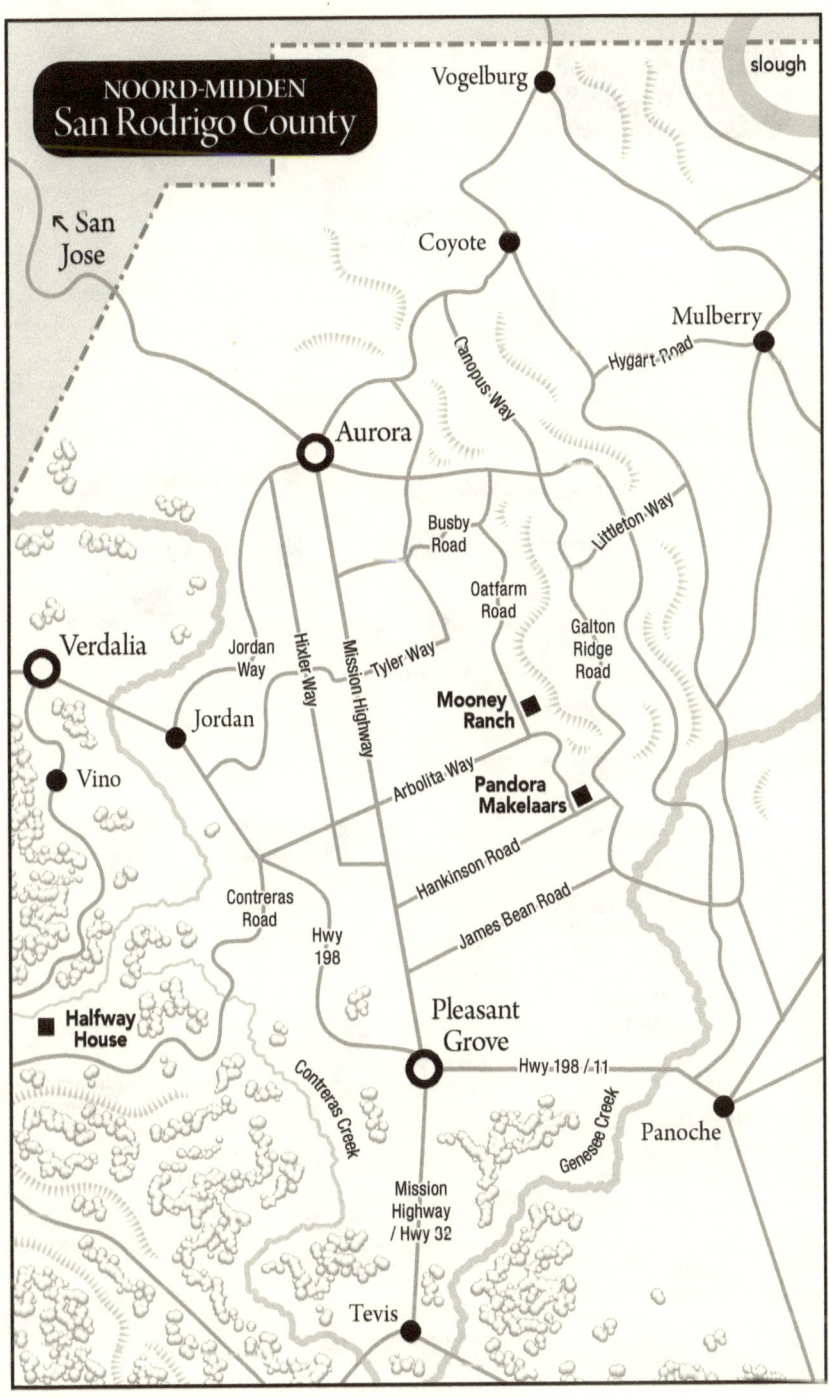

NOORD-MIDDEN
San Rodrigo County

slough

Vogelburg

↖ San Jose

Coyote

Mulberry

Hygart Road

Canopus Way

Aurora

Busby Road

Littleton Way

Oatfarm Road

Galton Ridge Road

Verdalia

Jordan Way

Hixler Way

Mission Highway

Tyler Way

Mooney Ranch

Jordan

Vino

Arbolita Way

Pandora Makelaars

Hankinson Road

Contreras Road

James Bean Road

Hwy 198

Halfway House

Contreras Creek

Pleasant Grove

Hwy 198 /-11

Genesee Creek

Panoche

Mission Highway / Hwy 32

Tevis

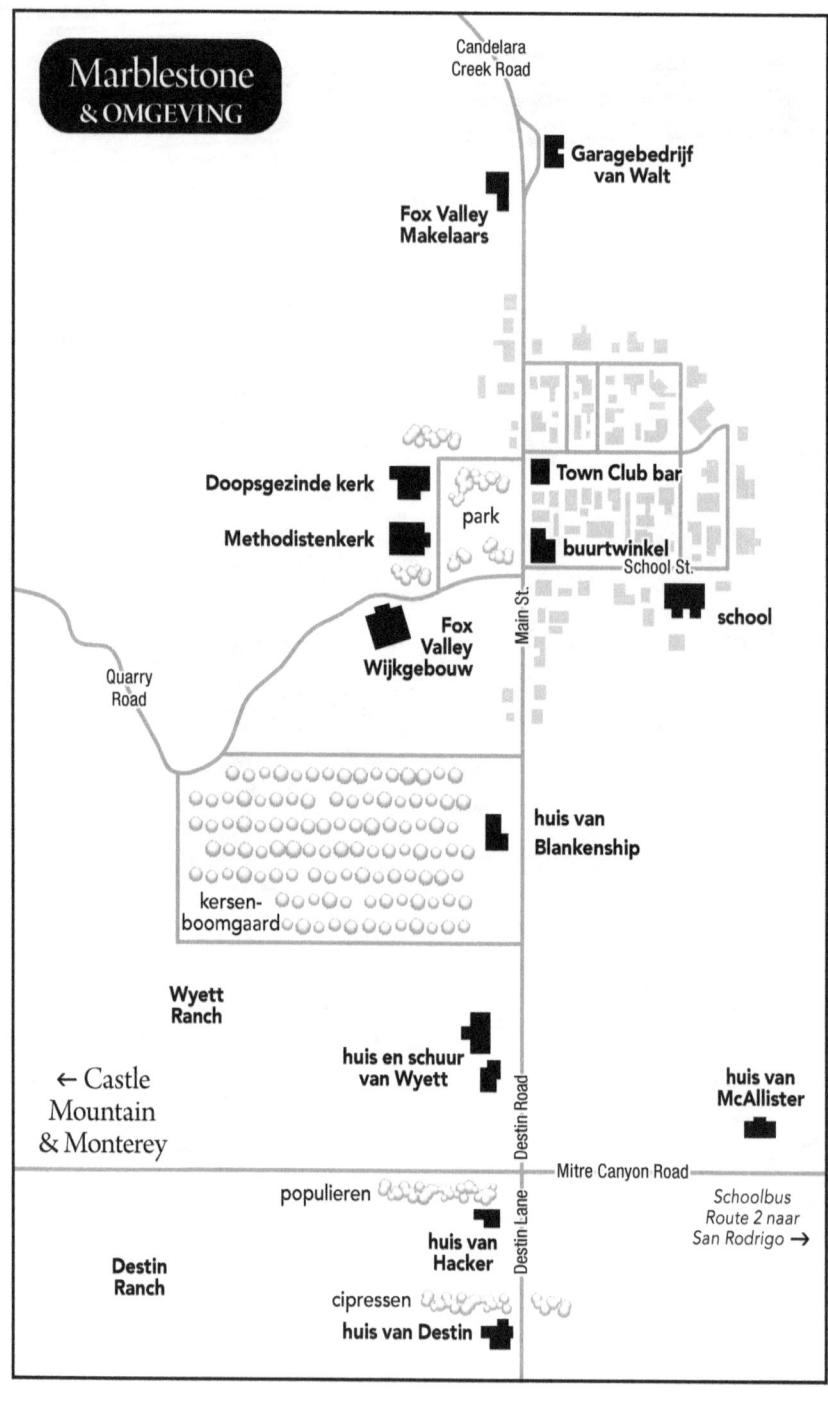

Marblestone
& OMGEVING

Candelara
Creek Road

Garagebedrijf
van Walt

Fox Valley
Makelaars

Doopsgezinde kerk

Methodistenkerk

park

Town Club bar

buurtwinkel

School St.

school

Main St.

Fox
Valley
Wijkgebouw

Quarry
Road

huis van
Blankenship

kersen-
boomgaard

Wyett
Ranch

← Castle
Mountain
& Monterey

huis en schuur
van Wyett

Destin Road

huis van
McAllister

Mitre Canyon Road

populieren

Destin Lane

Schoolbus
Route 2 naar
San Rodrigo →

huis van
Hacker

Destin
Ranch

cipressen

huis van Destin

HOOFDSTUK I

NET VOORDAT HIJ de rand van Marblestone bereikte sloeg Joe Bain af bij het benzinestation van zijn oude schoolkameraad Walt Hobius. Walt, die in zijn kantoor onderuithing met zijn krantje, schoot geschrokken overeind toen hij de zwart-witte patrouillewagen in het oog kreeg. Hij legde de krant opzij, stapte naar buiten en keek de auto in met een snelle, intense blik waarmee hij in één oogopslag alle belangrijke details in zich leek op te nemen. "Ha, die Joe. Ik dacht al, wat is die Cucchinello ineens afschuwelijk mager geworden."

"Cooch is er niet meer," zei Joe. "Eergisternacht gestorven. Ik ben plaatsvervangend sheriff. In ieder geval voorlopig."

"Verdomd," zei Walt op zachte, verwonderde toon. "Sheriff Joe Bain. Wel, wel, wel." En hij schudde langzaam zijn hoofd met de scepsis van iemand die zich verbijstert over de onbegrijpelijke kronkels van het lot. "Ik neem aan dat ik je zou moeten feliciteren."

Joe stapte de auto uit en keek omlaag naar het goudkleurige embleem waarop stond: *Sheriff, San Rodrigo County, Californië.* "Dank je. Niet dat ik de baan, of wat dan ook, wilde hebben ten koste van die ouwe Cooch."

"Zo gaan die dingen," sprak Walt met stellige overtuiging. "De een z'n dood is de ander z'n brood. Daar kun je niet omheen, zo is het leven."

"Ja, dat zal wel," zei Joe. "Wat is het laatste nieuws in de stad?"

Walt keerde zich om naar Joe en wierp hem een van zijn karakteristieke scherpe blikken toe, alsof hij achter zelfs de meest terloopse opmerking een diepere, belangrijkere betekenis verwachtte die hij voor zijn eigen gemoedsrust en in zijn eigen belang moest zien te ontdekken. "Niets bijzonders. Ausley Wyett is terug. Alle meisjes hebben kuisheidsgordels aangetrokken."

"Heb je hem gezien?"

Walt knikte kort en wrokkig. "Hij heeft een ouwe Jeep stationwagen op de kop getikt en komt hier tanken. Meer zie ik niet van hem, en meer wil ik ook niet van hem zien." Hoe meer Walt op het onderwerp inging, des te harder zijn ogen begonnen te schitteren. "Hij heeft nogal lef, dat hij hier überhaupt al durft terug te komen!"

"Ik neem aan dat hij heimwee had," zei Joe. "Zestien jaar is een beste tijd."

"Niet lang genoeg! Niet na wat Ausley heeft uitgevreten!"

Joe weigerde in te gaan op Walts vinnige uitgesproken mening. "Waar het om gaat is dat hij nu een vrij man is, wettelijk en op alle andere manieren. Het heeft geen zin om ouwe koeien uit de sloot te halen."

Walt hield zijn hoofd schuin. "En ik neem aan dat Ausley er ook zo over denkt?"

Joe haalde zijn schouders op. "Daar kan ik niets over zeggen."

"En dat is dan ook de reden dat hij water in de tank van Bus Hacker heeft gegoten?"

"Hè?" vroeg Joe. "Waar heb je het over?"

Walt wees naar een oude, bruine Plymouth sedan. "Daar staat hij. Zeker vier liter water in de tank. En nu kan ik dus proberen die tank leeg te krijgen, de benzineleiding door te blazen en de carburateur schoon te maken." Walts kleine, zachte mond trilde van kwaadheid.

"Als je het zo druk hebt kan ik maar beter verder gaan," zei Joe. "Maar nu ik erover nadenk: je zag er behoorlijk ontspannen en vredig uit toen ik aankwam."

Walt bromde chagrijnig: "Laat hem maar wachten, die ouwe zeikerd. Veeleisende kerel; hij heeft altijd wat."

"Dat is behoorlijk ondankbaar van je," zei Joe quasi-onschuldig. "Als je het mij vraagt ben jij je carrière als monteur begonnen met het sleutelen aan de ouwe Bus 2. Je hebt je hele zaak te danken aan Bus Hacker!"

Walt wierp hem nogmaals een scherpe blik toe en draaide zich toen om alsof de hele conversatie hem niet langer interesseerde. Hij mompelde: "Ik heb betere dingen te doen dan de rotzooi van Ausley op te ruimen."

"Heeft iemand Ausley op heterdaad betrapt?"

Walt gooide zijn handen in de lucht. "Wie anders zou een dergelijke stunt uithalen?"

"Maar waarom zou juist Ausley zoiets doen?"

"Wraak." Walt leek verbaasd dat Joe het nodig vond om het te vragen. "Wat zou het anders zijn?"

Joe staarde de weg af. Ausley gedroeg zich inderdaad vreemd, dat leed geen twijfel... Raar. Heel raar.

"Een heleboel mensen hier in de buurt zijn niet bepaald christelijk gestemd tegenover Ausley Wyett," ging Walt verder. "Ik zal je een tip geven. Je zou Ausley een groot genoegen doen als je hem ervan kon overtuigen om zijn hele hebben en houden te verkopen en te vertrekken."

"Je weet best dat het helemaal geen zin heeft om dat soort dingen te zeggen, Walt," antwoordde Joe op milde toon. "Ausley is een vrij man. Er is niets dat ik kan doen."

"Sommeer hem gewoon te vertrekken! Jij bent toch zeker de sheriff, niet dan?"

"Plaatsvervangend sheriff."

"Dat maakt niet uit. Ik zeg het je zoals het is. Ausley is niet populair in deze stad. Als hij hier blijft rondhangen alsof er nooit iets gebeurd is, dan zou hij weleens een akelig ongeluk kunnen krijgen. Dat is in ieder geval wat ik zo links en rechts heb opgevangen."

Joe liep terug naar de patrouillewagen. "Als je weer zoiets opvangt, zeg die kletsmajoors dan maar dat ze het maar beter bij praten kunnen houden; zo niet, dan zouden zij zelf nog weleens lelijk in de problemen kunnen raken."

Walt draaide zich om en beende met grote passen naar de smeerbrug. Joe stapte in. Vanaf de andere kant van het grindpad riep Walt hem nog na: "Het is voor zijn eigen bestwil!"

Joe startte de motor en reed de stad in.

Marblestone lag in het zuiden van de regio San Rodrigo, in de schaduw van het Kustgebergte. In het midden van de stad bevond zich een groot vierkant terrein met eucalyptusbomen dat simpelweg 'het Park' werd genoemd, omdat er een stuk of zes banken stonden, een paar oleanderstruiken, en een vervallen podium. Tegenover het park, aan de overkant van de Hoofdstraat, stond een rijtje winkels: Olins Drogisterij, de Town Club bar, het postkantoor, Kapsalon Ace en de buurtwinkel. Ten westen van het park bevonden zich de twee kerken van Marblestone: de Methodistenkerk die voornamelijk werd bezocht door de burgerij van Marblestone, en de Doopsgezinde kerk waar de bergbewoners de voorkeur aan gaven. Aan School Street stond de Fox Valley Basisschool; aan Quarry Road, net ten zuiden van het park, stond het Fox Valley buurthuis.

Joe Bain parkeerde voor de buurtwinkel en bleef even in de auto zitten. De stad was stil: een warme, zomerse stilte die door niets verstoord werd, nog geen stem of het brommen van een andere auto. Joe stapte uit en stond enige tijd stil op het asfalt van het trottoir, onder de massieve oude eikenboom die ondertussen bijna de status van monument had aangenomen. Er was niets veranderd. Zelfs het blauwe advertentieschild van EDGEWORTH PRUIMTABAK hing nog altijd aan de boom gespijkerd; de afgelopen jaren leken wel een aaneenschakeling van dromen. Joe keek Main Street af. Waar de straat de stad verliet ging hij over in Destin Street. Een halve kilometer verder naar het zuiden begon het witgeverfde hek van Charley Blankenships kersenboomgaard. Een rij populieren in de verte gaf aan waar zich de kruising bevond van Destin Street en Mitre Canyon Road. Op dit punt ging Destin Road over in Destin Lane, die uiteindelijk uitkwam bij het oude huis van de familie Destin. Door de populieren heen schemerde het witte huisje van Bus Hacker. In Joe's herinnering was alles veel verder weg, de lucht helderder, de bladeren een feller groen, het zonlicht een rijker goud — maar in feite was er niets veranderd. Zestien jaar geleden had Tissie McAllister, dertien-en-een-half jaar oud, over deze weg gelopen, op precies zo'n dag als deze. Ze was later dan anders omdat ze op school was gebleven om een scène van het eindejaarstoneelstuk te repeteren; er waren geen andere kinderen op de weg geweest.

Op die zonnige middag had Tissie McAllister niets om zich zorgen over te maken. Ze hield van haar ouders en zij hielden van haar. Haar haren waren glanzend goudbruin; ze had grijsgroene ogen met lange wimpers, een schattig wipneusje, een mond die altijd op het punt leek te staan om te grinniken. Ze was het mooiste meisje van de klas en werd zich elke dag meer bewust van haar eigen aantrekkelijkheid. Die dag droeg ze een groene plooirok met een witte bloes, witte schoenen en korte witte sokken. Rond haar linkerpols droeg ze een bedelarmband. Het nieuwste bedeltje was een miniatuur-zandloper met echt zand: een cadeautje van haar vriendje Tommy Hobius. De vorige zaterdag, op een feestje, had Tommy haar wel vijf keer gezoend. En nog wat meer na het feest. Tommy's oudere broer Walter had ook geprobeerd haar te zoenen, maar hij had bier gedronken en Tissie had hem vermeden, hoewel ze het wel opwindend vond dat ze zijn aandacht had weten te trekken. Walter had geen al te beste reputatie. Hij was een vriend van de nog veel beruchtere Joe Bain, de lange oproerkraaier uit Castle Mountain, die van huis was weggelopen en die nu in San Rodrigo woonde waar hij omging met Mexicanen en rondreizende fruitplukkers. Tissie had een heimelijke bewondering voor Joe Bain, die romantisch, wild en stoer was. Ze was ook een beetje verliefd op Cole Destin, die met haar zus May verloofd was. Cole was blond en fier, en reed in een blauwe cabriolet. Hij en May gingen samen overal heen en kwamen soms pas diep in de nacht thuis, en Tissie vroeg zich soms af wat die twee dan hadden uitgespookt. Volgens Tissie waren haar ouders veel te tolerant; maar Cole Destin was dan ook een hele goede vangst voor May, en iedereen, niet in het minst Cole Destin zelf, was zich daarvan bewust.

Nog een week school — daarna het eindejaarsfeest, en dan begon de lange, glorieuze zomer. Luie ochtenden, hangen in de hangmat, zwemmen in de oude steengroeve, lange periodes van avondschemering. En jongens. Vooral Tommy. Hij was een eerstejaars op San Rodrigo Highschool, waar Tissie volgend jaar ook heen zou gaan. Ze zou met schoolbus nummer 2 reizen, met Bus Hacker als chauffeur. Ze was liever met bus 1 gegaan, omdat Tommy, Walt en de andere kinderen van Marblestone die bus namen, maar dat was jammer genoeg niet mogelijk, omdat het nu eenmaal bus 2 was die langs haar huis reed.

Tissie liep langs de kersenboomgaard en meneer Blankenship, die op de veranda van zijn huis stond, richtte zijn uilige blik op haar. Tissie mocht meneer Blankenship niet; hij deed haar denken aan een grote witte made. Toch had ze heel wat van zijn kersen verorberd. Het was een gevaarlijke sport, aangezien meneer Blankenship een met hagel geladen jachtbuks bezat die hij van tijd tot tijd ook echt gebruikte. Hij had zelfs op zijn eigen neef Walt geschoten, en had daarmee een enorme familieruzie veroorzaakt.

Voorbij de boomgaard van Blankenship lag het bedrijf van de familie Wyett — plaatselijk bekend als de varkensboerderij. Arme, gekke Ausley. Hij was altijd lang en onhandig geweest, met sluik bruin haar, bobbelige knieën en polsen, en een goedaardig, misschien wat dommig, gezicht. Tissie's zus May kon Ausley niet uitstaan. Ooit was May tijdens een bal in het Community Center gedwongen geweest om te dansen met Ausley, die — volgens May — tijdens het dansen iets onbeschrijflijks had gedaan, zomaar midden op de dansvloer. May had geweigerd om precies te zeggen wat er gebeurd was en had de hele gebeurtenis uitgebeeld met een hele serie grimassen en huiveringen. Tissie had nooit helemaal begrepen wat Ausley nu precies misdaan had. Zelf vond ze Ausley eigenlijk best wel aardig. Als hij haar in de winkel tegenkwam kocht hij altijd snoepjes voor haar, of een ijswafel die Tissie dan natuurlijk wel moest aannemen, want het zou heel onbeleefd zijn als ze weigerde.

Het bedrijf van de familie Wyett was enorm groot; zeker een mijl breed langs de Mitre Canyon Road en ver naar achteren, de heuvels in. De oude marmergroeve met de poel waar de jongelui soms gingen zwemmen lag op het grondgebied van de Wyetts.

Het huis van de familie Wyett lag minstens vijftig meter van de straat: het was niet meer dan een soort van grote schuur van ongeverfde planken met een dak van asfaltpapier. Hier woonde Ausley met zijn halfkreupele vader die je zo af en toe kon zien rondhobbelen tussen het huis en de schuur en de varkensstallen. Tissie had vaak gedacht dat als zij de eigenaar was van het land van Wyett, dat ze dan het huis, de schuur en de stallen in brand zou steken, bomen zou planten op het hele terrein en dan een prachtig huis zou bouwen bij de marmergroeve. Degene die met Ausley zou trouwen zou een heleboel land bezitten, en misschien zouden ze wel rijk zijn, want het gerucht ging dat Jake Wyett, die een oude vrek was, behoorlijk wat geld had opgepot ergens... Het zou echter wel heel erg raar zijn om met Ausley getrouwd te zijn, bedacht Tissie. Ze speelde even met het idee, maar moest toen lachen om haar eigen onzinnige gedachten. Als zij de vrouw van Ausley Wyett was, zou ze Ausley niet binnenlaten in haar huis. Hij zou buiten moeten eten, onder de bomen, behalve dan op zijn verjaardag, met Kerstmis en met Thanksgiving: dan zou hij binnen mogen komen. Getrouwde mensen sliepen meestal in hetzelfde bed, en, bedacht Tissie, deden dat andere ook. In hetzelfde bed slapen als Ausley? Tissie rilde en lachte tegelijk. Nee, dank je feestelijk. Maar hij was wél aardig.

Toen ze langs de oprit liep kwam Ausley net de schuur uit. Toen hij haar zag maakte hij een paar rare bokkensprongen in de richting van de straat. "Hoi Tissie!"

Tissie stopte. Ze had eigenlijk geen zin om met Ausley te praten, maar haar ouders hadden haar geleerd om altijd beleefd te zijn. En bovendien was ze een meisje met een goed hart en vond ze het niet prettig om anderen te kwetsen. "Hoi Tissie," zei Ausley hijgend. "Zes jonge katjes. De moederkat is vorige week bevallen, en nu zit de hele schuur dus vol jonkies."

Tissie's interesse was gewekt. Ze was gek op jonge katjes, en de gedachte aan wat er waarschijnlijk met deze nieuwgeborenen zou gebeuren was helemaal niet prettig. "Ga je ze houden?"

"Nee. Ik ga ze verdrinken in de bak van de paarden. Pa zegt dat ik ze aan de varkens moet opvoeren."

"O, *Ausley*! Dat is afschuwelijk!" Tissie's hart verkrampte. "Die arme kleintjes."

Ausley grinnikte. "Ze zijn nergens goed voor. Maken een hoop herrie en vechten. De ouwe moest naar het ziekenhuis in Pleasant Grove, anders zouden ze al dood geweest zijn."

Tissie maakte zich een stuk minder druk over Jake Wyett dan over de katjes. "Waarom vraag je niet rond of iemand ze misschien wil hebben?"

"Jij mag ze hebben, hoor. Neem ze allemaal maar mee."

Tissie dacht na. Het roze puntje van haar tong stak tussen haar tanden door. Ausley hield zijn hoofd schuin en keek haar aandachtig aan, alsof hij haar op de een of andere manier beoordeelde. Tissie deed een stap naar achteren.

"Nou?" vroeg Ausley. "Wil je dat kleine ongedierte meenemen?"

"Ik weet het niet. Ik kan ze niet allemaal houden, dat vindt mijn moeder nooit goed."

"Waarom kies je dan niet de twee of drie leukste uit?"

Tissie aarzelde. "Waar zijn ze nu?"

"In de schuur."

"Nou — ik wil ze wel zien." Ze liep het hek door en wandelde met damesachtige, maar besliste stapjes in de richting van de schuur. De deuren waren open en hingen scheefgezakt aan hun roestige scharnieren. Tissie hoorde het geluid van een motor; ze draaide zich om in de donkere deuropening en zag Cole Destin voorbijkomen in zijn auto. "Cole!" Ze riep naar hem en wuifde, maar Cole leek haar niet te zien. Ze keek hem een ogenblik lang na. De schoolbus van San Rodrigo High kwam aangereden over Mitre Canyon Road, maar hij was nog ver weg.

Ausley liep de schuur in. Tissie volgde hem naar binnen. "Waar zijn ze?"

"Daar in de voerbak, samen met de moederpoes."

Tissie keek omlaag naar de kleintjes; sommige lagen te drinken, anderen kropen dicht tegen hun moeder aan of liepen op wankele pootjes om haar heen. Hun oogjes waren nog stevig gesloten.

Tissie zuchtte even en boog toen voorover. "O...Wat zijn ze schattig!"

Ausley stond achter haar. "Wil je ze hebben?"

"Ontzettend graag. Maar ze zijn nog te klein. Ik kan ze nu nog niet meenemen, dan zouden ze doodgaan. Kun je nog een paar dagen langer voor ze zorgen?" Ze keek Ausley met smekende blik aan.

"Nou, goed dan. Als ik mijn ouweheer uit de buurt kan houden. Dat gaat denk ik wel lukken. Hij komt pas over een paar dagen weer naar huis."

"Dankjewel, Ausley." Tissie draaide zich om en liep in de richting van de schuurdeuren.

Het medisch rapport dat tijdens de rechtszaak gepresenteerd werd kwam erop neer dat Teresa McAllister bruut verkracht was, zodanig dat ze was gaan bloeden. Het bloedverlies was niet de doodsoorzaak, hoewel het uiteindelijk wel tot haar dood geleid zou kunnen hebben. Maar Teresa McAllister was gewurgd met een stuk binddraad van een hooibaal.

Charles Blankenship verklaarde dat hij Teresa McAllister rond vier uur voor zijn huis langs had zien lopen. Ze was alleen geweest; ze was niet langs dezelfde weg teruggekomen. Enige tijd later — twintig minuten? een half uur? hij wist niet zeker hoelang precies — had hij een gil gehoord vanuit de richting van de schuur van de Wyetts. In eerste instantie schrok hij van het geluid, maar uiteindelijk had hij geconcludeerd dat hij een van de varkens van de Wyetts had horen krijsen.

Tijdens het kruisverhoor stelde de verdedigende advocaat hem de vraag: "Dus u hoorde een geluid en u nam aan dat het een krijsend varken was?"

BLANKENSHIP: Ik dacht dat het een schreeuw was.
ADVOCAAT: Dus toen u het hoorde dacht u eerst dat iemand schreeuwde?
BLANKENSHIP: Dat klopt.
ADVOCAAT: En wanneer besloot u dat het een krijsend varken was?
BLANKENSHIP: Meteen al. Ik bedoel dat ik gelijk daarna dacht dat het een varken moest zijn.
ADVOCAAT: Deze schreeuw kan dus gewoon van een varken afkomstig zijn geweest?
BLANKENSHIP: Nee, meneer. Als ik er nu aan terugdenk, dan kan ik me niet herinneren dat ik ooit een varken op die manier heb horen krijsen.

Cole Destin verklaarde dat hij een paar minuten na vieren langs het huis van de Wyetts gereden was en dat hij Ausley Wyett en Teresa McAllister in de richting van de schuur had zien lopen. Ze ging uit eigen vrije wil, er was niets dat erop wees dat ze gedwongen werd, want anders zou hij natuurlijk gestopt zijn en uit de auto gestapt zijn om in te grijpen. Hij had er nu spijt van dat hij dat niet had gedaan; hij zou de rest van zijn leven spijt hebben van zijn nalatigheid. De rechter verzocht de griffier om deze laatste opmerking uit het verslag te schrappen.

Bus Hacker kwam naar voren en werd ingezworen. Hij gaf zijn naam: Clarence J. Hacker; zijn adres: een huis op de hoek van de Destin Lane en de Mitre Canyon Road, gehuurd van Philip Destin; zijn beroep: gepensioneerd.

OPENBAAR AANKLAGER (*vragend*): Is het niet zo dat u de eigenaar bent van uw eigen bus, en dat u door het bestuur van het middelbare schooldistrict van San Rodrigo bent ingehuurd om leerlingen heen en weer te rijden tussen Marblestone en San Rodrigo?

HACKER (*strijdlustig*): Dat is half waar. Maar dat is bijverdienste voor mij, geen baan.

OPENBAAR AANKLAGER: Wat bedoelt u met 'half waar'?

HACKER: Er zijn twee bussen van en naar Marblestone. Bill Giacometti rijdt Route 1, langs Magnus Road. Ikzelf rijd Route 2. Ik ga over Mitre Canyon Road en dan rij ik via Bosco Road San Rodrigo in.

OPENBAAR AANKLAGER: Ik snap het. Kunt u zich de middag van 22 mei herinneren?

HACKER: Ik kan me die dag nog heel goed herinneren.

OPENBAAR AANKLAGER: U reed uw gebruikelijke route?

HACKER: Dat klopt.

OPENBAAR AANKLAGER: Wat is het eindpunt van uw route?

HACKER: De hoek van de Mitre Canyon Road en Destin Lane. Ik word tot daar betaald, dus ik rij tot daar.

OPENBAAR AANKLAGER: Er zijn leerlingen die verderop aan de Mitre Canyon Road wonen?

HACKER: Drie in totaal. De twee kinderen van Bazely en Henrietta Micklebarth. Het district hoeft pas voor vervoer te zorgen als er in totaal vijf leerlingen zijn.

OPENBAAR AANKLAGER: Wat gebeurde er precies op de middag van 22 mei?

HACKER: Wel, ik reed mijn gebruikelijke route, zette de kinderen af en reed de bus achteruit mijn oprit op. Ik had wat problemen met de motor — vastzittende kleppen; om u de waarheid te zeggen laat ik die motor op dit moment helemaal reviseren. Ik tilde de motorkap op om de distributiepunten na te kijken. Van waar ik stond kon ik de hele weg zien —

OPENBAAR AANKLAGER: Excuseert u mij voor de onderbreking, meneer Hacker, maar voor de duidelijkheid: kon u het huis van de Wyetts ook zien?

HACKER: Nee. De populieren op de hoek belemmerden mijn

uitzicht. Maar ik kon de kruising wel zien. En ik weet zeker dat Tissie McAllister daar niet langsgelopen is.

OPENBAAR AANKLAGER: Heeft u verder nog wel iemand gezien?

HACKER: Cole Destin reed voorbij in zijn auto.

OPENBAAR AANKLAGER: Reed hij in zuidelijke richting langs Destin Lane naar zijn huis?

HACKER: Nee. Hij sloeg af op Mitre Canyon Road, in westelijke richting.

OPENBAAR AANKLAGER: Was hij alleen?

HACKER: Voor zover ik kon zien.

OPENBAAR AANKLAGER: Begrepen. En is er verder nog iemand voorbijgekomen?

HACKER (*aarzelend*): Niet terwijl ik daar stond.

OPENBAAR AANKLAGER: Om precies te zijn, heeft u Teresa McAllister op enig moment gezien?

Op die vraag wierp Bus Hacker een kwaadaardige blik in de richting van de somber kijkende Ausley Wyett, die naar voren en naar achteren wiegde terwijl hij zijn knokkels liet kraken. "Ze is niet langs mij heen gelopen. Als Charley haar heeft gezien en —"

De verdedigende advocaat sprong op, maar de hamerslag van de rechter voorkwam dat hij zijn mond kon opendoen. "We hebben geen behoefte aan speculatie, meneer Hacker."

Later, in zijn afsluitende verklaring, legde de openbaar aanklager er de nadruk op dat

A. Cole Destin Tissie in de richting van de schuur had zien lopen in het gezelschap van Ausley Wyett.

B. Charles Blankenship Tissie voorbij had zien lopen en Cole Destin voorbij had zien rijden in zijn auto, en dat er verder niemand langsgekomen was.

C. Clarence Hacker alleen Cole Destin langs had zien komen en verder niemand.

Derhalve, zo verklaarde de openbaar aanklager, had niemand anders dan de beklaagde de gelegenheid gehad de misdaad te begaan.

Na een kruisverhoor dat niets opleverde maakte Bus Hacker plaats voor de volgende getuige à charge: Oliver Viera, een stevige vechtlustige jongeman van twintig jaar oud, met een lichtbruine huid en een flinke bos sluik, vettig haar. Hij zat stijf rechtop op de getuigenbank en beantwoordde alle vragen met een air van grote tegenzin.

OPENBAAR AANKLAGER: U zit — ik moet zeggen, zat — op dezelfde school als de beklaagde?

VIERA: Ja meneer. We zaten in dezelfde klas.

OPENBAAR AANKLAGER: Dus u kent de beklaagde goed?

VIERA: Mijn hele leven lang al.

OPENBAAR AANKLAGER: Dus u zou zeggen dat hij u als een goede vriend zou kunnen beschouwen?

ADVOCAAT: Bezwaar!

OPENBAAR AANKLAGER: Laat me het anders stellen… Heeft u Ausley Wyett gezien op de ochtend van 22 mei?

VIERA: Jawel.

OPENBAAR AANKLAGER: Wat vertelde hij u?

VIERA (*duidelijk gegeneerd, zonder Ausley Wyett aan te kijken*): Hij zei dat het zijn verjaardag was, dat hij nu eenentwintig was. Ik feliciteerde hem. Hij zei dat hij een heleboel gemist had in zijn leven: meisjes, auto's, feestjes, en dat hij het vanaf dit moment over een andere boeg zou gooien. En aangezien zijn vader er niet was, was hij van plan zichzelf een verjaardagscadeau te geven.

OPENBAAR AANKLAGER: Zei hij wat dat was?

VIERA: Nee.

OPENBAAR AANKLAGER: Welnu dan, meneer Viera, hebt u de beklaagde later die dag nog gezien?

VIERA: Dat klopt.

OPENBAAR AANKLAGER: Beschrijft u eens wat u precies zag?

VIERA: Wel, ik reed op de Mitre Canyon Road, in oostelijke richting. Het was tegen zonsondergang, misschien een beetje later. Er reed een auto langs me heen, behoorlijk hard, in de richting van Castle Mountain. Ik herkende de pick-up van Ausley en volgens mij zat hij achter het stuur. Ik reed verder in dezelfde richting. Op de hoek van Destin Lane zag ik meneer McAllister naast zijn auto op de straat staan.

Hij keek de weg af, in beide richtingen. Ik stopte en meneer McAllister vroeg me of ik Tissie had gezien. Ik zei van niet. Hij zei dat ze niet was thuisgekomen en dat de familie zich zorgen begon te maken. Hij zei ook dat iemand had gezien dat ze met Ausley Wyett had staan praten.

ADVOCAAT: Ik moet nu uiteindelijk toch bezwaar maken, edelachtbare. Dit hele gesprek is niets anders dan —

RECHTER: Bezwaar toegekend. De heer McAllister kan zelf verslag doen van zijn eigen woorden, meneer Viera. U hoeft alleen maar te vertellen wat u tegen hem gezegd hebt.

VIERA: Kan ik niet verklaren wat ik gehoord heb? Ik hoorde hoe meneer McAllister —

OPENBAAR AANKLAGER: U dient zich te beperken tot uw eigen woorden en daden. Een misverstand is namelijk nooit uitgesloten. De heer McAllister kan zijn eigen verklaring geven.

VIERA (*lacht*): Ik zei tegen meneer McAllister dat ik Ausley Wyett op de Mitre Canyon Road had zien rijden, en daarop ging de heer McAllister zelf ook Mitre Canyon Road op, in dezelfde richting. Ondertussen was ik te laat voor mijn avondopleiding, dus ik ben naar huis gegaan…

De vijfde getuige was Willis Neff, een man van dertig met een hard gezicht, een kort, breed lichaam met lange armen en schouders die zo breed waren dat de naden van zijn blauwe pak op barsten stonden. Hij had dik, geel haar en zijn ogen waren blauw als porselein. Gedurende zijn hele verklaring staarde hij naar Ausley Wyett, die ongemakkelijk grijnsde terwijl hij met zijn voeten schuifelde en uiteindelijk met gebogen schouders naar zijn handen zat te staren.

Neff verklaarde dat hij rond een uur of zeven op de avond van 22 mei een grijze Chevrolet pick-up had gezien die over de Mitre Canyon Road in westelijke richting reed. Korte tijd later was Paul McAllister gestopt. In antwoord op de vraag van McAllister had hij gezegd dat hij een grijze Chevrolet pick-up naar het westen had zien rijden. McAllister had uitgelegd waarom hij interesse had in de pick-up, en Neff, wiens oudste dochter Gertrude bij Tissie in de klas zat, was onmiddellijk naast McAllister in de auto gesprongen. Ze waren in het schemerdonker verder naar het westen gereden, waar de bergen nu donker afstaken tegen de lucht. Drie of vier kilometer verderop kwamen ze een auto tegen die in de tegenovergestelde richting reed, en ze hadden hem tegengehouden. De bestuurder had geen grijze Chevrolet pick-up gezien; McAllister en Neff hadden de auto gekeerd en waren langs dezelfde weg teruggereden. Bij de brug over de Candelara Creek liep een onverharde weg die eigenlijk niet veel meer was dan een karrenspoor in de richting van een braakliggend terrein; toen ze de weg met een zaklamp beschenen zagen ze verse bandensporen. Ze parkeerden de auto en gingen te voet verder. McAllister was inmiddels buiten zinnen van ongerustheid.

De kreek stroomde in de richting van een klein, door lisdodde overwoekerd weiland; de pick-up stond daar geparkeerd. Ze stopten om te luisteren en hoorden geluiden in de duisternis: gehijg en gepuf, zoals Neff het omschreef. Toen ze verder liepen zagen ze Ausley Wyett die bezig was om een graf te graven, met het lichaam van Tissie McAllister naast zich.

McAllister slaakte een kreet van afschuw en rende op hem af, terwijl Ausley Wyett met een misselijke grijns opkeek. Hij liep achteruit om het graf heen en McAllister, die niet meer kon stoppen, viel voorover in het gat. "Wacht even, jongens," zei Ausley. "Een momentje. Wees even redelijk, geef me even de kans om —"

Maar Neff had zich al op hem gestort. Ausley struikelde en Neff, om het maar in zijn eigen woorden te zeggen, "schopte hem helemaal verrot".

Ze bonden handen en voeten van de bewusteloze Ausley en gooiden hem in de laadbak van zijn eigen pick-up. McAllister droeg het lichaam van zijn dochter naar zijn auto. Ze reden naar Marblestone, alwaar ze Sheriff Ernest Cucchinello belden.

Sheriff Cucchinello werd naar voren geroepen. Hij verklaarde dat hij de schuur van de familie Wyett had doorzocht. Hij had een gescheurde onderbroek gevonden (waarvan later werd vastgesteld dat Tissie hem gedragen had) alsmede een aantal lappen doordrenkt met bloed.

Hiermee was de aanklacht afgerond, en de verdedigend advocaat, die al weinig vertrouwen in zijn eigen zaak leek te hebben, probeerde de jury nu te overtuigen van Ausley Wyetts kant van het verhaal. Ausley kon echter niet meer inbrengen dan zijn eigen bewering dat hij onschuldig was.

"Wat bedoelde je precies toen je Oliver Viera vertelde dat je jezelf ging trakteren op je verjaardag?"

"Ik ben gewoon naar Fritz gegaan en heb een grote biefstuk voor mezelf gekocht en een doos snoepgoed. Daarna ben ik naar de Town Club gegaan en heb een liter whisky voor mezelf gekocht. En meer bedoelde ik er niet mee."

Fritz Hunsacker, de eigenaar van de buurtwinkel van Marblestone, en Shorty Olson, de barman van de Town Club, bevestigden deze aankopen.

Ausley hield op stellige toon vol dat hij niets onoorbaars van plan was geweest toen hij Tissie McAllister mee de schuur in had genomen. "Ik wilde haar alleen maar de katjes laten zien; anders zouden ze verdronken worden."

"En wat gebeurde er nadat Tissie de katjes bekeken had?"

"Ik zei tegen haar dat ik snoep in huis had, en vroeg of ze ook iets wilde? Ze zei van niet en ging naar buiten, en ik ben de heuvel op gegaan om de koeien te halen. Dat was de laatste keer dat ik haar zag tot ik de schuur weer in kwam om de moederkat melk te geven en haar daar zag liggen."

"En hoe laat was dat?"

"Vlak voor zonsondergang."

"Dus ongeveer twee uur nadat je haar het laatst had gezien?"

"Zo ongeveer."

"En nu de volgende vraag. Heb je verder nog iemand anders gezien nadat je de schuur was uitgelopen?"

"Ik heb niet echt goed gekeken. Maar ik denk dat ik uit mijn ooghoeken wel iemand zag lopen, vanaf de hoek van Hacker in de richting van de stad. Meer kan ik niet zeggen. Ik heb geprobeerd te bedenken wie het geweest kon zijn, maar ik heb hem of haar maar heel kort gezien. Er was wel iemand. Maar ik weet niet wie."

"Heb je een auto over de weg zien aankomen?"

"Niet nadat Cole Destin voorbijkwam. Maar ik kon niet zoveel van de weg zien. Het huis zelf en het tankgebouw stonden in de weg."

"Je bent dus geschrokken, en daarna in paniek geraakt?"

"Dat kun je wel zeggen; ik raakte in paniek en deed het stomste wat ik had kunnen doen."

Gedurende het kruisverhoor zei de openbaar aanklager: "U heeft de getuigenissen van de getuigen voor de aanklager gehoord. Als u zo onschuldig bent als u beweert, door wie is Teresa McAllister dan volgens u verkracht en vermoord?"

"Ik heb geen idee," zei Ausley fronsend terwijl hij zijn hoofd schudde. "Tenzij er iemand op de weg was. Het enige dat ik zeker weet is dat iemand ergens iets achter houdt. Als ik hieruit kom, dan zorg ik dat ik erachter kom wat dat is."

De jury, tien mannen en twee vrouwen, deden er drie uur over om tot een oordeel te komen. Het enige punt van discussie was of Ausley Wyett al dan niet toerekeningsvatbaar was. Een van de vrouwen zei: "Het is algemeen bekend dat Ausley Wyett gestoord is en dat hij dat altijd al is geweest. Mijn neef kent een jongen die bij hem op school heeft gezeten en je wilt niet weten wat hij allemaal over Ausley Wyett gehoord heeft!"

Een van de mannen bromde: "Gestoord. Misschien wel. Maar een dolle hond is ook gestoord en een dolle hond wordt afgeschoten. Een kerel zoals hij is net zo nutteloos als een dolle hond."

De andere vrouw zei: "Ik geloof zeker dat de gemeenschap zichzelf moet beschermen, maar gestoorde mensen zijn ziek, en je kunt mensen niet dood maken alleen maar omdat ze ziek zijn. We zijn nog altijd geen barbaren."

De uitkomst van het beraad was 'Schuldig', en de voorzitter van de jury las een verklaring voor. "Wij geloven dat er een element van twijfel is over de toerekeningsvatbaarheid van Ausley Wyett, en stellen daarom voor dat hij niet ter dood veroordeeld moet worden."

De rechter nam de aanbeveling over en veroordeelde Ausley Wyett tot levenslang. Ausley glimlachte droevig en werd naar de gevangenis gebracht.

Joe Bain, die op dat moment zo zijn eigen problemen had, had niet al te veel meegekregen van alle omstandigheden rondom deze rechtszaak. Korte tijd nadat hij geslaagd was voor zijn eindexamen van de middelbare school was hij getrouwd met Lucy Martinez, de dochter van een inpakker, die op dat moment al een paar maanden zwanger was. Lucy, die levendig en nogal hyperactief was, en zeker niet de makkelijkste in de omgang, weigerde op de afgelegen ranch van de Bains te wonen. Joe verhuisde dus naar Verdalia en werkte daar twee jaar lang in de sla-teelt en de inpakschuren. Op een avond nam hij Lucy mee naar een dans in de IOOF Hall in Verdalia, met muziek van Lefty Harkins en zijn Oklahoma Ranch Boys. Lucy was onder de indruk van de betovering van de hele avond. Zo erg zelfs dat ze er twee dagen later vandoor ging met Gil Sears, de langbenige gitarist van de band. Toen Joe die dag uit zijn werk kwam trof hij zijn dochter Miranda aan, net negentien maanden oud, rechtopstaand in de box met een druipende luier, een lege fles, blijkbaar stilletjes berustend in de hele droevige toestand.

Joe bracht Miranda naar zijn moeder en ging het leger in. Hij vocht in Korea, sloot zich daarna aan bij de marechaussee en klom op tot sergeant.

Na zijn ontslag uit het leger gebruikte hij zijn ontslagvergoeding om een opleiding te volgen aan het Chapman Instituut voor de Criminologie in Noord-Hollywood. Tijdens een bezoek aan zijn moeder en Miranda in Pleasant Grove, waarheen ze verhuisd waren na de dood van Joe's vader, sprak hij met sheriff Cucchinello en nam een baan aan als hulpsheriff. En dat bleef hij tot de dood van sheriff Cucchinello.

Ongeveer een week voordat sheriff Cucchinello in het zwembad zou vallen, ging Joe zijn kantoor binnen om zijn beklag te doen over mevrouw Rostvolt, het hoofd van de administratie van het bureau. Joe was van mening dat mevrouw Rostvolts bazige en eigengereide houding inmiddels de spuigaten uit begon te lopen en hij wilde dat er nu paal en perk gesteld zou worden aan haar gedrag. Sheriff Cucchinello maakte sussende geluiden, bolde zijn wangen en richtte zich vervolgens vol aandacht op de post van die ochtend. Joe draaide zich om en wilde het kantoor uitlopen. Als hij en mevrouw Rostvolt straks slaande ruzie kregen en het liep uit de hand, dan kon de oude Cooch in ieder geval niet zeggen dat hij hem niet gewaarschuwd had… Sheriff Cucchinello keek op van de officieel uitziende brief die hij voor zich had. "Jij komt uit Marblestone, Joe. Herinner jij je Ausley Wyett nog?"

Joe knikte. "Ausley vergeet je niet zo snel."

Sheriff Cucchinello keek fronsend naar de brief. "Hij heeft zestien jaar gezeten. Puur mazzel dat hij niet in de elektrische stoel beland is. De jury dacht dat hij gestoord was."

"Hij heeft nooit echt veel gezond verstand gehad. Ik zou zelf niet zeggen dat hij gestoord was. Maar ik heb ook nooit gedacht dat hij gewelddadig zou kunnen zijn."

Sheriff Cucchinello leunde achterover in zijn grote zwarte leren bureaustoel. "Hij gaat weer in Marblestone wonen. Als je het mij vraagt, is dat duidelijk gestoord."

"Eén ding is zeker," zei Joe. "Hij zal niet met een fanfare verwelkomd worden."

Een week later was sheriff Ernest Cucchinello te gast op een feestje op zaterdagavond. Hoe het precies gebeurd was zou men nooit meer precies kunnen achterhalen, maar op de een of andere manier viel hij in het zwembad. Nadat hij op het droge gehesen was dronk hij een glas whisky om de kilte te verdrijven, maar het mocht niet baten. Sheriff Cucchinello liep een longontsteking op en overleed vier dagen later.

Het regionale bestuur kwam bijeen in Pleasant Grove, en stelde zonder enig omhaal hulpsheriff Joe Bain aan als waarnemend sheriff tot het einde van de termijn van Ernest Cucchinello — over iets minder dan drie maanden.

Joe was zesendertig jaar oud, ongeveer één meter tachtig, mager, pezig en sterk. Zijn haar was recht, dik en zwart; hij had smalle ogen en een gebroken neus, wat hem een uitstraling van een soort sombere slimheid verleende. Hij verzekerde zijn superieuren dat het corps met onverminderde efficiëntie zou blijven opereren, keerde terug naar het hoofdkantoor, trok zijn uniform uit en zijn dagelijkse kleren aan en streek neer in het kantoor waar Ernest Cucchinello de afgelopen twintig jaar in zijn stoel had gehangen, af en toe een dutje had gedaan, zijn sigaren had gerookt, whisky had gedronken, sportwedstrijden had bekeken op de aanwezige televisie, zich had vermaakt met zijn vrienden en zo af en toe een handtekening had gezet onder de papieren die mevrouw Rostvolt, de secretaresse, cipier van de vrouwelijke gevangenen, archiefbewaarster en macht achter de troon hem voorlegde.

Joe begon het bureau van Ernest Cucchinello leeg te halen en precies op dat moment verscheen mevrouw Rostvolt in de deuropening. Ze was veertig jaar oud, gezet en stevig ingeregen in een korset, met een uitdrukkingsloos gezicht, een goedverzorgd kapsel van stijve, roodbruine krullen en een mond als een cocktailkers. Daar zul je het hebben, dacht Joe — de eerste krachtmeting. Mevrouw Rostvolt sprak op vals vriendelijke toon: "Ik neem aan dat u nog steeds uw normale patrouille zult uitvoeren?"

"Goede hemel, nee," zei Joe. "U weet wel beter, mevrouw Rostvolt."

Mevrouw Rostvolt tuitte haar lippen. "We zijn enorm onderbemand. Ik heb het hele rooster al uitgewerkt, en het is voor mij geen enkele moeite om de zaak hier draaiende te houden. Ik neem aan dat het regiobestuur geen nieuwe krachten zal willen aanstellen voor niet meer dan twee of drie maanden." Mevrouw Rostvolt had het uiteraard over de komende verkiezingen, en de algemene overtuiging dat Lee Gervase, een energieke en progressieve jonge advocaat, afkomstig uit San Francisco, overtuigend en zonder enige tegenwerking gekozen zou worden.

"Het rooster is niet heilig," zei Joe. "Breng het maar hier en dan zal ik het aanpassen."

"Dat veroorzaakt alleen maar extra werk en verwarring," verklaarde mevrouw Rostvolt. "Het lijkt mij dat voor die twee maanden —"

"We doen het op mijn manier," zei Joe. Het was belangrijk om vanaf het begin streng op te treden tegen mevrouw Rostvolt, die onder Ernest Cucchinello min of meer haar eigen gang had kunnen gaan.

Mevrouw Rostvolt snoof. "Dus ik moet alles omgooien. Ik neem aan dat ik Bill Phillips wel kan verplaatsen van de ochtend, maar dan is er niemand op dinsdagochtend, want Wardell is met verlof en zijn vervanger is ook vrij."

"Ik draai wel een nieuw rooster in elkaar," zei Joe. "Voorlopig laten we het oude rooster zoals het is. Ik wil eerst dit kantoor leeg hebben zodat ik plek heb om te zitten."

Mevrouw Rostvolt trok een zuur mondje. "Na de verkiezingen moet ik toch alles weer overdoen. Ik dacht dat u alles wel gewoon met rust zou laten." Ze beende de hal door naar haar werkplek achter de balie. Mevrouw Rostvolt had er danig de pest in, dacht Joe. Welnu, ze zou moeten wennen aan veranderingen, want als Lee Gervase gekozen werd, en er stond hem momenteel niets in de weg, dan zouden er van alle kanten veranderingen op hen afkomen. Lee Gervase was een ambitieus man, en nieuwe bezems vegen schoon. Joe was helemaal niet zeker of hij zijn baan wel zou kunnen houden. Hij leunde achterover in de leren stoel van Cucchinello. Een sheriff verdiende twaalfduizend per jaar, en vanaf nu tot aan de verkiezingen zou hij dat salaris krijgen. Wat zou hij allemaal wel niet kunnen doen met een vast inkomen van twaalfduizend per jaar!...Joe kreeg ineens een heel nieuw idee. Hij speelde ermee in zijn hoofd, waarbij opwinding en twijfel elkaar afwisselden. Uiteindelijk sprong hij overeind, verliet het kantoor en liep naar het bureau van de griffie, op de tussenverdieping van het gerechtsgebouw.

Henry Rose, de regio-secretaris, was een gerimpeld mannetje met een nijdige geelwitte kuif. Joe stelde zijn vraag; Henry Rose beantwoordde hem op stellige toon. "Het gaat twee procent van twaalfduizend kosten. Dat zijn de leges: tweehonderdveertig dollar."

"Maar als ik de verkiezingen win krijg ik dat geld terug?"

"Nee, nee, meneertje. Dat is een vast bedrag. Dat geld ziet u nooit meer terug."

Joe nam een impulsief besluit. "Ik ga ervoor." Hij maakte aanstalten om een cheque te schrijven, maar Henry Rose stopte hem, rommelde even in een kast en trok een voorgedrukt formulier tevoorschijn. "Vul dit maar in. En zorg dat minstens vijfentwintig, maar niet meer dan dertig mensen hier tekenen. Dat zijn uw sponsoren."

"Prima." Joe vouwde het formulier op en stak het in zijn zak terwijl Henry Rose hem met openlijke nieuwsgierigheid aankeek. "Denkt u dat u Lee Gervase kunt verslaan?"

"Dat weet ik pas als ik het probeer."

"Hij is een goede kandidaat. Hij zal zeker stemmen trekken. Ik denk niet dat de oude Cooch hem had kunnen verslaan. Deze keer niet."

"Misschien niet." Even voelde Joe zich gedeprimeerd. Lee Gervase was een sterke tegenstander. Hij was welbespraakt, daadkrachtig, knap en gericht op vooruitgang. Die tweehonderdveertig dollar waren misschien weggegooid geld. Maar wie niet waagt, die niet wint.

Joe nam het formulier mee en ging terug naar het hoofdkantoor, waar hij zich met nieuwe bedachtzaamheid op zijn werkzaamheden stortte. Eruit ging Cucchinello's massieve leren stoel met de afdruk van zijn zware achterwerk, zijn lichaamsvocht, de geur van zijn sigaren; een draaistoel kwam erin. Eruit ging het grote notenhouten bureau met alle standaards, kalenders, motto's, munten, ornamenten en snuisterijen;

een simpel grijs metalen bureau kwam erin. Eruit gingen de foto's die
Cucchinello had gekoesterd: Sheriff Cucchinello die de Sla-Koningin
omhelsde, sheriff Cucchinello op een wit paard in de parade op vier
juli, sheriff Cucchinello met een prijswinnende vis op de werf van
Monterey, sheriff Cucchinello bij het ene na het andere banket. Al
deze en andere trofeeën, souvenirs en herinneringen liet Joe naar de
weduwe Cucchinello brengen.

Het kantoor zag er leeg uit. Joe Bain had niets dat de plaats kon inne-
men van alles wat zijn voorganger in twintig jaar bij elkaar gespaard
had, behalve dan zijn diploma van het Chapman Instituut voor de
Criminologie. Hij rolde het uit en prikte het op de muur, maar het zag
er belachelijk uit. Hij maakte het weer los en haalde een grote kaart van
de regio uit de hal. Dat zag er beter uit — dat zag er zelfs heel goed uit.

Hij bekeek de kaart aandachtig. San Rodrigo was rechthoekig, met
de lange as van het zuidwesten naar het noordoosten. Het kustgebergte
was de grens in het westen, en op één punt lag de grens minder dan
dertig kilometer van de kust van de Stille Oceaan. In het noordoosten
lagen moerassen en drassige rietvelden, in het zuidoosten rolden droge
heuvels omlaag naar de grote centrale vallei. De dichtstbijzijnde stad
van enig formaat was San Jose in het noorden, met San Francisco nog
eens vijfenzeventig kilometer verder. Pleasant Grove, de hoofdstad
van de regio, had een bevolking van 13.000 en was de grootste stad na
Aurora, met 15.000 inwoners; San Rodrigo was de derde, met 8.000. Zo
af en toe kwamen er toeristen naar het vervallen oude missiegebouw
van de Mission San Rodrigo de Luz, of naar het Sla-Festival van Aurora,
of naar de warme bronnen van Hicks Hot Springs Resort, of visten op
meerval in Genesee Slough, maar de grote noord-zuid verkeersaders
tussen San Francisco en Los Angeles, Highways 99 en 101, liepen aan
weerszijden precies langs deze regio. Joe vond Castle Mountain in het
zuidwesten van de regio. Hij traceerde de Mitre Canyon Road met zijn
vinger, en de smalle weg die dertig verraderlijke kilometers over de
berg naar Fell Valley leidde. Halverwege deze weg, in de schaduw van
Castle Mountain, was Joe Bain geboren en opgegroeid...

Hulpsheriff Frank Hubbard stak zin hoofd om de deur. "Hé, Joe, een
van de gevangenen wil je spreken: ouwe Scanlon."

Joe liep door de betonnen gang naar het cellenblok. Hij wendde zich tot Scanlon, een korte, dikke, grijze man van vijfenvijftig die tien maanden uitzat vanwege fraude met een cheque.

"Wat is het probleem, Scanlon?"

"Ik hoorde dat jij nu de baas bent."

"Dat klopt."

Scanlon hield het dienblad omhoog met daarop de lunch die voor de som van vijfenzeventig cent werd geleverd door het Bluebird Café. "Kijk eens wat een prut, sheriff. Ruik dat vlees eens."

Joe Bain bestudeerde het onsmakelijke prakje. "Het lijkt wel hondenkots."

Scanlon duwde het dienblad nog dichter naar hem toe. "Zeg mij eens, denkt u nu echt dat dit te vreten is?"

"Geen idee. Ik heb nog nooit hondenkots gegeten."

"Zelfs een gevangene heeft rechten," verklaarde Scanlon. "Ik heb me bij Cooch beklaagd, maar hij zei dat ik hier niet was voor een rustkuur. Nou, ik verwacht geen biefstuk voor mijn lunch, maar ik verdien het niet om hier dood te hongeren."

"Ik ga me niet druk maken over de dieetwensen van alle veelvraten hier." zei Joe Bain. "Maar ik stuur mevrouw Rostvolt wel naar je toe, dan kun je het met haar opnemen."

"Laat maar," zei Scanlon. "Dan verhonger ik wel in stilte."

Joe liep terug naar zijn kantoor. Hij bleef even staan, dacht na, en liep toen naar het kantoor achter de balie, aan de overkant van de gang. Hij kon net zo goed zelf alle rotklusjes opknappen die op zijn pad kwamen.

Achter de balie zat mevrouw Rostvolt. Achttien jaar geleden was ze in dienst getreden: een jonge vrouw met een zachte stem, een grote boezem en ogen die ze op een uitdagende manier wijd opensperde als ze direct werd aangesproken. De tijd was haar niet welgezind geweest. Haar ronde vormen waren nu niets meer of minder dan ordinair vet; de uitdagende oogopslag waarmee ze haar zin placht te krijgen was verdwenen en had plaatsgemaakt voor een arsenaal aan nijdige, starende, dwingende blikken. Joe zei beleefd: "Mevrouw Rostvolt, de eerste verandering die ik wil maken is het Bluebird Café. De rotzooi die die oplichters ons sturen zou ik nog niet aan een hyena willen voorzetten."

Mevrouw Rostvolt keek uit het raam. "Eten is duurder geworden. Voor vijfenzeventig cent kunnen ze niet echt veel bijzonders leveren."

"Waarom sturen ze dan niet gewoon dezelfde lunch als die ze handelsreizigers serveren? Die is ook maar vijfenzeventig cent."

"Ik zou het niet weten."

"Welnu, vanaf vandaag kunt u de maaltijden bij Rupe's Café bestellen."

Mevrouw Rostvolt zei niets en greep de telefoon. Joe ging terug naar zijn kantoor. Mevrouw Rostvolt kreeg waarschijnlijk minstens vijf dollar per week smeergeld van die leverancier, dacht Joe. Zelfs de gevangenen wisten dat. Mevrouw Renee Adams was de eigenaresse van de Bluebird; Rupert en Mary Rampold waren de uitbaters van Rupe's Café. Hij zou zeer zeker de stem van mevrouw Adams verliezen, dus hij kon maar beter zorgen dat Rupert en Mary wisten aan wie ze hun nieuwe klandizie te danken hadden.

Hij liep het bureau uit en stak Montalvo Square over. Hij ging Rupe's Café binnen en ging op een van de banken zitten. Rupe zelf kwam de keuken uit. "Gefeliciteerd met de nieuwe baan, Joe. Ik hoop dat het goed gaat voor je."

"Het nieuws gaat hier snel rond," zei Joe. "Ik weet het zelf pas twee uur. Tussen haakjes, heeft mevrouw Rostvolt al gebeld?"

"Nee," zei Rupe voorzichtig. "Wat is het probleem?"

"Ik wil de catering veranderen. Het Bluebird Café maakt er een rotzooi van. Ik wil dat jij en Mary de catering overnemen."

"Wel, wel," zei Rupe, nog voorzichtiger. "Dat is heel fijn. We zullen uiteraard ons best doen om aan je wens te voldoen."

"Het is heel eenvoudig. Vijftig cent voor het ontbijt, vijfenzeventig voor lunch en vijfenzeventig voor het avondeten. Ik wil dat jullie een redelijke winst maken en de rest van het geld besteden aan het voedsel. Begrepen? Geen cadeautjes, geen voordeeltjes. Gewoon een eerlijke maaltijd voor een eerlijke prijs."

"Dat hoor ik graag, sheriff. Ik weet zeker dat we goed werk kunnen leveren."

"Prima. Als iemand om voordeeltjes komt vragen, laat het me dan weten. Ik doe mee aan de verkiezingen in november en ik wil graag goed beginnen."

"Ik zal het zeker doorvertellen, Joe."

Toen Joe het bureau weer binnenliep ontdekte hij dat Charley Blankenship op hem zat te wachten.

HOOFDSTUK II

CHARLEY BLANKENSHIP WAS IEMAND op wie de tijd geen vat leek te hebben. Hij was een lange, bleke oude man met een gezicht als een paard, lange armen en benen, zacht grijs haar, waterige blauwe ogen en een rozige hanglip. Hij leidde het leven van een herenboer en bezat veertig hectare kersenboomgaard en een wit huis van twee verdiepingen aan Destin Road, ten zuiden van Marblestone. Joe Bain kende hem al zolang hij zich kon herinneren. In mei was het een favoriete bezigheid van de plaatselijke jeugd om te proberen de kersen van Blankenship te stelen. Joe herinnerde zich nog levendig hoe het bleke gezicht van Charley Blankenship tussen de rijen bomen doorgekeken had. Hij had heel vaak een geweer bij zich, geladen met hagel, en één keer had hij op zijn neef Walt Hobius geschoten. De meningen waren erover verdeeld of Charley wel of niet had geweten dat het Walt was. Walt zelf was ervan overtuigd dat Charley hem wel degelijk herkend had, maar Charley had dit tegenover Walts moeder Dora ten stelligste ontkend. De afgelopen tien jaar had Charley de veertig hectare boomgaard onderverhuurd aan een Japanse familie die de bomen in de kersentijd nog veel strenger bewaakte dan Charley zelf had gedaan.

Vandaag droeg hij een donkerbruine corduroybroek, zwarte schoenen met brede, ronde neuzen en een blauw spijkerjack.

"Hallo meneer Blankenship," zei Joe. "Wat kan ik voor u doen?"

Charley Blankenship staarde hem aan met een wantrouwende, opstandige blik. "Ik wil de sheriff spreken."

"Sheriff Cucchinello? Die is twee dagen geleden gestorven. Ik ben plaatsvervangend sheriff voor de rest van zijn termijn, en ik hoop dat dit permanent wordt na de komende verkiezingen."

"Ik begrijp het. Welnu —"

Joe lachte. "U herinnert zich mij niet meer. Ik ben Joe Bain. U heeft me een flink aantal keren verjaagd uit uw boomgaard."

Charley Blankenships verbazing was niet bepaald vleiend. "Jij bent Joe Bain?"

"Absoluut."

"Ik was er zonder meer vanuit gegaan dat jij uiteindelijk in de gevangenis zou belanden, afgaande op hoe je je vroeger placht te gedragen. Het kan raar lopen."

"Gaat u zitten, meneer Blankenship. Alles staat hier nog een beetje op zijn kop; let niet op de rommel. Wat kan ik voor u doen?"

Charley Blankenship liet zijn oude botten in een stoel zakken. "Ik neem aan dat je je Ausley Wyett nog kunt herinneren?"

"Hoe zou ik hem ooit kunnen vergeten?"

"Welnu, hij is een week geleden voorwaardelijk vrijgelaten. Wist u dat?"

"Sheriff Cucchinello heeft er iets over gezegd."

"Ik weet niet hoe dat soort dingen bepaald worden, maar het is niet anders. Hij is gewoon weer in zijn oude huis gaan wonen, zonder enige schaamte." Charley Blankenship schudde afkeurend het hoofd. "Na alles wat er gebeurd is, snap ik niet dat hij de gore moed heeft om zijn gezicht hier te vertonen."

"Ik kan niet anders zeggen dan dat hij dat recht heeft, als hij zich verder maar netjes gedraagt."

"Daar kan ik geen ja of nee op zeggen. Hoewel we nu dus buren zijn, en mijn vrouw heel vaak alleen thuis is." Charley Blankenship reikte met veel omhaal in zijn zak en trok een envelop tevoorschijn. "Dit is waarom ik hier ben."

Joe Bain trok de brief uit de envelop. Het was een goedkoop blaadje uit een schrijfblok. De boodschap was met een typemachine geschreven en getekend met een dun, spinachtig handschrift en een flamboyante krul aan het eind:

Geachte heer:
Ik ben nu uit de gevangenis, waar ik zestien lange jaren heb doorgebracht. Ik zou een boek kunnen schrijven over de

verschrikkingen waarvan ik getuige ben geweest. Hoe denkt u dit goed te kunnen maken? Ik wacht met grote interesse op uw antwoord.

Hoogachtend,
Ausley L. Wyett

Joe Bain tuitte zijn lippen; Blankenship staarde hem vol verwachting en verontwaardiging aan en barstte toen uit: "Kan er dan niets gedaan worden tegen dit soort streken? Dreigementen, afpersing?"

Joe antwoordde langzaam: "Hij heeft nergens mee gedreigd; hij heeft zijn naam onder de brief gezet. Het is misschien niet zo verstandig van hem, maar er is geen enkele wet die hem verbiedt u een brief te schrijven."

Blankenship keek hem met verbeten woede aan. "Maar de man is voorwaardelijk vrij! En het eerste dat hij doet is dit soort brieven schrijven!"

"Ik begrijp uw gevoelens, meneer Blankenship. Maar voor zover ik het kan beoordelen heeft hij de wet nergens overtreden. Hij heeft u een vraag gesteld: hoe u denkt hem te kunnen compenseren voor de jaren die hij in de gevangenis heeft gezeten? En ik neem niet aan dat u van plan was daar iets aan te gaan doen?"

"Om de dooie dood niet!"

"Als u wilt kunt u hem dat mededelen in een brief, en dan is de zaak verder afgedaan."

Charley Blankenship trilde van afschuw en onbegrip. "Wat een belachelijk voorstel. Ik kwam hier met de hoop dat de sheriff stappen zou ondernemen."

Joe vroeg zich af hoe Ernest Cucchinello gehandeld zou hebben. Waarschijnlijk zou hij zich nog verontwaardigder hebben opgesteld dan Charley Blankenship, hem gouden bergen beloofd hebben en had dan vervolgens de hele zaak van zich afgezet. Negen van de tien keer was dat alles wat er nodig was. Dus in het slechtste geval betekende dat negen stemmen voor Ernest Cucchinello en één voor zijn tegenstander. Joe realiseerde zich met spijt dat hij een aantal van Ernest Cucchinello's talenten miste. Hij wreef even over zijn kin. "Ik ben vergeten waar het om gaat. Waarom zou Ausley Wyett uitgerekend ú schrijven?"

"Ik was een van de getuigen tegen hem."

"Ik ga ervan uit dat u de waarheid heeft gesproken," zei Joe met een vragende blik naar Charley Blankenship.

"Zeer zeker. Ik heb gezworen de hele waarheid en niets meer dan de waarheid te spreken, in naam van God, en dat heb ik dus gedaan. Niets meer en niets minder."

"Hmm. Heeft u Ausley al gezien?"

"Alleen van een afstand. Hij is rondom het oude huis bezig geweest. Sinds de dood van Jack Wyett is het huis verhuurd geweest, en er is behoorlijk wat achterstallig onderhoud."

"Voor zover ik me kan herinneren is het nooit echt een modelwoning geweest. Wie waren de andere getuigen tijdens de rechtszaak? Was Cole Destin er ook niet bij betrokken?"

"Jazeker. Cole, Bus Hacker, en — laat me even nadenken — Oliver Viera en een man met de naam Willis Neff, die aan Mitre Canyon Road woont."

"Heeft iemand van hen ook een brief gekregen?"

"Dat zou ik niet weten."

Joe Bain pakte de telefoon en draaide het nummer van Oliver Viera's makelaardij en verzekeringsmaatschappij in Marblestone. Een mannenstem antwoordde: "Fox Valley Makelaars."

"Hallo, Oliver. Je spreekt met Joe Bain op het bureau van de sheriff."

"Joe!" Oliver Viera sprak op een toon van professionele hartelijkheid. "Leuk om weer eens van je te horen. Wat is er te vertellen?"

"Je hebt gehoord wat er met Cucchinello gebeurd is?"

"Ik hoorde dat hij is overleden. Het stond in de krant. Jammer. Die ouwe baas was behoorlijk populair. Niet dat hij ooit veel meer deed dan iedereen te vriend proberen te houden, maar blijkbaar vond men dat genoeg. Wie heeft er nu de leiding?"

"Ondergetekende."

"Jij!"

Joe onderdrukte een vage irritatie. "Het is maar tijdelijk, tot de verkiezingen. En wie weet wat er daarna gebeurt."

"Ben je van plan om je verkiesbaar te stellen?"

"Ik denk er nog over na. Ik kan de baan aan, maar ik weet niet of ik iedereen te vriend kan houden. Maar ik bel om een andere, vertrouwelijke reden."

"Laat maar horen. Ik heb niets te verbergen."

"Je weet dat Ausley Wyett is vrijgelaten."

Oliver klonk ineens op zijn hoede. "Jawel."

"Ik vroeg me af of je iets van hem gehoord hebt."

Oliver aarzelde. "Nou ja — niets van belang."

"Wat bedoel je?"

Oliver aarzelde nogmaals. "Ausley is voorwaardelijk vrij. Ik wil zijn kansen niet bederven. Ondanks alles."

"Dit is slechts een onofficiële vraag, alleen voor mijzelf."

"Wel — de waarheid is dat ik een briefje heb gekregen van Ausley. Ik heb er niets over gezegd, zelfs niet tegen Connie, want — nou ja, je kent Ausley. Altijd al een rare geweest. Ik had nooit het idee dat hij echt iemand kwaad wilde doen."

"Het meisje was anders wel morsdood."

"Ja. Arme kleine Tissie ... Het briefje zei zoiets als: ik heb zestien jaar in de gevangenis gezeten, en het was behoorlijk heftig, en hoe denk je het goed te kunnen maken? Ik begreep er niets van. Maar ik heb gewoon aangenomen dat dit weer een van die rare bokkensprongen van Ausley is, en ik heb het naast me neergelegd."

"Je hebt dus geen antwoord gestuurd?"

"Nee. Maar gisteren ben ik naar het oude huis van Wyett gereden, omdat ik me afvroeg of Ausley misschien van plan was het te koop te zetten. Weet je nog hoe hij vroeger altijd zijn hoofd schuin hield en met zijn ogen knipperde? Dat doet hij nog steeds. Nog altijd even gestoord. Ik vroeg hem op gekscherende toon wat hij bedoelde met dat briefje. Hij lachte en zei dat ik moest doen wat mij goed achtte. Ik zei dat ik dat zestien jaar geleden had gedaan. Ausley antwoordde dat het hem zestien jaar had gekost om over mijn goede bedoelingen heen te komen. Ik ben daar verder niet op ingegaan."

"Oké, Oliver, ontzettend bedankt." Joe hing op. Charley Blankenship leunde voorover: Joe leunde iets naar achteren om zijn verschraalde adem te vermijden. "Hij heeft dus ook een brief, hè?"

Joe Bain knikte. Hij dacht even na. "Ik moet toch richting Marblestone vanmiddag; misschien dat ik Ausley dan kan spreken." Hij stond op, maar Charley Blankenship keek hem met koppige domheid aan. Joe ging weer zitten. Nog zo'n probleem waar hij als hulpsheriff nooit mee te maken had gehad: hoe kun je een burger de deur uitzetten zonder zijn stem te verliezen. Cucchinello maakte zich nooit ergens druk om. Hij was bereid om urenlang met alle bezoekers te praten; misschien was dat wel wat er nodig was om gekozen te worden.

"Die rechtszaak is zestien jaar geleden," zei Blankenship nadenkend. "Maar het lijkt wel alsof het gisteren was. De tijd vliegt."

"U sprak over Bus Hacker. Rijdt hij nog altijd op de schoolbus?"

"Hij heeft het aan zijn hart, dus ze hebben hem gedwongen te stoppen." Charley Blankenship schudde even zijn hoofd in onwillige bewondering. "Anders zou hij zeker nog altijd op die bus zitten. Ouwe Bus is een koppige baas."

"Dat is hij altijd geweest. Uzelf, Bus Hacker, Cole Destin, Oliver Viera, en — wie nog meer?"

"Neff. En dan Tommy Hobius, die later is omgekomen in het buitenland. Hij was het vriendje van de kleine Tissie. En May Destin — toen nog May McAllister — was er ook als getuige, maar ik kan me niet herinneren dat ze naar voren is geroepen om een verklaring te geven."

Joe leunde achterover in zijn stoel en dacht terug aan voorbije jaren. "Ik heb May niet meer gezien sinds ik uit Marblestone ben weggegaan. Ze was een mooie meid. Net als Tissie, trouwens."

"We hadden hem moeten ophangen," zei Blankenship. "Dolle honden schieten we af, en dat moet er ook gebeuren met dit soort mensen. En nu is hij terug, alsof er niets gebeurd is." Blankenship keek hem woedend aan, met een uitgestoken onderlip. "Dat zou niet mogen gebeuren. En dan schrijft hij ook nog zo'n brief."

"Ik zal de zaak zeer zeker verder onderzoeken, meneer Blankenship. Daar ben ik voor. Maar als ik u was, zou ik me geen zorgen maken. Het is niets om u over op te winden."

Charley Blankenship keek hem aan met een blik die giftiger was dan Joe ooit achter zo'n verschraald en gerimpeld gezicht had kunnen vermoeden. Die stem ben ik kwijt, dacht hij geschrokken. Hij sprong overeind. "Ik zal de zaak zeer grondig onderzoeken, meneer Blankenship. En ik geloof heilig dat men het ijzer beter kan smeden vóór het heet is. Dan hoeft niemand zich te verbranden."

Blankenship hees zichzelf overeind. Hij zei op gegriefde toon: "Ik moet wel zeggen, als ik niet naar de sheriff kan komen met mijn problemen, waar moet ik dan heen?"

"U heeft volkomen gelijk, meneer Blankenship, absoluut. Ik zal zeer zeker mijn uiterste best doen voor u, nu en na de verkiezingen, als ik het red."

Charley Blankenship glimlachte ijzig. "Wie gaat het tegen je opnemen?"

Joe deed zijn best om enige geamuseerde zelfspot in zijn toon te leggen. "Iedere werkloze advocaat en voormalige voorman in de hele regio denkt erover."

"We hebben een goede vent nodig op deze plek, dat is een ding dat zeker is," zei Charley Blankenship nadrukkelijk. Hij wierp Joe een laatste veelbetekenende blik toe en vertrok.

Joe liep naar de balie. "Mevrouw Rostvolt, ik ga even weg, en waarschijnlijk blijf ik ook de rest van de middag weg."

Mevrouw Rostvolt knikte. Nog steeds beledigd, dacht Joe. Nou ja, het maakte verder niet uit. Als die ouwe trut hem niet als haar baas wilde hebben, dan kon ze ontslag nemen. Maar aan de andere kant, wie zou er dan de administratie moeten bijhouden? Het viel niet te ontkennen dat mevrouw Rostvolt ook haar nuttige kanten had.

Achter een glazen schuifdeur achterin het hoofdbureau bevond zich de meldkamer, waar een van de andere hulpsheriffs achter de zendapparatuur zat. 's Nachts werd dit gedaan door Ralph Stillman, die ook de nachtelijke gevangenisbewaker was. Op dit moment had hulpsheriff Fay Insley dienst. Joe keek even om de deur. "Ik ben even naar Marblestone."

"Prima, sheriff."

Joe liep de parkeerplaats op terwijl hij nadacht over de half-spottende manier waarop het woord 'sheriff' was uitgesproken. Niemand nam hem serieus, dacht hij neerslachtig. Waarschijnlijk straalde hij van nature geen autoriteit uit... Hij kwam tot de ontdekking dat hij uit de macht der gewoonte naar auto nummer 4 was gelopen, de auto die hij meestal voor zijn patrouilles gebruikte. Waar zat hij met zijn gedachten? Hij zou nooit sheriff kunnen worden als hij niet als een sheriff ging denken. Doelbewust stapte hij op auto nummer 1 af, een glanzende sedan van een nieuw model, met een gouden medaillon op de zijkant met het woord Sheriff erop.

"Ik kan er maar beter van genieten zolang het kan," zei Joe tegen zichzelf. "Want als ik mij verkiesbaar stel als sheriff en de verkiezingen verlies dan zal de winnaar me vast en zeker meteen ontslaan."

Hij reed de stad uit via State Highway 32, door het vlakke akkerland in de richting van het stadje Tevis, waar hij naar het westen ging. Via een oude houten brug stak hij de Genesee Creek over, die nu aan het eind van de zomer niet veel meer was dan een klein stroompje vol kikkers en met oevers die overgroeid waren met klitten, netels, vlier en wilg. De kreek stroomde naar het oosten, en werd daar bijna onopgemerkt steeds breder tot hij uiteindelijk Genesee Slough vormde, een moeras dat onderdeel was van een complex netwerk van rietvelden, moerassen, vijvers en beekjes die de rivier de Joaquin verbonden met de Sacramento, om uiteindelijk uit te komen in de Baai van San Francisco.

Het landschap veranderde. Massieve ronde eiken stonden verspreid in de hooivelden; links van hem rolden de beige heuvels naar het zuiden, tot aan de horizon. Vóór hem, gehuld in nevel, rees het Kustgebergte op, en daar, als een doffe grijze schaduw, stond Castle Mountain.

De heuvels kwamen op hem af; Joe draaide de Candelara Creek Road op. Langs de bermen groeiden misvormde sparren en vreemd verdraaide dennen, die gaandeweg donkerder en groter werden. De weg maakte een bocht rond een lage heuvel begroeid met dennen en ging Fox Valley in, om na iets minder dan een kilometer uit te komen bij Marblestone.

Aan de rand van de stad kwam hij bij een nogal vervallen uitziend benzinestation. Hij draaide de oprit op en reed naar de smeerbrug. Een donkere man met een adelaarsneus, ongeveer van zijn eigen leeftijd, zat op kantoor de krant te lezen. Dit was Walt Hobius, de aangetrouwde neef van Charley Blankenship. Walt was een centimeter of twee, drie korter dan Joe, net zo donker en mager, maar veel nerveuzer en intenser in zijn gedragingen. Hij had kleine zwarte krullen die Joe op de een of andere manier aan Napoleon deden denken. Zijn gezicht had brede jukbeenderen met holle wangen, alsof hij ze naar binnen gezogen had. De ogen waren rond, donkerbruin en altijd samengeknepen, alsof Walt zich onophoudelijk intens concentreerde op het een of ander. Hij had een adelaarsneus en een kleine, zachte mond die bijna paradoxaal afstak tegen de neus en de al even scherpe kin.

De twee mannen maakten een praatje, waarbij Walt de oude Plymouth van Bus Hacker aanwees waar door Ausley Wyett, zo beweerde Walt althans, uit wraak water in de tank gegoten was. Na enige tijd vertrok Joe en reed Marblestone binnen, waar hij voor de buurtwinkel van Fritz Hunsacker parkeerde.

HOOFDSTUK III

SHERIFF JOE BAIN STOND ONDER de eikenboom en keek Destin Road af. De wind bewoog de toppen van de populieren bij het huis van Hacker, zoals hij dat al jaren deed. Verderop, aan het eind van Destin Lane, rees een zwart scherm van Italiaanse cipressen op, waarachter alleen nog maar een glimp van het huis van de Destins zichtbaar was… Een GM pick-up parkeerde achter hem; twee vrouwen, duidelijk moeder en dochter, stapten uit en gingen de winkel in. De moeder was mager, pezig en bruusk, en leek ongeveer vijfenveertig. Haar grijsblonde haar hing omlaag in dunne krullen; ze droeg een nette blauw met witte katoenen jurk. De dochter was een jaar of drieëntwintig, vierentwintig, iets langer dan gemiddeld, soepel en gracieus. Haar gezicht was goud-bleek, met een kalme uitdrukking; haar ogen, die even opzij keken in de richting van Joe, waren blauw als de oceaan. Haar haren, dikker en dieper van kleur dan die van haar moeder, waren in een simpel model geknipt: kort aan de voorkant, iets langer opzij en van achteren. Ze droeg een witte blouse, een donkerblauwe spijkerrok en blauwe gymschoenen. Goeie hemel, dacht Joe, dat is een knap meisje. Wie zou dat kunnen zijn? Joe volgde hen de winkel in. De moeder keek hem zonder enig spoor van nieuwsgierigheid aan. De dochter bekeek hem vanuit haar ooghoeken met haar helderblauwe ogen.

Fritz zwaaide even. Hij was een man met korte beentjes, een rond gezicht, een kaal hoofd met een ring van wild springerig grijs haar. "Hallo daar, Joe! Ik hoorde dat de ouwe Cucchinello dood is. Wie heeft nu de leiding?"

"Ik," zei Joe. "Ze hebben mij met die eer opgezadeld."

"Krijg nou wat!" Hij sprak de beide vrouwen aan, die bezig waren hun boodschappen in een karretje te leggen. "Wat denkt u dáárvan? De grootste belhamel van de stad, en nu is hij sheriff. Hoe kun je zoiets bedenken?"

"Nog geen sheriff," zei Joe. "Alleen maar interim-sheriff. Kun je me voorstellen aan deze dames?"

"Natuurlijk. Dit is mevrouw Neff —"

"Mevrouw Willis Neff?" vroeg Joe.

"Dat klopt, mevrouw Willis Neff. En dit is mejuffrouw Ellie Neff, het mooiste meisje in kilometers omtrek. En dit is de heer Joe Bain, uit Castle Mountain, nu sheriff van San Rodrigo."

"In november staat mijn naam op de kieslijst," zei Joe, "en ik zou uw stem uiteraard enorm op prijs stellen."

Mevrouw Neff glimlachte enigszins onzeker en keerde zich om naar de schappen. Ellie keek hem lang en aandachtig aan, maar Joe kon niets opmaken uit haar blik.

Fritz richtte zijn aandacht op een andere klant. Joe liep naar de koeling, pakte een fles rootbeer die hij direct openmaakte en langzaam leegdronk.

De dames Neff rolden hun wagentje naar de kassa. Fritz sloeg hun boodschappen aan en pakte ze in een kartonnen doos. Op de balie stond een handgeschreven bord:

GROTE BAZAAR

LOPEND BUFFET

ORGANISATIE:
METHODISTENKERK—DOOPSGEZINDENKERK

Prijzen – BINGO – Prijzen
Gratis koffie
Toegang 25 cent

– Komt allen, komt allen –

ZATERDAG, 8 SEPTEMBER
8 UUR, FOX VALLEY BUURTHUIS

Fritz knikte nu in de richting van deze boodschap en vroeg: "Zijn de dames nog van plan te komen?"

"Jazeker," zei mevrouw Neff. "We zouden de kerkbazaar niet willen missen. Ellie heeft een stand."

"Dan moet ik zeer zeker komen kijken," zei Fritz. "En jij, Joe?"

"Ik denk dat ik het wel red," zei Joe. Hij stapte naar voren toen Ellie aanstalten maakte om de doos met boodschappen op te tillen. "Hier, laat mij dat dragen. Hij ziet er behoorlijk zwaar uit."

Ellie deed een stap naar achteren en Joe droeg de doos naar de pick-up. Toen opende hij met een galant gebaar de deur voor mevrouw Neff, die naar binnen hopte met de lenigheid van een mus. Ellie ging achter het stuur zitten en startte de motor. Joe maakte aanstalten om de deur dicht te doen, maar vroeg toen: "Is uw man thuis, mevrouw Neff? Ik zou hem graag even spreken als hij er is."

"Ja, hij is thuis."

"Misschien dat ik straks dan nog even langskom."

Joe ging de winkel weer binnen. "Vreemde mensen," zei hij tegen Fritz. "De vrouw gedraagt zich alsof ze bang is voor haar eigen schaduw." Hij gooide een dubbeltje op de toonbank. "Voor mijn rootbeer."

Fritz sloeg het dubbeltje aan op zijn kassa. "Ze heeft nooit veel te zeggen. Ze zijn nogal op zichzelf."

"Het meisje is wel heel erg knap. Is ze verloofd, of iets in de richting?"

"Nee. Haar vader jaagt iedereen weg. De beste manier om een trap tegen je kont te krijgen: Ellie het hof maken. Bob Richards heeft het geprobeerd. Neff zei dat hij moest ophoepelen. Bob heeft geprobeerd haar na de kerk mee uit te vragen. Neff stopte hem midden op straat en zei dat hij uit haar buurt moest blijven. Walt Hobius heeft het geprobeerd: hij is twee keer langsgegaan. Neff bromde en kuchte wat en vertelde hem uiteindelijk dat hij niet wilde dat iemand zijn dochter lastigviel als hij geen serieuze bedoelingen had. Walt zei dat hij niet kon weten hoe serieus zijn bedoelingen waren tot hij een kans had haar beter te leren kennen. Het ene woord haalde het andere uit, en Neff gaf Walt flink op zijn donder. Een werkstudent die voor de telefoonmaatschappij werkte probeerde iets. Neff leerde hem weer bidden. Laat eens kijken, wie nog meer? Herman Jacobs, uit Fell Valley, gaf Neff nogal een grote mond. Neff sloeg hem naar de overkant van Main Street."

"Dus dat arme kind gaat nooit uit."

"Alleen naar de kerk, en boodschappen doen zoals vandaag.

Neff is een echt ouderwets vuurspuwend lid van de Doopsgezinde gemeenschap."

"Er zijn rare mensen in de wereld."

"Daar spreek je een waar woord." Fritz liep naar de koeling, pakte twee blikjes bier, trok ze open en gaf er een aan Joe. "Op de goeie ouwe tijd. Niet dat het toen zoveel beter was, maar we waren zoveel jonger!"

"Soms voel ik me honderd," zei Joe. Hij nam een slok uit het blikje. "Wat is het laatste nieuws hier in de stad?"

"Van alles en nog wat. Millie Hacker is afgelopen herfst overleden, maar ik neem aan dat je dat al wist."

"Nee. Ik hoor het voor het eerst. Dus ouwe Bus is nu alleen?"

Fritz knikte. "Hij komt niet veel meer buiten. Slecht hart of iets van dien aard. Ik weet niet hoe hij aan zijn geld komt. Pensioen uit het leger, neem ik aan. Hij hoeft van Cole Destin geen huur te betalen, en hij geeft hem zoveel melk als hij nodig heeft."

"Cole kan het zich veroorloven. Hoeveel koeien heeft hij inmiddels?"

"Zeven- of achthonderd, denk ik. Misschien wel meer. Hij heeft een heleboel weidegrond langs Mission Road gekocht in de afgelopen jaren, maar hij verhuurt het allemaal aan die Jappen."

"Die zullen beter werk leveren dan de gemiddelde blanke."

"Het zijn harde werkers, da's een ding dat zeker is."

Joe dronk zijn laatste slok bier. "Ik hoorde dat Ausley Wyett weer terug is."

"Ja, in levenden lijve. Hij is een keer of twee, drie in de winkel geweest. Alsof er niets gebeurd is."

"Hij heeft meer lef dan ik zou hebben," zei Joe. "Nou, ik kan maar beter gaan. Waar moet ik heen als ik Willis Neff wil spreken?"

"Hij woont aan Mitre Canyon Road, een kilometer of zes, zeven vanaf hier. Zijn brievenbus staat aan de straat."

Joe reed in zuidelijke richting langs Destin Road en ging toen in westelijke richting Mitre Canyon Road op. De heuvels waren hier steil; onder de grote groepen sequoiabomen en dennen was de schaduw vochtig en donker.

Zes kilometer verderop kwam Joe bij een wit huis omgeven door een tuin vol met felgekleurde stokrozen. Rechts achter het huis stond een witgekalkte schuur, een lange, lage koeienstal, een melkkelder met een laadperron om melkbussen op te laden en een kippenhok. Joe reed de oprit op. Een man, duidelijk Neff, stond naast het laadperron te werken. Neff keek op en ging verder met zijn werk. Joe stapte uit en een zwart met witte hond kwam blaffend op hem af. Neff riep iets naar de hond en zijn extreem lichtblauwe ogen onderwierpen Joe aan een snelle, koele inspectie.

"Meneer Neff?" vroeg Joe op beleefde toon.

Neff knikte.

"Ik ben sheriff Joe Bain. Plaatsvervangend sheriff moet ik zeggen, tot de verkiezingen."

"Hoe maakt u het. Ik zal u niet de hand schudden — ik zit vol smeer." Neff werkte aan een elektromotor waarin hij nieuwe borstels aan het installeren was. "Bain, zegt u? Er waren vroeger Bains in Castle Mountain. Blacky Bain heette die man. Neergestoken in een Mexicaanse biljartzaal, heb ik horen zeggen."

Joe knikte. "Dat was mijn vader."

"Nou, wat zeg je daarvan." Neff legde zijn schroevendraaier neer en veegde zijn handen af aan een poetsdoek. "Wat brengt u hier, sheriff?"

"Ik kom om twee redenen. Ik zal beginnen met de persoonlijke reden. Ik wil mij in november verkiesbaar stellen en ik zou uw stem zeer op prijs stellen. Ik denk dat ik de baan goed aankan. Ik ken deze regio vanbinnen en vanbuiten, en ik ben van plan om het corps netjes en efficiënt te leiden."

"Ik zal er zeker over nadenken."

"De tweede reden is absoluut niet officieel — ik heb eigenlijk geen recht om deze vraag te stellen."

Neffs ogen leken zo mogelijk nog koeler blauw te worden. "Waar gaat het precies om?"

"U weet dat Ausley Wyett voorwaardelijk is vrijgelaten?"

"Dat weet ik."

"Mijn vraag is, heeft u misschien een brief van hem gekregen?"

Neff knikte. "Jazeker. Vraag me niet wat erin stond. Ik zal Wyett zelf persoonlijk nog wel aanspreken over die brief." Hij boog zich weer over de motor.

Joe keek naar hem. Een kille man; een harde, gepassioneerde man. "Welnu, het is uw zaak," zei Joe. "Maar voor mijn eigen, onofficiële informatie, kunt u mij zeggen of het zoiets was als: 'Beste meneer Neff: zestien jaar is een lange tijd om in de gevangenis door te brengen; hoe bent u van plan om mij hiervoor te compenseren?'"

Neff zei niets.

Joe haalde zijn schouders op. "Welnu, meneer Neff, het is uw zaak. Maar voordat u iets doet waar u spijt van kunt krijgen, wilde ik u mededelen dat er anderen zijn die dezelfde brief hebben ontvangen."

Op milde toon zei Neff: "Als je het mij vraagt zijn die brieven tegen de voorwaarden van zijn voorwaardelijke vrijlating. Hij zou volgens mij terug de gevangenis in moeten hiervoor."

Joe lachte. "Kom nu, meneer Neff. Wat heeft hij nu precies gedaan? De brieven zijn niet dreigend. Ze zijn niet eens anoniem."

"Ik maak me geen zorgen. Eén verkeerd woord van Ausley Wyett…" Neff klemde zijn brede kaken opeen en draaide zich om naar de motor.

"Welnu, meneer Neff, ik zou als ik u was mijn gevoelens niet te hoog laten oplopen. Het is niet —"

Neff richtte langzaam zijn hoofd op en keek Joe aan met een blik als van een basilisk. "Als ik advies nodig heb, sheriff, dan zal ik er zeker om vragen."

Joe weigerde om zich te laten intimideren. Hij draaide zich om en keek het erf over. "U heeft hier een mooi bedrijf."

"Een van de beste in de omtrek," zei Neff op neutrale toon. "Het spijt me, maar ik moet nu toch echt deze motor terug zien te zetten in de separator voordat het tijd is om te melken."

Joe reed terug langs Mitre Canyon Road. Van alle getuigen tegen Ausley Wyett hoefde hij nu alleen nog Bus Hacker en Cole Destin te spreken.

Op het moment dat hij op de kruising van Mitre Canyon Road en Destin Lane aankwam zag Joe een man met een vastberaden, bijna nijdige pas aan komen stampen. Hij stak het kruispunt over, en Joe zag dat het Bus Hacker was.

Joe draaide Destin Lane in en stopte naast het hoge witte spijlenhek. Bus Hacker was al door het hek gelopen en liep over het tegelpad naar zijn veranda.

Joe riep: "Meneer Hacker!" Bus draaide zich nijdig om. Hij was een kleine man met de bouw van een buldog, met wallen onder zijn ogen en hangwangen. Hij droeg een vieze grijze broek, een steenrood over-hemd en een donkerblauwe baseballpet waar slordige sprieten grijs haar onderuit staken. Zijn gezicht zat vol vlekken en hij zag er oud, vermoeid en boos uit.

Joe duwde het hek open en stapte de verwaarloosde tuin binnen die ooit de trots van Millie Hacker was geweest. "Hallo meneer Hacker. Kent u me nog? Ik ben Joe Bain."

Bus Hacker staarde hem wantrouwend aan. "Joe Bain, hè? Wat moet je van me?" Zijn stem was geïrriteerd en opstandig. Toen verhardde zijn blik zich. "Heb jij mij gevraagd om je in de stad te ontmoeten?"

"Nee," zei Joe, "absoluut niet."

"Nou, het is anders wel een verdraaid rare toestand. Om dat soort geintjes uit te halen met een ouwe, zieke man. Dit is al de tweede keer. Ik vind het ronduit een schande. Eerst gooit iemand water in mijn benzine-tank zodat ik mijn hele accu leeg heb gestart. Wat vind je daarvan?" Hij keek Joe uitdagend aan.

"Dat is een gemene streek," zei Joe. "Heeft u enig idee wie het gedaan heeft?"

"Nee, dat heb ik niet. Als ik het wist, zou ik hem in de gevangenis la-ten smijten. En die nietsnut van een Walt Hobius houdt me ook al aan het lijntje en poeiert me steeds af, dus ik ben voor niets helemaal naar de stad gelopen en weer terug. Wie vindt zoiets nou grappig?"

"Ik kan het me niet voorstellen, meneer Hacker."

"Ik zeg je, ik ben er behoorlijk nijdig over. Ik heb al genoeg aan mijn hoofd met mijn gezondheidsproblemen."

"Wat is er precies gebeurd, dan?"

"Iemand belde me op en zei dat er een belangrijke brief van de over-heid op het postkantoor lag en dat ik daarvoor moest tekenen. En toen ik daar aankwam wisten ze van geen brief. Wat zeg je daarvan?"

"Ik zou zeggen dat dat een gemene rotstreek is."

"Dat zou ik ook zeggen. Kwam je voor iets bijzonders? Ik ben moe en ik moet rusten."

"Dan maak ik het kort. Ik vroeg me af of u Ausley Wyett heeft gespro-ken sinds hij terug is."

"Dat heb ik niet. En dat was ik ook niet van plan." Bus Hackers lip trilde van verontwaardiging. "Een vent als hij…"

"Heeft u misschien een brief van hem ontvangen?"

"Van Ausley Wyett? Niet dat ik weet. Ik heb mijn post nog niet geopend. Ik zag alleen maar rekeningen en advertentieblaadjes. Vorige week probeerde iemand me danslessen aan te smeren."

"Zou u, om mij een plezier te doen, nu misschien uw post willen bekijken?"

"Ausley Wyett heeft geen enkele reden om mij te schrijven. Ik wil niks met hem te maken hebben. Als hij wist wat goed voor hem was, dan was hij wel in de gevangenis gebleven."

Joe fronste. "Hoe bedoelt u dat?"

"Het gaat je niks aan wat ik daarmee bedoel. En waarom ben je eigenlijk zo geïnteresseerd? Wie zei je ook weer dat je was?"

"Ik ben de sheriff."

"Ik dacht dat je zei dat je Joe Bain was."

"Ik ben plaatsvervangend sheriff Joe Bain."

Bus Hacker schudde zijn hoofd, bitter en misprijzend. "Er gebeuren akelige dingen hier in de buurt. Een of andere gemene schurk wil me ziek hebben en ik wil dat het ophoudt."

"Ik ga zeker mijn best doen, meneer Hacker. Hoe zit het met die brief?"

Bus Hacker gromde iets en draaide zich om, en keek de trap op alsof het een hele uitdaging was. "Nou, ik ga nu naar binnen. Misschien heb ik wel een brief gekregen."

Hij veegde gewoontegetrouw zijn voeten af op een stalen rooster — Millie Hacker stond tijdens haar leven bekend om haar properheid — en begon met veel omhaal de treden te beklimmen. Op de veranda stond hij even stil om uit te hijgen, om vervolgens zijn voeten nogmaals te vegen op een ander stalen rooster. Hij stak zijn hand in zijn zak en trok daar een enorme sleutelbos uit. Terwijl hij naar de juiste sleutel zocht zei hij: "Deze trap lijkt elke dag steiler en hoger te worden. Zodra ik me weer beter voel ga ik de boel weer opknappen. Een terras aanleggen en een barbecue bouwen. Het kan me niet schelen wat het kost." Hij deed de hordeur open, stak de sleutel in het slot en viel voorover. Zijn lichaam schokte en hij viel opzij; Joe sprong naar voren om hem op te vangen, maar hij was te laat: Bus Hacker rolde van het trapje af, landde op zijn nek zodat zijn baseballpet van zijn hoofd viel. Daar bleef hij liggen, hijgend en naar adem snakkend, zijn gezicht alarmerend rood als een watermeloen. Hij maakte een vage beweging met zijn ene hand, hoestte; zijn lippen bewogen. Joe boog zich voorover.

"O, Lieve Heer," fluisterde Bus Hacker, "ik smeek u om genade... Machtige Heer..." Joe boog zich nog verder voorover. Bus Hackers tong maakte sputterende klikgeluidjes. "...Jaren en jaren in dit huis... Brief op de post... Niets dat ik zeker wist... Lieve Heer..." Hij zuchtte. Zijn oogleden knipperden, en daaronder waren streepjes gelig oogwit zichtbaar.

Hoofdstuk IV

SHERIFF JOE BAIN KNIELDE NEER in de warme middagzon. Hij zocht naar een hartslag, maar vond niets. De zon scheen genadeloos neer op de tuin: bijen zoemden rondom de stokrozen; kleine fruitvliegjes hingen in de lucht en flitsten heen en weer.

Joe liep naar het hek en keek de straat af. Er was niemand te zien. Hij liep terug over het natuurstenen pad, stapte over het lijk en klom de veranda op. De sleutels hingen nog in het slot. Joe opende de hordeur, draaide de sleutel om, duwde voorzichtig de voordeur open en keek de huiskamer in. De rolgordijnen waren gesloten en gloeiden geel in het zonlicht. De lucht was warm en bedompt; er hing een onaangename lucht van stof, vieze kleren en bedorven etensresten. Joe liep naar de telefoon en belde Dr. Hesketh, de regionale lijkschouwer. Toen ging hij midden in de kamer staan en keek om zich heen. Er stonden overal snuisterijen die allemaal bedekt waren met een uniform dikke laag stof. In een hoek van de kamer stond Bus Hackers kluis, een zware, stalen doos van ongeveer zestig centimeter hoog. Er lag een versleten rood oosters tapijt op de vloer; het bankstel was bekleed met felgroene stof. Op de bank lag een felgekleurde Mexicaanse *serape*. Op de schoorsteenmantel vond Joe de brief, die geopend was. De inhoud was als volgt:

Geachte heer:
   Ik ben nu uit de gevangenis, waar ik zestien lange jaren heb doorgebracht...

Joe stak de brief in zijn zak en ging weer naar buiten, de veranda op. Het lichaam lag nog altijd in dezelfde, grotesk uitziende bundel. De aanblik gaf Joe een ongemakkelijk gevoel. Er hing iets kwaadaardigs in de lucht, een soort van voldane haat die Joe wel had kunnen voelen, maar waar hij niets aan had kunnen doen. Het ergerde hem. Hij was te traag geweest, hij had staan suffen en had niet op tijd gehandeld — en ergens lachte iemand hem uit. Joe, die een trots man was, begon zich te ergeren. Hij, Joe Bain, was de sheriff; hij, Joe Bain, had zichzelf en zijn persoonlijke waardigheid in dienst gesteld van de handhaving van de wet. Iedere inbreuk op de rechtsorde voelde als een directe, gemene persoonlijke belediging.

De vraag bleef echter wel: was de wet overtreden? Neem nu die nutteloze wandeling die men Bus Hacker had laten maken: had die een doel? Hoewel iedereen wist dat Bus Hacker het aan zijn hart had, zou een wandeling naar de stad en terug hem hooguit ergeren, meer niet. Aan de andere kant zou je denken dat het water in zijn benzinetank erop leek te wijzen dat iemand zeer zorgvuldig, met voorbedachten rade, te werk ging...Joe fronste ontevreden. Het was en bleef een feit dat degene die de grap had uitgehaald er niet op had kunnen rekenen dat de inspanning van een wandelingetje naar de stad de dood van Bus Hacker zou betekenen. Als de grappenmaker ooit gevonden werd, zou men dan een aanklacht van doodslag kunnen indienen? Waarschijnlijk niet. Medische verklaringen moesten in dat geval zonder twijfel kunnen aantonen dat de wandeling, gekoppeld aan de woede van Bus Hacker, de belangrijkste oorzaak was van zijn hartaanval. En het zou niet meevallen om iemand te vinden die zoiets kon verklaren.

Joe liep weer naar binnen, pakte de *serape* en legde deze over het lijk van Bus Hacker. Toen ging hij op de brede bovenste traptrede zitten en wachtte af.

Voor zijn ogen lag Fox Valley, in alle stilte. Rechts van hem, aan het eind van Destin Lane, stonden de Italiaanse cipressen als wachters rondom het huis van de Destins. Direct voor hem uit liep Mitre Canyon Road in oostelijke richting, langs velden van alfalfa en de walnotenboomgaard van McAllister, tot hij ineens over een helling omhoog rees, naar de zonovergoten heuvels.

De school was net uit. Er kwamen vier jongetjes de weg op, huppelend en springend. Daarachter liepen twee meisjes met vlassig haar die er buitengewoon goed verzorgd uitzagen, gekleed in mooie schone jurken: de een in het blauw, de ander in het groen. Ze liepen waardig en deden hun best om de jongens te negeren die, achteruitlopend, felle, brutale scheldwoorden in hun richting wierpen. "Nufje en Snobje Destin!" "Jullie dragen niet eens ondergoed!"

"Welles!" riep het tienjarige meisje. "En het onze is schoon, niet zo vies als het jouwe!"

"Bewijs dat maar!" klonk het antwoord. "Ik wed dat jullie dat niet kunnen bewijzen!" En de jongens gilden van de pret. De meisjes tilden hun neusjes in de lucht en liepen vol minachting langs het kruispunt Destin Lane op. De jongens gingen uit elkaar: twee naar het oosten, twee langs Mitre Canyon Road naar het westen.

Er was in de loop der jaren niet veel veranderd, dacht Joe.

Dokter William Hesketh, de lijkschouwer, kwam per ambulance aangereden vanuit het plaatselijke ziekenhuis. Hij onderzocht het lijk even kort, beval de mannen toen om hem in de ambulance te laden en af te voeren naar het mortuarium.

"Ik stond met hem te praten op het moment dat hij stierf," zei Joe. "Iemand had hem helemaal naar de stad laten lopen voor niets. Hij was behoorlijk nijdig toen hij terugkwam. Denkt u dat de wandeling zijn dood kan zijn geweest?"

De lijkschouwer haalde zijn schouders op. "Moeilijk te zeggen. En je kunt het nooit hard maken."

"Daar was ik al bang voor."

In de verte kwam een beige Chrysler sedan aangereden vanuit de richting van Marblestone. De auto stopte naast de ambulance; Cole Destin stopte even om het hele tafereel in zich op te nemen en sprong toen de auto uit en liep door het hek. Hij was een lange, goedgebouwde man met een gebruinde huid, door de zon gebleekte blonde haren, en een intelligent en knap gezicht. Hij droeg een blauw met wit geruit shirt, een corduroybroek, laarzen en een grote, gebogen, grijsgroene zonnebril. Hij keek naar de stille figuur op de brancard en wendde zich tot Joe. "Wat is er gebeurd? Heeft Bus eindelijk het loodje gelegd?"

Joe knikte ernstig. "Zo te zien heeft zijn hart het begeven."

"Arme ouwe Bus. Hij had niet veel meer om voor te leven na de dood van Millie. Maar het blijft jammer." De blik van Cole Destin dwaalde over de tuin, die snakte naar water en nodig gewied moest worden. De brug van zijn neus rimpelde zich. "Wat een rotzooi." Hij draaide zich weer om naar Joe. "Wat brengt jou hier?"

"Ik kwam Bus opzoeken. Ik stond met hem te praten toen hij plotseling dood neerviel."

Cole Destin keek Joe aandachtig aan. "Ik heb gehoord dat je tot sheriff benoemd bent, in ieder geval tot aan de verkiezingen."

Joe maakte een wegwerpgebaar. "Feliciteer me maar niet tot na november."

"Je stelt je verkiesbaar?" Cole klonk verrast.

"Dat doe ik." Joe trok het formulier uit zijn zak. "Misschien kan ik jou vragen om een van mijn sponsoren te worden?"

Destin fronste. "Wel, Joe, je weet dat ik nooit een aanhanger was van Cucchinello. De waarheid is dat Lee Gervase mij al op zijn aanvraag heeft staan."

"Ik ben Cucchinello niet, en ik ben zeer zeker van plan de zaken anders aan te pakken."

Cole Destin schudde weifelend met zijn hoofd. "Alleen al het feit dat je onder Cooch gewerkt hebt maakt dat je met een behoorlijke achterstand begint."

"Dat zou kunnen." Joe stopte het aanvraagformulier terug in zijn zak. "Maar ik kwam hier niet voor mijzelf." De ambulance reed achteruit en vertrok in noordelijke richting; Joe hief groetend zijn hand op. "Vanochtend liet Charley Blankenship mij een brief zien van Ausley Wyett. Ik vroeg me af of jij misschien eenzelfde brief had ontvangen?"

Cole Destin keek hem nogmaals aandachtig aan. "Dat is de reden dat je bij Bus op bezoek was?"

"Dat klopt."

"Wat had Bus erover te zeggen?"

"Ik kreeg niet echt de kans om erover te beginnen."

Cole Destin staarde in de richting van de Wyett ranch. "Ik kan niet zeggen dat ik een bewonderaar van Ausley ben. Ik heb zelf ook dochters…"

"Ik zag ze een paar minuten geleden langskomen. Leuke meisjes."

"…maar ik zie niet in waarom ik het hem moeilijk zou gaan maken. Nu in ieder geval nog niet. Ik zal geen klacht indienen."

"Maar, voor mijn eigen informatie, je hebt dus wel een brief ontvangen?"

Destin knikte kortaf. Hij klom de veranda op. Joe volgde hem en liep achter Destin het huis binnen.

Destin keek om zich heen en haalde zijn neus op. "Ik geloof niet dat Bus sinds Millie's dood heeft schoongemaakt."

"Ik meen me te herinneren dat jij de eigenaar bent van dit huis?"

Destin knikte. "De Hackers hebben zolang ik mij kan herinneren geen huur hoeven te betalen — mijn vader wilde het zo. Millie heeft dertig jaar voor ons gewerkt, en ik denk dat ze dit huis mocht gebruiken bij wijze van pensioen."

"Wat ga je er nu mee doen?"

Destin haalde zijn schouders op. "Misschien breek ik het wel af. Het beetje huur dat ik ervoor zou kunnen krijgen zal, na aftrek van de belasting en onderhoudskosten, niet echt de moeite waard zijn. En het ziet er niet uit. Elke keer dat ik uit mijn raam kijk, kijkt die lelijk witte blokkendoos terug." Destin liep de slaapkamer binnen, draaide zich om en liep er weer uit. "Ik neem aan dat ik zijn familie zal moeten inlichten. Ik geloof dat hij neven of nichten heeft in Los Angeles. Millie had een zus in Iowa, maar die is waarschijnlijk ook al dood."

Joe wees naar de brandkast. "Wat bewaarde Bus in dat ding?"

"God mag het weten."

"Ik neem niet aan dat jij de combinatie weet?"

Destin schudde zijn hoofd. "Bus was een sluwe ouwe man die niet veel losliet." Hij liep naar de brandkast en probeerde zonder succes de deur open te krijgen. "Ik zal iemand sturen om het ding te openen," zei hij op sombere toon. "Ken jij misschien iemand die dit zou kunnen?"

"Sorry, Cole. Deze tijd van het jaar hebben we geen bankrovers in de gevangenis. Maar als ik jou was zou ik nog even niets aanraken. De executeur-testamentair zal alles als eerste willen bekijken."

Destin gromde. "Welk testament?"

"Lastig te zeggen. Maar je kunt nooit weten."

Destin draaide zich om. "Ik denk dat ik de boel maar beter kan afsluiten." Hij hield de deur open voor Joe, draaide de sleutel om en bewoog de deurkruk om zeker te weten dat de deur op slot was.

Ze liepen het tuinpad af. Destin stapte weer in zijn beige Chrysler,

JACK VANCE

groette hem met een kort handgebaar en reed over Destin Lane in de richting van zijn huis. Joe ging terug de tuin in. Hij dacht even na. Toen klom hij het trapje weer op, opende de hordeur en rammelde aan de deurknop. De deur was potdicht. Hij bekeek de scharnieren, het slot zelf en de vloer van de veranda, en tilde toen het stalen rooster op om het gat in de grijs geschilderde, met messing en groef gemonteerde planken nader te bekijken. Hij liep weer naar beneden, de tuin in, en liep om het huis heen. Een korte betonnen trap leidde naar een kelderdeur. Joe keek door het glas. Hij zag planken vol met potten jam en ingemaakt fruit: voorraden die Millie Hacker had aangelegd voor slechte tijden die nooit gekomen waren. Links zag Joe een werkbank met een bankschroef en een paar roestige stukken gereedschap. Hij probeerde de deur, liep weer naar straatniveau en ging verder met zijn rondje om het huis. Er waren nog twee kelderramen; hij keek door allebei, maar zag niet veel meer dan de gebruikelijke stapels kapotte stoelen, reserve-matrassen en stapels tijdschriften.

Joe ging terug naar zijn auto. Bij het hek keek hij nog een laatste keer om naar het huis en toen reed hij richting Marblestone. Bij de brievenbus van Wyett draaide hij de oprit op en hij parkeerde zijn auto voor het huis. Het was een lang, laag, vervallen gebouw van ongeverfde planken met een dak van groen bitumen en een stenen schoorsteen aan de achterkant. Achter in de tuin stond een vochtig uitziend tankhuis omgeven door een dikke bos bamboe, met een windmolen op het dak. Vijftig meter rechts hiervan stond de beruchte schuur, die de nu in onbruik geraakte varkensstallen aan het oog onttrok. Een oude grijze Willys stationwagen stond aan de zijkant van het huis geparkeerd. Plotseling klonk er een heftig geblaf en een zingende, metaalachtige pieptoon. Er stonden twee politiehonden aan weerszijden van het huis. Ze waren aangelijnd en hun ketting was vastgemaakt aan een katrol die over een soort waslijnen heen en weer kon glijden. Ze blaften en deden een uitval naar voren.

Er verscheen een schaduw achter de hordeur die even stil leek te staan om te kijken. Toen ging de deur open en Ausley Wyett sprong de vervallen houten trap af. Hij sprak tegen de honden, die zich grommend terugtrokken onder het huis.

Ausley Wyett kwam naar voren en hield zijn hoofd schuin. "Dat lijkt

Joe Bain wel," zei hij. "Ik heb je al zeker, wat zal het zijn — zeventien of achttien jaar niet gezien, volgens mij. Je bent niet veel veranderd, Joe."

"Jij bent ook niet veel veranderd, Ausley." Ausley Wyett had een rondere buik, en zijn huid had een grauwe ondertoon, zijn sluike bruine haar was wat dunner bovenop zijn hoofd, maar hij had nog dezelfde enorme neus en leek al met al dezelfde lange, slungelige, onhandige en lichtelijk belachelijke Ausley Wyett. "Nee, Ausley," zei Joe, "zo te zien ben je bijna niets veranderd."

Ausley schudde droevig zijn hoofd. "In de gevangenis van San Quentin moet je wel veranderen. Er gebeuren daar dingen die jij je niet kunt voorstellen. Je zit daar met de meest gemene, slechte mensen van het land."

"Daarom zitten ze daar ook," zei Joe.

Ausley grijnsde wrang. "Ik kan je één ding zeggen: ik ben blij dat ik daar weg ben. Ik heb hard gewerkt om dat ontslag wegens goed gedrag te verdienen."

"Ik neem dus aan dat je liever niet terug zou gaan, Ausley?"

"Zeker niet. Niet als ik er iets aan kan doen."

"Misschien dat je het nog niet gehoord hebt, maar ik ben nu de sheriff van het County."

"Ik mag hangen," zei Ausley vol bewondering. "Dat is bijna net zo bezopen als mijn gevangenisstraf."

Joe deed geen enkele poging om die opmerking te analyseren. Iedereen zei vroeger al dat Ausley Wyett een vreemde manier van denken had. "Plaatsvervangend sheriff, moet ik zeggen. Ik vervang Sheriff Cucchinello voor de rest van zijn termijn. Hij is eergisteren overleden."

"Dat spijt me. Ouwe Cooch was geen slechte vent. Hij heeft me heel behoorlijk behandeld toen ik dat probleempje had."

Joe keek om zich heen naar het erf. "Wat zijn je plannen nu?"

"Ik weet het nog niet, Joe. Terwijl ik weg was is het hele bedrijf verhuurd geweest. Ik was niet echt in de positie om veel uit te geven, dus ik heb aardig wat geld achter de hand nu. Misschien dat ik een paar koeien koop." Hij trok een pakje sigaretten uit zijn zak. "Ook eentje?"

"Nee, dank je," zei Joe. "Dat is één slechte gewoonte waar ik nooit aan begonnen ben."

"Verstandig." Ausley stak de sigaret precies in het midden van zijn mond, streek een lucifer af, stak de sigaret aan en wuifde met een zwierig gebaar de lucifer uit. "Ik ben niet bepaald hartelijk ontvangen. Jij bent de eerste — nee, de tweede — bezoeker die ik hier heb gehad. Oliver Viera was hier gisteren."

"Dan weet je dus waarom ik hier ben. Wat wilde je bereiken met al die brieven?"

Ausley wreef over zijn kin. "Dat vroeg Oliver ook al. Iedereen windt zich nogal op over een klein briefje."

"Je bent nogal druk geweest voor zover ik kan zien. Charley Blankenship, Cole Destin, Oliver Viera en de ouwe Bus Hacker."

"Heb je de brieven gezien?"

"Twee. Heel toevallig zijn dit nu precies de mensen die tegen je getuigd hebben in de rechtbank."

"En ze klagen allemaal over de brieven?"

"Ze ergeren zich. Charley Blankenship vindt dat je teruggestuurd moet worden naar de gevangenis. Willis Neff wil je kennis laten maken met zijn zweep. Bus Hacker wil je om twee redenen laten arresteren: die brief, en omdat jij hem gedwongen hebt helemaal naar de stad te lopen."

Ausleys vosachtige wenkbrauwen schoten omhoog. "Wat zeg je nu? Ik zou bus Hacker hebben gedwongen naar de stad te lopen? Hoe heb ik dat dan wel gedaan?"

"Dus je zegt dat jij het niet was?"

"Zei hij van wel?"

"Daar gaat het niet om."

Ausley Wyett lachte. "Nou, Joe, je weet wel beter. Ik heb heel veel kunnen nadenken in de nor. Het laatste dat ik wil is om me nog meer in de nesten te werken. Wat ik wil weten is of Bus Hacker mij echt beschuldigd heeft? Want als hij dat deed, dan wil ik dat hij een aanklacht indient zodat jij me kunt arresteren. Dan kan ik een advocaat huren. Een goede advocaat deze keer."

"Met die houding kom je nergens, Ausley."

"Houding? Ik heb geen verkeerde houding. Ik vroeg je alleen of Bus Hacker mij ergens van beschuldigt."

"Nee," zei Joe. "Hij kreeg de kans niet. Hij was zo vermoeid en woedend dat hij een hartaanval heeft gekregen, en nu is hij dood."

Ausley staarde Joe verbijsterd aan en keek toen over het veld naar de rijen populieren waarachter het huis van Bus Hacker verborgen was. "Dus dat was de reden van al die commotie. Ik dacht al dat ik een ambulance voorbij had zien komen."

"Bus Hacker lag achterin op de terugweg. Als je iets te maken hebt met die flauwe grap, dan hoop ik dat je je nu flink rot voelt."

Ausley nam een bedachtzame trek van zijn sigaret. "Ik heb hem eergisteren ook naar de stad zien lopen. Hij liep behoorlijk energiek voor een man die op sterven na dood was."

"Welnu, vandaag heeft hij die wandeling nog een keer gemaakt, en nu is het zijn dood geworden. Ik weet zeker dat het zo is, want ik stond erbij toen het gebeurde."

"Ik dank God dat ik het niet was."

"En nog iets." Maar Joe bedacht zich en besloot niets te zeggen over het water in de benzinetank van Bus Hacker. In plaats daarvan zei hij: "Ik stel me verkiesbaar als sheriff voor het County. Ik denk niet dat je nu al zult mogen stemmen, maar als je je vrienden spreekt, dan hoop ik dat je het verder wilt vertellen."

Ausley trok aan zijn sigaret. "Denk je echt dat het je helpt als ik je zou steunen?"

"Ik accepteer alle hulp die ik krijgen kan." Joe stapte weer in zijn auto, maar wachtte even voor hij de motor startte. Ausley keek hem met kalme blik aan. "Ik weet niet wat je van plan bent," zei Joe, "en blijkbaar wil je me ook niet in vertrouwen nemen. Maar mijn advies zou zijn om niemand lastig te vallen. Je bent maar voorwaardelijk vrij, en je moet je goed blijven gedragen."

"Maar bekijk het nu eens van mijn kant, Joe. Stel dat jij zestien jaar was opgesloten. Als je dan vrijkwam, zou jij dan geen wraak willen nemen op de persoon die je erin geluisd heeft?"

"Dus jij beweert dat je Tissie McAllister niets hebt aangedaan?"

"De jury zei dat ik schuldig was," zei Ausley. "Ze gingen af op de verklaringen van de getuigen, en alle getuigen waren tegen mij. Uiteraard voel ik me gepikeerd."

Joe zei: "Ik raad je aan om geen problemen op te zoeken, Ausley. Anders heb je kans dat je straks toch weer achter de tralies belandt."

Ausley schudde zijn hoofd, gooide de sigaret op de grond en stampte hem de grond in. "Je zult mij nergens op kunnen betrappen Joe. Echt niet."

HOOFDSTUK V

Joe Bain reed in oostelijke richting over Candelara Creek Road met de zon in zijn rug. De heuvels vielen weg; rechts en links zag hij de brede vallei, badend in het licht, voor zich openen. Hij kwam even voor vijf uur aan in Pleasant Grove. Hij reed in een boog om Montalvo Square heen en parkeerde voor het gerechtsgebouw, dat momenteel nogal heftig in de belangstelling stond. Een groep plaatselijke zakenlieden had besloten dat het gebouw niet alleen foeilelijk was, maar dat het ook symbool stond voor het gebrek aan progressief denken in de regio. Een opiniestuk in de Pleasant Grove *Messenger* legde de zaak als volgt uit:

> Het is de hoogste tijd — en in zekere zin was het dat jaren geleden al — om de stad eens grondig te renoveren. En een van de eerste dingen die we moeten doen is Pleasant Grove verlossen van die monumentale doorn in ieders oog, die onaantrekkelijke, door de ratten aangevreten monstruositeit, die beruchte aanfluiting voor de architectuur die ook wel bekend staat als de Regionale Rechtbank. De hele wereld lacht ons uit; de bekende architect Werner Neubarth, heeft in zijn boek *Op Weg naar een Nieuwe Eeuw* dit gebouw aangewezen als het ultieme voorbeeld van wat hij betitelt als 'Visafslag-Gotiek'. Dit soort publiciteit kunnen we missen als kiespijn.
>
> Het is in kringen van zakenlieden bekend dat een efficiënte fabriek ook zorgt dat het werk efficiënt wordt uitgevoerd. Dus kijk nu eens naar ons. Wij hebben deze sombere, krakende, oude vleermuizen-nestkast als rechtbank en daarnaast zijn de

zaken op het gebied van wetshandhaving ook allerbelabberdst geregeld.

Er zijn meer dan genoeg oplossingen voorhanden. We kunnen ons stemrecht gebruiken om onze steun te betuigen door progressief te stemmen tijdens de regionale verkiezingen van San Rodrigo in november. Er zijn een groot aantal aantrekkelijke, hardwerkende kandidaten. En over enige tijd komt er een wetsvoorstel dat de weg vrij zal maken voor de sloop van dit schandalige oude gebouw zodat we een modern en efficiënt pand ervoor in de plaats kunnen zetten.

Dit stuk was een maand eerder gepubliceerd, en met de 'belabberde wetshandhaving' doelden ze op de gebreken van sheriff Ernest Cucchinello. Wat het gerechtsgebouw zelf betrof had Joe nooit helemaal begrepen waar al die drukte voor nodig was. Hij was persoonlijk eigenlijk wel gesteld op het oude gebouw. Het had een zeker karakter. Het was vijf verdiepingen hoog en iedere verdieping leek te zijn ontworpen door een andere architect. De begane grond was een vierkant van leverkleurige zandsteen versierd met witte pilasters met een Ionische vorm die een gietijzeren sierrand ondersteunden, met daarboven een ijzeren reling. De ramen waren hoge, smalle openingen met gekrulde gele rolgordijnen die allemaal op een andere hoogte waren opgetrokken. De eerste etage was een iets smaller vierkant van zandsteen, ongeveer anderhalve meter achter de reling zodat er rondom een balkon liep dat onmisbaar was voor het bezichtigen van parades en het houden van toespraken. Daarboven bevonden zich nog drie verdiepingen van muisgrijs geschilderd plaatwerk, allemaal met erkers, balkonnetjes, pilaren, bogen en sierranden met gebeeldhouwd vlechtwerk. Helemaal bovenop, omgeven en bewaakt door kantelen als van een sprookjeskasteel, bevond zich een grote koperen koepel met daarbovenop een vlaggenstok. Boven de hoofdingang hing een bronzen plakkaat met de volgende tekst:

SAN RODRIGO COUNTY COURTHOUSE
Gebouwd in 1872
WAARHEID : GERECHTIGHEID : EERBAARHEID

De plannen voor het nieuwe gerechtsgebouw, zoals opgetekend in de diverse schetsen van de in San Francisco gevestigde firma Moderna Associates, zou een simpel blok van roestvrij staal en glas moeten worden, acht verdiepingen hoog, en functioneel tot in het kleinste detail. Het zou een symbool worden van de vooruitgang. Niet iedereen was gecharmeerd van dit ontwerp. Een kapper in Panoche vond dat het eruit zag als een draagbare airconditioning die op zijn kant gelegd was. De enorme hoeveelheid obligaties die nodig zouden zijn voor deze plannen hadden ook op weerstand gestuit bij de bevolking, tot grote ergernis van de progressieve zakenlieden van Pleasant Grove.

Achter het gerechtsgebouw bevond zich een betonnen uitbouw met daarin het kantoor van de sheriff en de plaatselijke gevangenis. Toen Joe binnenliep zag hij tot zijn verrassing dat Mevrouw Rostvolt nog altijd achter haar bureau zat. "Meneer Griselda heeft gebeld," zei ze met vlakke stem. "Hij wil graag dat u hem terugbelt."

"Griselda, hè?" Howard Griselda was de eigenaar van de Pleasant Grove *Messenger*, en werd daarom beschouwd als een van de belangrijkste burgers van het County. "Bel hem maar terug." Joe liep zijn kantoor in en pakte de telefoon. Even later had hij Griselda aan de lijn: "Met Griselda."

"U spreekt met Joe Bain, meneer Griselda. Ik begreep dat u mij had gebeld."

"Dat klopt. Heeft u een paar minuten?"

"Natuurlijk."

"Ik kom er zo aan. Ik zal u niet al te lang ophouden, ik weet dat het al laat is."

Vijf minuten later liep Griselda het kantoor van Joe binnen. Hij was een korte, stevig gebouwde man van vijfenveertig, met een vierkant gezicht, dik metaalgrijs haar en een bleek, nogal pafferig gezicht. Hij had schitterende zwarte ogen met een blik van onstuitbare energie en wilskracht: hij liep licht voorovergebogen met een stevige, rollende pas.

Joe stond op, schudde hem de hand en wees naar een stoel. Griselda keek om zich heen. "Ik zie dat u alle kleine schatten van Cooch al heeft weggedaan. Het ziet er hier heel anders uit zo."

"Het kantoor is veranderd. Ik ben van plan de zaken anders te runnen."

"Dat werd tijd." Hij leunde achterover, stopte een pijp en keek Joe met een doordringende blik aan. Zowel de pijp als het staren waren welbekende maniertjes van Griselda. Joe wachtte af.

Griselda stak zijn pijp aan en zei in de wolk van rook: "Ik heb begrepen dat u een verhaal voor mij heeft."

Joe keek hem verbaasd aan. "Verhaal? Ik kan zo een-twee-drie niets bedenken. Twee nachten geleden heeft een vent aan de andere kant van Mulberry een kippendief betrapt en hierheen gebracht. Een jonge Mexicaan. En gisteren heeft op Rose Avenue een aanrijding plaatsgevonden waarbij de bestuurder is doorgereden. Sergeant Miggs onderzoekt de zaak, en ik denk dat we weten in welke richting we moeten zoeken. En in Marblestone is een man met de naam Bus Hacker overleden — hartaanval. En verder is het rustig." Hij leunde achterover in zijn stoel. "Hoe komt u aan uw informatie?"

"Ons kantoor kreeg een tip — een mannenstem, maar hij heeft geen naam genoemd."

Joe schudde zijn hoofd. "Ik kan verder niets bedenken dat echt nieuws kan zijn. U kunt eventueel aankondigen dat ik van plan ben om me verkiesbaar te stellen als sheriff. En als we het daar toch over hebben, meneer Griselda, ik hoop natuurlijk op uw steun."

Griselda trok aan zijn pijp. "Dus u bent definitief kandidaat?"

"Dat ben ik zeker. Ik denk dat ik de beste man voor de baan ben. Ik ken het vak, ik ken de regio, en ik weet welke fouten ik beter niet kan maken."

Griselda zei op bruuske toon: "Ik zal open kaart spelen, sheriff. Ik denk dat dit hele corps eens flink door elkaar geschud moet worden. Kijk nu eens hoe de regio's om ons heen gegroeid zijn de afgelopen tijd. Het is fenomenaal. En kijk dan eens naar de groei van San Rodrigo. Niets. We blijven achter, Bain — ver achter."

"Welnu," zei Joe op redelijke toon, "er zijn mensen die van rust en stilte houden. Misschien is het wel beter zo."

Griselda schudde koppig zijn hoofd. "We kunnen de vooruitgang niet tegenhouden. Ik denk dat Lee Gervase voor vooruitgang staat. Hij is jong, enthousiast, energiek. Hij is een slimme vent. Hij heeft een achtergrond in rechten en heeft criminologie gestudeerd aan de universiteit, en ik denk dat hij de man is om nieuwe, moderne methoden te introduceren in dit corps."

Joe maakte een protesterend geluid dat aangaf dat hij het daar absoluut niet mee eens was. "Meneer Griselda, wees redelijk. Wat hebben we aan vooruitstrevende methodes? Vangen we daarmee meer kippendieven? Of stel dat er ruzie uitbreekt in Diego's Place. Wat heeft de man die de zaak moet regelen dan aan moderne methodes? Meneer Griselda, u heeft het volkomen bij het verkeerde eind. Ik zeg dit niet graag, want ik zou uw steun graag hebben — maar u gedraagt zich als een kat die een paardenbloempluis in zijn bek heeft: u kauwt en speekselt op iets zonder enige substantie."

Griselda trok zijn wenkbrauwen op en zoog aan zijn pijp.

"Neem nou deze Lee Gervase," ging Joe verder. "Ik heb gehoord dat hij een echte doorzetter is. Maar wat heeft hij nu voor ervaring? Is hij ooit door een zatlap op zijn neus geslagen? Heeft hij ooit een zieke koe uit Genesee Slough moeten trekken, zoals ik dat drie weken geleden heb gedaan? Heeft hij ooit..."

"Dat is allemaal niet waar het om gaat," zei Howard Griselda. "Een sheriff hoeft zich niet te laten slaan of zieke koeien te redden. Daar heeft hij personeel voor. De sheriff moet een manager zijn, een leider, een symbool."

"Misschien wel. Maar het kan mij niet schelen hoe symbolisch een sheriff is, als hij in de problemen komt moet hij wel weten hoe hij zich eruit kan redden. Dat is waar het om gaat voor een sheriff. Ik ken iedere rotte appel in het County. Ik ken iedere gokhal, iedere hoer, ieder Mexicaans hanengevecht —"

Howard Griselda sprong overeind van zijn stoel. Joe realiseerde zich dat hij zich in het vuur van zijn betoog danig had versproken.

"Het staat u niet bepaald netjes," zei Griselda koeltjes. "Dit zijn allemaal illegale activiteiten. Als u er zoveel van weet, waarom maakt u er dan geen eind aan?"

Joe haalde diep adem. "In principe ben ik het met u eens. Maar ik denk dat er grenzen zijn aan hoe ver je moet gaan met het handhaven van een wet die misschien niet helemaal realistisch is. Als ik vroeger iets merkte van illegale activiteiten, dan rapporteerde ik dit altijd aan Cucchinello. En dan zei hij: 'Doen ze er iemand kwaad mee? Wordt er geklaagd?' En meestal was het antwoord dan 'nee'. En dan zei Cooch: 'Hou de zaak in de hand. Zorg dat het niet de spuigaten uit gaat lopen, maar als iemand het nodig heeft om stoom af te blazen in Slough House, en niemand houdt er iets ernstigs aan over — hoeveel schade doet het dan helemaal?' En ik denk dat hij gelijk had. U moet begrijpen, meneer Griselda, ik spreek nu van man tot man. Ik wil niet dat u een verhaal gaat blokletteren over hoe zachtaardig Sheriff Joe Bain is als het om zedendelicten gaat. Dat is zeker niet het geval. En er zal hier geen cent smeergeld binnenkomen. Ik wil het niet hebben. Wat Cooch deed, of misschien had gedaan, is één ding, maar ik zit zo niet in elkaar. Ik hoef van niemand gunsten te ontvangen."

Griselda zei kortaf: "Ik kan niet achter die filosofie staan. Je kunt niet half-goed zijn. Je bent ofwel volkomen brandschoon, of je bent volkomen corrupt. Lee Gervase zal een corps leiden dat absoluut onomkoopbaar is."

Joe zweeg verslagen.

Op mildere toon ging Griselda verder: "Ik kwam hier echter niet om het je lastig te maken, Joe. Ik wilde alleen van jou horen of er iets waar was van die tip die ik kreeg over wat er in Marblestone zou spelen."

Joe was ineens weer alert. "U zei niet dat het om Marblestone ging."

"Dat deed het dus wel."

"Ik wou dat ik wist wie u die tip heeft gegeven."

"Hoe dat zo?"

Joe zei langzaam: "Even tussen ons, meneer Griselda — en dit is absoluut, definitief niet bestemd voor publicatie, zelfs niet de kleinste hint — maar ik denk dat er daar iets vreemds aan de hand is."

"Wat dan?"

"Daar wil ik me nog niet op vastleggen — voornamelijk omdat ik het nog niet weet. Maar het voelt gewoon niet goed."

Griselda tikte de tabak uit zijn pijp en stond op. "Laat je het me wel weten als je iets ontdekt?"

"Dat zal ik doen. En als u meer tips krijgt — probeert u dan te ontdekken wie de tipgever is."

"Ik zal mijn best doen, sheriff."

Griselda vertrok. Joe stak de gang over naar de balie. Mevrouw Rostvolt was nu pas bezig om haar sigaretten en aansteker in haar grote leren tas te stoppen en te vertrekken. Ze wilde horen wat Griselda te zeggen had, bedacht Joe somber. Haar nieuwsgierigheid was niet meer dan natuurlijk. Mevrouw Rostvolt had ook belang bij de uitslag van de verkiezingen. Als Lee Gervase won en zijn eigen nieuwe personeel meebracht, dan zou zij zonder baan komen te zitten, net als iedereen hier.

Mevrouw Rostvolt zei: "Er zijn een paar brieven voor u om te tekenen. Ik zal ze in uw postbakje leggen."

"Bedankt. Ik kijk er gelijk naar." Joe liep terug naar zijn kantoor en wijdde zich aan zijn administratie, wat inhield dat hij zijn handtekening moest zetten onder vier brieven die Mevrouw Rostvolt had opgesteld. Er was een geruststellend bericht aan een dame die een zwerver had gezien. Een boer had geëist dat er onderzoek gedaan werd naar een lading blikjes en rotzooi die in zijn weiland was gedumpt; mevrouw Rostvolt had beloofd dat er een criminologische expert zou komen om de bewijsstukken te onderzoeken. De Sanchez Basisschool had de sheriff een paar gratis kaartjes gestuurd voor hun jaarlijkse toneelstuk. Mevrouw Rostvolt had dit namens Joe met veel spijtbetuigingen afgewimpeld. Een nijdige belastingbetaler klaagde dat er herten over zijn hek in zijn groentetuin sprongen; waarom de sheriff er niets aan deed om het hertenbestand in toom te houden? De sheriff, zo schreef mevrouw Rostvolt, onderzocht dit probleem momenteel, en zij stelde voor om op korte termijn, in afwachting van de resultaten van het onderzoek, een waakhond aan te schaffen. Ook kon men naar horen zeggen herten op afstand houden door kleine zakjes beendermeel rondom aan de hekken op te hangen.

Dankbaar tekende Joe al deze brieven. Hoe onuitstaanbaar ze ook kon zijn, mevrouw Rostvolt was zo goed als onmisbaar hier op kantoor. Wie anders was in staat om zulke gelikte antwoorden te verzinnen? Een minder handige medewerkster zou hem drie nutteloze onderzoeken en een toneelstuk in de maag gesplitst hebben; of nog erger, zou hem tientallen stemmen gekost hebben...Joe besloot dat het tijd werd om naar huis te gaan. Hij ging nog een laatste maal rond. De medewerkers van de nachtdienst waren binnen, evenals de nachtelijke medewerker voor de meldkamer. De gevangenen zaten aan hun avondmaal. Joe keek even naar binnen bij Duke Scanlon. "En? Nog iets te mopperen over het eten?"

"De koffie is niet al te vers meer."

"Ik zal morgen een espressoapparaat voor je laten bezorgen," zei Joe.

Hij verliet het kantoor, reed Green Street uit naar het huis waar hij met zijn moeder en zijn dochter woonde. Miranda was nu 16 en zat in de vijfde klas van Pleasant Grove Highschool. Ze was een knap, levendig meisje, en over het algemeen werd het huis opgevrolijkt door het geluid van muziek en kletsende tieners. Vanavond was er niemand thuis. Zijn moeder was naar een of andere vergadering van het kerkgenootschap; Miranda logeerde bij een vriendin. Er stond een bord koude kip en een schaal aardappelsalade in de koelkast voor zijn avondeten. Joe opende een blikje bier, pakte brood en boter, zette de avondkrant rechtop tegenover zich en begon te eten. Een omkaderd bericht op een opvallende plek onderaan de voorpagina trok zijn aandacht:

LEE GERVASE SPREEKT OP DE ROTARY CLUB
OVER DE NOODZAAK VOOR EEN ENERGIEK PROGRAMMA

Joe stopte met eten en las het verhaal. Net als Howard Griselda vond ook Lee Gervase dat San Rodrigo County stilstond terwijl de rest van Californië de vooruitgang omarmde.

In de laatste alinea stond dat Lee Gervase van plan was zich kandidaat te stellen in de verkiezingen voor sheriff die weldra zouden plaatsvinden.

Joe fronste, bladerde door naar het sportkatern en ging verder met zijn avondeten. Toen liep hij naar buiten en staarde de schemering in. Hij voelde zich rusteloos, ongemakkelijk en eenzaam. In zijn gedachten zag hij een gezicht: een rustig, sober gezicht met blauwe ogen en stralend blond haar. Joe fronste. Ellie Neff? Daar leek het wel op. Wel, wel, wel. Hij ging terug naar binnen, deed de televisie aan en deed hem weer uit. Nu er niemand thuis was leek het huis onnatuurlijk stil. Hij opende een tweede blikje bier en dacht aan Bus Hacker. Iemand had duidelijk iets tegen de oude man gehad, gezien het water in zijn benzinetank en het misleidende telefoontje. Hij dronk zijn bier op en besloot dat hij nog even op zijn gemak de stad rond zou rijden voordat hij naar bed ging. Hij liep naar zijn auto, nam contact op met de meldkamer en reed naar het centrum van de stad. Hij draaide rond Montalvo Square, ging in noordelijke richting Highway 32 op en reed het platteland op. De nacht was warm en stil; hij rook de geur van rijpe alfalfa en versgeploegde aarde. Rechts en links van hem glommen de lichtjes van kleine, gezellige huisjes. "Vooruitgang," snoof Joe. "Wat willen ze hier dan neerzetten? Staalbedrijven of zo?"

Twintig minuten later kwam hij aan bij de hamburgertentjes, motels en benzinestations aan de buitenrand van Aurora. Aurora was iets groter, een paar jaar nieuwer, een tikje moderner dan Pleasant Grove. Als er ooit kermissen of circussen in de buurt waren, dan zetten ze meestal hun tenten op in Aurora. De plattelandsbeurs was natuurlijk absoluut, zonder enige twijfel, het eigendom van Pleasant Grove. Aurora had echter een rolschaatsbaan en een openbaar zwembad, en de jongeren hadden de reputatie dat ze wilder en ongeremder waren dan de jongeren van Pleasant Grove.

Joe reed langzaam op en neer over de hoofdstraat, reed de zijstraten in en uit en reed toen de stad uit en keerde in oostelijke richting de landweg op, de nacht in. Lage heuvels doemden voor hem op, glanzend als satijn in het maanlicht. De weg slingerde, maakte een scherpe duik naar beneden en ging toen langzaam maar zeker omlaag in de richting van het fletse dorpje Coyote: een treinstation, een garage, een restaurant, een kruidenierswinkel en een stuk of twaalf huizen omringd door hoge eucalyptusbomen.

Joe ging naar het zuiden, in de richting van Mulberry, thuisbasis van Moeblin Bijenhouderijen, een bedrijf dat klaverhoning produceerde en door het hele land verscheepte. Maar in plaats van Mulberry binnen te rijden ging Joe linksaf in de richting van de moerassen. Het landschap veranderde. De grond was vochtig, de lucht was koeler. De eerstvolgende drie kilometer liep de weg langs een afwateringskanaal dat volgegroeid was met rietpollen. Er hing nu een zware geur van bossen en aarde in de lucht, en het geluid van krekels werd afgewisseld door het kwaken van kikkers. Voor hem zag hij een lage dam opdoemen; de weg maakte een bocht en liep over een oude houten brug die kraakte en rammelde terwijl Joe Railroad Slough overstak. Daarna ging de weg verder, in de richting van een aantal schitterende lichtjes. Nog eens drie kilometer verder liep de weg weer omhoog over een volgende dam en volgde Genesee Slough in de richting van de lichtjes. Deze lichtjes bleken te zijn opgehangen langs het dak van een groot, ouderwets gebouw met twee verdiepingen en een veranda die over het water hing. Dit was Slough House, een waar instituut tijdens de hoogtijdagen van de drooglegging, bekend om zijn min of meer pittoreske zedenmisdrijven. Het had deze reputatie nooit helemaal kunnen afschudden, hoewel Slough House inmiddels een vrij respectabele instelling was geworden. Je kon er weliswaar nog kamers huren per uur; aan de bar zaten altijd wel een paar gewillige dames. Op zomerse zaterdagavonden was er een dancing in de open lucht, bij het paviljoen naast het ven. Enkele van de meer kleurrijke herinneringen die Joe aan zijn jeugd bewaarde hadden alles te maken met die dansfestijnen op zaterdagavond. Het orkest speelde romantische oude liedjes zoals *I'll See You in My Dreams, Whispering, Three O'Clock in the Morning*; de treurwilgen veranderden van kleur iedere keer dat de grote zoeklichten wisselden van rood naar oranje en dan groen. Na één van deze dansfestijnen was datgene gebeurd dat uiteindelijk had geleid tot Joe's huwelijk...Joe zuchtte bij de gedachte aan zijn verloren jeugd. Een stuk of twaalf auto's stonden voor de bar geparkeerd. Lichtgevende borden adverteerden bier en knipperden uitnodigend aan en uit, maar Joe reed er voorbij. Het was misschien niet zo'n goed idee om hier gezien te worden. In ieder geval niet tot na de verkiezingen.

De weg volgde de dam helemaal tot aan Genesee, naast het maanverlichte water, langs wilgen en katoenbomen en zo af en toe een kleine haven. In Genesee parkeerde Joe voor de River Inn, een meer respectabele concurrent van het Slough House en ging het café binnen om een kop koffie te bestellen. Van de acht of tien klanten herkende niemand hem en niemand reageerde op het sheriff-embleem op zijn auto. Joe werd steeds neerslachtiger. Cucchinello zou met veel bravoure heen en weer gelopen zijn en met iedereen grapjes hebben gemaakt, of hij die persoon nu kende of niet. Zelfs al wist iedereen dat hij een mallotige, incompetente oude man was, dan nog zouden ze op hem gestemd hebben. Joe schudde treurig zijn hoofd. Hij had gewoonweg niet datzelfde air als Cooch. Het woord 'zittend' op het stemformulier zou hem weinig stemmen brengen, en waarschijnlijk evenveel stemmen kosten. Joe vroeg zich af of hij in zijn positie het recht had om 'zittend' naast zijn naam te zetten. Dat was nog iets dat hij zou moeten bespreken met de gerechtssecretaris.

Hij liep terug naar zijn auto, reed naar het westen door een droog, braakliggend gebied bewoond door uilen, woestijnhazen en coyotes. Na een half uur werd het landschap hoger, en toen weer lager, en de weg klom omhoog over de maanverlichte heuvels. Hij reed zo'n anderhalve kilometer door een bos van enorme eucalyptusbomen en kwam nog eens anderhalve kilometer verderop Panoche binnen. Dit was een middelgroot, druk, lelijk stadje met vier inpak-schuren, een fabriek die voedingsmiddelen inblikte, een middelbare school en een stoplicht bij het grootste kruispunt. Joe kon hier linksaf gaan, richting Sanchez, en dan via Tevis terug naar Pleasant Grove, of hij kon rechtstreeks naar Pleasant Grove rijden via Highway 11. Hij parkeerde zijn auto aan de stoeprand, pakte de microfoon en nam contact op met kantoor. "Dit is Joe Bain, ik ben in Panoche. Waar is iedereen?"

"Bill is in Verdalia, Ben is bezig met een zaak van openbare dronkenschap in San Rodrigo, Gonzales is hier stand-by. Rustige nacht."

"OK. Ik ga nu naar huis."

Het was bijna middernacht voordat hij eindelijk langzaam afremde voor zijn eigen huis. Hij had bijna honderdvijftig kilometer gereden. Maar wat had hij bereikt? Wie van de slaperige boeren langs de route wisten dat Sheriff Joe Bain was voorbijgekomen en erover waakte dat er niets verdachts gebeurde?

De maan was achter de heuvels gezakt en scheen nu op hem neer door de takken van de bomen aan de overkant van de straat. In de koele stilte belde Joe weer naar de meldkamer om zich af te melden. Hij stapte uit, stak het gazon over. Zijn moeder was al naar bed; Joe deed het licht van de veranda uit dat ze voor hem had aangelaten. Hun woning was een comfortabel, oud huisje dat vooral opviel door de extreem lage huur. Als Joe gekozen werd, dan zou hij misschien naar een wat stijlvoller huis moeten verhuizen om de schijn op te houden. Ernest Cucchinello had een groot huis in de stijl van een ranch, aan McClellan Avenue vlak bij de country club...

Om negen uur de volgende ochtend kwam hij het bureau binnen. Mevrouw Rostvolt begroette hem op formele toon en hij gaf een even beleefd antwoord. Hij ging zijn kantoor binnen; vrijwel onmiddellijk ging de telefoon over. Arthur van Horn, hoofd van de Vrijwillige Brandweer in Marblestone, sprak enkele zinnen op zakelijke toon.

"Gisteren is het huis van Hacker afgebrand. Er is niets meer van over. Aangezien Bus nog maar pas dood is, leek het me beter om het door te geven."

"Ik kom eraan," zei Joe. "Zorg dat niemand iets aanraakt."

HOOFDSTUK VI

JOE PARKEERDE ZIJN AUTO in Destin Lane, een meter of dertig van het verwoeste Hacker huis vandaan. Een stuk of zes auto's stonden op de weg; een takelwagen was achteruit de tuin ingereden en Walt Hobius stond naast de takel. Een stuk of twaalf mannen en jongens stonden her en der verspreid in de tuin naar de verrichtingen te kijken. Joe slikte met enige moeite zijn ergernis in en beende in de richting van de ruïne.

Arthur van Horn, een man met vissenogen die de eigenaar was van het Marblestone Hotel en Restaurant, liep nerveus heen en weer. Toen hij Joe aan zag komen stopte hij en liet zijn armen in een hopeloos gebaar langs zijn lichaam zakken. "Ik heb hen precies hetzelfde verteld als wat ik jou aan de telefoon verteld heb, Joe. Maar ze wilden niet luisteren. Ik kon ze niet in de hand houden."

Joe knikte even kortaf en ging in de richting van de voortuin. De witte bungalow van gisteren was nu een rechthoek van glanzende, stinkende as. Een paar pijpleidingen stonden gebogen en triest overeind; bovenop een van de leidingen zat nog een douchekop. Een onregelmatig gevormd gat gaf aan waar de kelder zich bevond. In dit gat, tot zijn knieën in de as, houtskool en gebroken flessen met Millie Hackers jam en ingemaakt fruit, stond Cole Destin, zwetend en besmeurd met roetvegen. Met heftig rukken en trekken probeerde hij de kabel van Walt Hobius' takelwagen onder een grote kubus vast te maken. Toen Joe iets aandachtiger keek zag hij dat het de kluis van Bus Hacker was. Hij deed een stap achteruit en opzij.

Cole slaagde er uiteindelijk in de kabel vast te maken onder de kluis en zette de haak achter het rechtzittende deel. Toen hield hij zijn hand op. "Probeer het nu nog eens. Rustig, niet te snel."

Walt bracht de takel in beweging. De kabel stond nu strak; de kluis trilde en kwam toen in beweging, waarbij hij een brede voor in de rommel trok. Aan de voet van de muur kwam hij omhoog en bleef daar hangen, en hier stopte Walt. Hij liep naar de rand van het gat en keek omlaag. "Dat gaat zo niet lukken, Cole. Op deze manier komt hij niet verder dan de rand voordat hij weer vastzit."

"Ga je gang, trek hem naar boven."

"Je hebt een plank nodig of iets dergelijks. Iets om hem over die betonrand heen te slepen."

"Ga nou maar door," zei Cole. "We proberen het eerst op deze manier."

"Prima." Walt schudde weifelend met zijn hoofd en keek naar de toeschouwers voordat hij de koppeling liet vieren. De kluis ging omhoog tot aan de rand van het gat, waar de spanning op de kabel er nu alleen nog maar voor zorgde dat de kluis verder tegen de fundering getrokken werd. Walt liet de koppeling helemaal los en hield de spanning vast met een rad. "Verder gaat het niet, Cole."

"Geef er een ruk aan, dan komt hij wel los."

"Ik denk dat mijn kabel eerder zal breken. Hij zit vast."

"Als je kabel breekt, dan betaal ik natuurlijk. Maak je daar maar niet druk om. Een korte ruk, en dan komt-ie vanzelf los en naar boven."

Walt gebaarde naar de omstanders dat ze achteruit moesten gaan. "Kijk uit, jullie. Als die kabel breekt dan vliegt het uiteinde alle kanten op." Hij manipuleerde de schuiven, maar de koppeling raakte los en de kluis viel terug het gat in. Cole vloekte. Joe gruwelde. Als de inhoud van de kluis eventueel verbrand was, dan was door de schok alles waarschijnlijk in onleesbaar kleine deeltjes uit elkaar gevallen.

Cole waadde door de rotzooi en verlegde de kabel. "Omhoog."

En weer ging de kluis omhoog tot aan de rand van het gat en bleef daar steken. Cole pakte een twee-bij-vier duims plank van een meter of anderhalf en ging er gevaarlijk dichtbij aan de kluis mee staan wrikken. "OK, en nu trekken!"

Walt pakte de koppeling, de kluis hobbelde omhoog en over de rand en begon hotsend en botsend over de grond in de richting van de takelwagen te glijden.

Joe stapte naar voren. "Maak die takel los!"

Walt keek hem verbijsterd aan en gooide de koppeling los. Cole klom uit het gat, zwetend en besmeurd. Hij knikte even kortaf naar Joe en zei tegen Walt: "Til hem rustig op en breng hem naar mijn huis. Ik kom achter je aan met mijn eigen auto."

"Wacht even," zei Joe. "Ik had gevraagd of alles hier onaangeroerd kon blijven. Ik maak niet al te veel heibel, omdat ik nu geen moeite meer hoef te doen om die kluis omhoog te takelen, maar ik neem het nu over."

Cole ging vierkant tegenover Joe staan. "Die kluis krijg je niet, Joe."

"Ik ben de eerste die hem open gaat maken."

Cole staarde hem aan. Joe draaide zich om in de richting van de toeschouwers die weer naar voren waren gekomen, om hun discussie beter te kunnen volgen. "Jullie moeten terug, de tuin uit, terug naar de openbare weg. Deze brand is misschien aangestoken, en ik wil niet dat jullie de hele plaats delict vertrappen."

Cole zei: "Op welke grond denk je deze kluis in beslag te kunnen nemen, Joe?"

"Ik onderzoek een mogelijke misdaad."

"Welke misdaad?"

"Brandstichting, om te beginnen."

"En wat maakt het uit of de brand is aangestoken? Ik ben niet van plan een klacht in te dienen."

"Was het huis verzekerd?"

"Uiteraard."

"Was je van plan om een claim in te dienen?"

Cole aarzelde. Maar voordat hij iets kon zeggen vroeg Joe: "Voor de volledigheid, heb je de brand zelf aangestoken of iemand anders opdracht gegeven brand te stichten?"

"Geen sprake van."

Joe draaide zich om, liep naar de kluis en knikte tevreden. "Ik dacht al dat ik dat goed gezien had. Iemand heeft geprobeerd de kluis open te breken. Kijk eens naar dat slot, het is er helemaal afgeslagen."

Cole keek met sombere blik omlaag naar de kluis.

"Dit is een driedubbel slot van het merk Kirby," zei Joe, die de kennis die hij had vergaard in het Chapman Instituut voor de Criminologie probeerde op te halen. "Sommige oude sloten kun je inderdaad zó van de kluis afslaan met een moker, en dan kun je het slot naar binnen slaan en de deur vliegt open. Maar de deur van een Kirby blokkeert alleen maar. Iemand is daar blijkbaar op de moeilijke manier achter gekomen."

Cole klemde zijn kaken op elkaar en leek te zoeken naar woorden — bij voorkeur een goede reden waarom Joe niet het recht zou hebben om de kluis mee te nemen.

Joe vroeg op milde toon: "Waarom maak je je zo druk over deze kluis? Ouwe Bus heeft nooit iets van enige waarde bezeten, of wel soms?"

"Iemand dacht blijkbaar van wel," gromde Cole met een hoofdgebaar in de richting van het vernielde slot. "Ik wil gewoon zeker zijn dat alles wat erin zit er ook in blijft zitten."

"Hij is bij mij in goede handen," zei Joe terwijl hij zich omdraaide naar Walt. "Denk je dat je dat ding kunt optillen en in de achterbak van mijn auto kunt laten zakken?"

"Ik denk het wel," zei Walt met een vragende blik naar Cole, die echter niets zei. "Ik til hem op, en dan rij ik naar de weg. Als jij de auto achteruit steekt, dan kunnen we hem samen in de kofferbak laten zakken."

"OK, breng hem maar de straat op. Maar wees voorzichtig, haal hem langzaam omhoog."

Cole protesteerde nogmaals. "Kijk eens aan, Joe. Ik ben verantwoordelijk voor die kluis en de inhoud. Ik wil hem liever in de gaten blijven houden."

Joe dacht even na. "Ik zie niet in waarom jij er verantwoordelijk voor zou zijn. Tenzij er een testament is dat jou tot executeur benoemd heeft?"

"Misschien dat er een testament in de kluis ligt."

"Als dat zo is, dan denk ik dat het flink beschadigd zal zijn. Na die brand en al dat schudden dat jullie gedaan hebben."

Cole hield vol. "Ik vind dat er iemand aanwezig moet zijn om Bus Hacker te vertegenwoordigen als die kluis wordt geopend. En aangezien ik zo'n beetje de enige vriend ben die ouwe Bus nog had —"

"Ik heb geen bezwaar."

Walt Hobius reed de takelwagen de weg op met de kluis erachteraan. Joe ging naar zijn auto en nam contact op met het hoofdbureau. Ace Wardell, de hulpsheriff van dienst, gaf antwoord.

"Ace, bel met het staatslaboratorium in San Jose. Ik wil twee experts: iemand die een brandstichting kan onderzoeken en iemand die een kluis kan openen."

"Prima. Waar moeten ze heen?"

"De brandstichting-expert moet hier in Marblestone zijn, bij het huis van Hacker op de hoek van Mitre Canyon Road en Destin Lane."

"Begrepen."

"Zodra hij hier is kom ik terug naar het bureau met de kluis, dus de brandkastkraker kan op mijn kantoor wachten."

"Komt voor elkaar."

Door voorzichtig maneuvreren en met hulp van de toeschouwers slaagden ze erin de kluis in de koffer van de auto van Joe te laten zakken. Cole Destin stond erbij te kijken, met zijn schouders gebogen en zijn handen in zijn zakken. Hij vroeg: "Wanneer wil je die kluis openmaken?"

"Zodra ik weer terug ben op het bureau."

"Ik ga even naar huis om me op te knappen," zei Cole, en hij vertrok.

Joe keerde zich om, op zoek naar Arthur van Horn, en zag dat hij met een somber gezicht tegen het hek leunde. Joe vroeg hem: "Hoe laat kwam de melding binnen?"

"Rond halfdrie."

"Wie heeft het gemeld?"

"Ausley Wyett belde."

"Ausley Wyett, zei je? Nou ja, dat is logisch, hij woont het dichtst in de buurt."

Van Horn knikte met tegenzin. "Tegen de tijd dat we er waren was er niet veel meer te doen. De hele zaak was al afgefikt."

Joe liep terug om de ruïne nogmaals te onderzoeken. Brandweerlieden en toeschouwers hadden de grond vertrapt: er was weinig hoop om nog voetstappen of andere aanwijzingen te vinden. Desondanks — en eigenlijk misschien alleen omdat het van hem verwacht werd — liep Joe het huis rond, keek om zich heen en bekeek diverse brokstukken en losse voorwerpen.

Een uur later arriveerde Edgar B. Hardwick, van het criminologisch laboratorium van San Jose. Hij was een kleine, ernstige man met zorgvuldige vouwen in zijn bruine broekspijpen en een net, beige jasje. Joe stelde zich voor en bracht hem naar het huis. Hardwick schudde wei-felend zijn hoofd. "Een grote rotzooi, zoals gewoonlijk." Hij liep terug naar zijn auto, trok een blauwe overall en overschoenen aan en ging aan het werk.

Joe keek hem even na en zei toen: "Ik moet terug de stad in. Je kunt me bellen als je klaar bent."

"Verwacht niet te veel," zei Hardwick. "Op dit moment kan ik je maar één ding definitief vertellen: het huis is afgebrand."

Cole Destin was terug en zat met een grimmig gezicht in zijn auto te wachten. Joe keek nog een laatste keer om zich heen en reed terug naar Pleasant Grove terwijl Cole hem volgde.

Hij reed naar de achterkant van het gerechtsgebouw en parkeerde in de buurt van de garage. Met de hulp van hulpsheriff Wardell en de slotenexpert werd de kluis op de grond gezet, op een stel planken.

De slotenexpert inspecteerde de kluis, en net als Hardwick, de brand-expert, leek hij ontmoedigd. "Dat slot is zo vernaggeld dat ik een thermische lans moeten gebruiken om het eruit te snijden."

"Als hij maar open gaat," zei Joe.

"O, ik krijg hem wel open, maak u maar geen zorgen."

Joe knikte in de richting van het slot. "Wist hij waar hij mee bezig was?"

"Ik zou zeggen van niet. Het werk van een leek, eigenlijk. Hij had net genoeg verstand van zaken om een hamer en een paar beitels mee te brengen, maar daar houdt het dan ook mee op." Hij zette zijn truck op de juiste plek, rolde de slangen van de zuurstof- en waterstoftanks af, deed een masker voor en ging aan het werk. Vonken vlogen in de rondte, withete metaal droop naar beneden en vormde kleine poeltjes op de grond. Hij pakte een zware beitel met een lange steel, tikte, sloeg en hamerde korte tijd, en zette er toen nog een paar minuten lang de vlam op. Uiteindelijk deed hij zijn masker omhoog en keek Joe aan. "Er is iets dat ik maar beter meteen kan zeggen. Af en toe gebeurt het wel dat na een fikse brand de isolatie van de kluis de hitte binnenhoudt. Als je dan de deur opent en lucht naar binnen laat, vliegt de hele boel in de fik."

Joe keek wantrouwend naar de kluis. "En denkt u dat dit hier kan gebeuren?"

"Ik denk het niet. Een klein koekblik als dit heeft niet genoeg isolatie."

"Dat betekent dus ook dat de hele inhoud van de kluis verbrand is."

"Waarschijnlijk wel... Nou, daar komt-ie dan." Hij bewoog de beitel nogmaals; de deur zakte opzij en viel open. Er kwam geen steekvlam, en de binnenkant was nauwelijks warm. De brandkastkraker borg zijn gereedschap op, accepteerde de complimenten van Joe en vertrok.

Joe draaide zich om en zag dat Cole Destin zijn neus in de kluis had gestoken. Joe stapte snel naar voren. "Geef me de ruimte, Cole. Dit moet voorzichtig worden aangepakt."

Cole stapte opzij. Joe stak een lange tang in het onderste deel van de kluis en trok er een groot kasboek uit. De stoffen omslag was verkoold en de binnenkaften waren zacht en bijna kruimelig, maar daaronder leken de bladzijden zelf relatief onbeschadigd. Joe legde het kasboek opzij en keerde zich weer om naar de kluis. Uit een tweede opening haalde hij een pakketje brieven dat aan alle kanten verschroeid was. Uit een volgende opening trok hij een zwartgeblakerde, bijna uit elkaar vallende envelop die zo te zien oorspronkelijk van manillapapier was geweest. Als laatste richtte hij zich op de vervormde metalen lade, die hij met enige moeite open wist te krijgen. In de lade lagen zwarte vlokken verkoold papier die door al het schudden uit elkaar gevallen waren. Joe schudde misprijzend zijn hoofd. "Jullie moeten je laten nakijken, zoals jullie met die kluis zijn omgesprongen."

Cole zei niets. Hij reikte met zijn hand naar de verschroeide manilla envelop. Joe zei kalm: "Ik denk dat ik beter alles eerst even kan nakijken, Cole."

"Ik wil gewoon weten of er een testament is."

"Als er een testament is, dan ben jij de eerste die het hoort."

Cole bromde iets binnensmonds, maar vertrok een paar tellen later.

Joe bracht de inhoud van de kluis naar zijn kantoor.

Hij ging achter zijn bureau zitten en sneed de manilla envelop open. De inhoud was niet echt van belang: een geboorteacte, een trouwacte, ontslagpapieren van het leger, eigendomsbewijs van een auto, een spaarbankboekje met vierhonderdtweeënnegentig dollar. Er was niets dat ook maar in de verte op een testament leek, en Joe vroeg zich af of de zwarte papiervlokken misschien de overblijfselen van een dergelijk document waren. Als dat zo was, dan zouden de laatste wensen van Bus Hacker met betrekking tot zijn nalatenschap nooit worden uitgevoerd.

Joe richtte zijn aandacht nu op de bundel brieven. Hij maakte ze los en zocht de minst beschadigde ertussenuit. De poststempel was Marblestone, 4 september 1919, en in een rond, vrouwelijk handschrift geadresseerd aan Korporaal Clarence Hacker, Barak 42-19, Fort Saugus, Noord-Carolina. Joe trok de brief eruit en vouwde hem voorzichtig open. Zoals hij al verwacht had was hij getekend door 'Millie' en leek het een verder heel gewone brief, gevuld met allerlei onbelangrijke roddels. Toen ze de brief schreef was Millie blijkbaar nog in dienst van de familie Destin; er werd met veel respect gerefereerd aan 'Meneer Destin' en 'Mevrouw Destin'.

Joe bekeek nog meer van de brieven, die allemaal dezelfde toon en inhoud hadden als de eerste. Blijkbaar zouden de jonge Clarence Hacker en Millie gaan trouwen zodra zijn dienstplicht erop zat.

Nu richtte Joe zijn aandacht op het kasboek, waarin blijkbaar alle uitgaven van de afgelopen tien jaar waren opgetekend. Iedere cent die de Hackers hadden uitgegeven leek zorgvuldig te zijn opgetekend onder dertien verschillende koppen:

Voedsel
Kleding
Gezondheid en medicatie
Tabak
Drank
Elektriciteit
Gereedschap en ijzerwaren
Meubilair
Recreatie
Kerk
Verzekering
Belasting
Spaargeld

De Hackers hadden bescheiden geleefd, maar Joe kon niet zonder meer vaststellen wat hun precieze inkomen geweest was. Het was natuurlijk eenvoudig te berekenen. Gemiddeld spaarden ze ongeveer tien dollar per maand, maar soms hadden ze zelfs vijfentwintig dollar spaargeld.

In oktober van het vorige jaar, onder *Gezondheid en Medicatie,* stond het trieste item *Begrafeniskosten* — $785, een bedrag dat blijkbaar uit het *Spaargeld* was bekostigd. Er ontbraken een paar ongewone zaken in de koppen. Huur, bijvoorbeeld — aangezien Bus Hacker geen huur hoefde te betalen aan de Destins. Maar er werd ook nergens melding gemaakt van kosten aan de auto, hoewel die misschien onder een andere kop konden vallen. Maar in ieder geval leek het erop dat Bus weinig onkosten aan zijn voertuigen had. Tot iemand zijn auto had gesaboteerd door water in zijn benzinetank te gooien. Wie zou dat gedaan kunnen hebben? Een autoverkoper die hoopte dat Bus een nieuwe auto zou kopen? Walt Hobius, in een poging om zijn garagebedrijf wat extra inkomsten te bezorgen? Joe zag Walt er wel voor aan...Maar iemand had nog een tweede geintje uitgehaald met ouwe Bus, door hem van huis te lokken met het smoesje dat er een belangrijke brief van de overheid op hem lag te wachten. Die twee dingen moesten wel met elkaar te maken hebben. Blijkbaar wilde iemand zeker weten dat Bus een paar uur van huis zou zijn. Waarom? Joe herinnerde zich de woorden die Bus had gemompeld net voordat hij overleed: "...Brief op de post...Ik wist het niet zeker..."

Joe begon te speculeren. Stel nu dat iemand Bus Hacker had weggelokt om de kans te krijgen om die 'brief' te zoeken, maar had ontdekt dat Bus een kluis bezat. En stel nu dat diezelfde persoon na de dood van Bus Hacker had geprobeerd de kluis open te breken en toen dat niet lukte het huis in brand had gestoken in de hoop de bewuste 'brief' te vernietigen.

Joe bekeek de half-verbrande bundel enveloppen. Zou die bewuste 'brief' hierbij kunnen zitten? Het zou een fikse, en behoorlijk delicate, klus worden om al die brieven door te kijken — hoewel Joe op het Chapman Instituut wel de juiste technieken had geleerd. Hij herinnerde zich dat er een methode was waarbij een brief in een oplossing van chloraalhydraat gedompeld werd; een andere methode maakte gebruik van een oplossing van 5% zilvernitraat...Joe schudde zijn hoofd. Het was beter om het staatslaboratorium het werk uit te laten voeren, in ieder geval de ergste brieven; hij wist zeker dat het een monnikenwerk zou zijn...De telefoon ging over; Joe nam op.

"Een zekere Hardwick voor u," zei mevrouw Rostvolt.

"Verbind maar door," zei Joe. Hij hoorde een klik. "Met sheriff Joe Bain."

"Met Hardwick, Sheriff — de brandexpert. Ik kan niets definitiefs zeggen over het huis van Hacker. Volgens mij is het brandstichting, of anders een ongeluk veroorzaakt door een inbreker, maar vraag me niet om het te bewijzen. Het huis is te zwaar beschadigd. Ik denk dat de brand in de keuken is begonnen, of in de kelder net onder de keuken, en het kan dus eventueel ook spontaan zijn begonnen."

"Dat is wel wat ik verwachtte," zei Joe. "Een moment alstublieft." Hij liep naar de deur, stak de gang over en keek naar het bureau achter de balie. Mevrouw Rostvolt hield de hoorn van de telefoon aan haar oor.

Joe liep terug naar zijn eigen kantoor. "Sorry dat ik u heb laten wachten, meneer Hardwick. Ik denk niet dat u nog meer voor mij kunt doen. Hartelijk dank."

Joe stond op, bleef even besluiteloos staan en liep toen naar de balie. Mevrouw Rostvolt was druk aan het typen en keek niet op.

Zo beleefd als hij maar kon zei Joe: "Ik verwacht de komende dagen een aantal vertrouwelijke telefoontjes, mevrouw Rostvolt, dus ik zou het op prijs stellen als u vanaf nu de telefoon ophangt nadat u het gesprek heeft doorverbonden."

Mevrouw Rostvolt trok haar wenkbrauwen zo ver op dat haar ogen er bijna helemaal rond en uiterst verbaasd uitzagen. "Maar natuurlijk, wat u maar wilt. Ik deed alleen maar wat sheriff Cucchinello me gevraagd heeft; hij had vaak telefoontjes waarvoor hij graag een getuige had, voor het geval er ergens een misverstand zou ontstaan —"

Joe knikte wijs. "Als zich eventueel zoiets voordoet, dan laat ik u dat zeker weten. Maar tot dat moment wil ik mijn persoonlijke gesprekken graag persoonlijk houden."

Mevrouw Rostvolt keerde zich weer om naar haar typemachine en Joe ging terug naar zijn kantoor. Hij legde zijn voeten op zijn bureau en keek eroverheen naar de kaart van de regio.

Sergeant Lew Gonzales kwam het kantoor binnen. "Een paar minuutjes welverdiende rust, Joe?"

"Rust? Vergeet het maar!" zei Joe. "Ik denk na." Hij ging rechtop zitten en nam het rapport van de dagdienst aan dat Lew had binnengebracht.

Zijn ogen gleden over de kolommen: niets bijzonders. Een gestolen motorboot was teruggevonden in de rietvelden, waarschijnlijk een kwajongensstreek. Een gevecht met messen in de Burnett bar. Klachten over onzedelijk gedrag, afkomstig van een huisvrouw in Aurora, die betrekking bleken te hebben op een fotograaf met een naaktmodel. Een overval op een handel in ijzerwaren in San Rodrigo waarbij wapens en munitie waren gestolen. De daders waren vrijwel zeker een paar tieners die binnenkort wel gearresteerd zouden worden.

Joe gooide het rapport opzij en richtte zich weer op zijn bundeltje verschroeide brieven. Het waren er dertig, en de helft ervan kon hij zonder enig probleem lezen. De rest zou hij naar het politielaboratorium in San Jose sturen. Hij legde de leesbare brieven in chronologische volgorde en begon te lezen.

Een uur later ging Joe rechtop zitten, niet veel wijzer dan toen hij begon. Millie Landruff was een goedgelovige jonge vrouw geweest die de dingen accepteerde zoals zij ze zag. Meneer Destin, gezien door Millies ogen, was het prototype van een gentleman rancher, terwijl mevrouw Destin een dominante driftkikker was. Er waren aanwijzingen dat meneer Destin zichzelf nogal een vlotte kerel had gevonden en dat mevrouw Destin deze trekjes in hem had herkend en hem weinig ruimte had gelaten. En wat de kleine Cole betreft, hij was "de liefste jongen die je je maar kon voorstellen, hoewel hij wel erg ongeduldig werd als iemand probeerde hem ergens toe te dwingen; dan kon hij een echte kleine duivel zijn. Jammer dat zijn oudere broer Harry nou dood had moeten gaan, het zou zo goed geweest zijn als kleine Cole iemand had die hem beter aankon dan zijn moeder."

Verder vertelde ze een heleboel roddels uit Marblestone, over mensen die Joe soms wel, soms niet kende, en er was zelfs een enkele afkeurende opmerking: "Blacky Bain was op de dansavond met een meisje uit San Rodrigo dat veel te goed voor hem was. Hij had een grote fles in zijn achterzak die iedereen kon zien zitten. Ik heb medelijden met het meisje dat met hem trouwt." Het meisje op de dansavond was waarschijnlijk zijn moeder geweest. Millies vrees was meer dan waar gebleken. Blacky Bain had Marian Sweet een leven vol problemen en teleurstellingen gebracht.

Er verscheen iemand in de deuropening; Joe keek op en sprong overeind. "Hallo, Lee." Hij schudde de ander nogal formeel de hand. "Ga zitten."

Lee Gervase ging zitten en trok de pijpen van zijn antracietkleurige pantalon recht. Hij was een goed uitziende man met heel kort zwart haar en een open, eerlijke blik. Hij keek even snel om zich heen in het kantoor en knikte lichtjes, alsof hij een of ander vermoeden bevestigd zag. "Ik hoorde dat je van plan bent om het tegen mij op te nemen in de verkiezingen, Joe."

"Dat heb je goed gehoord."

"Dat recht heb je natuurlijk. Als ik in jouw schoenen stond zou ik hetzelfde doen." Hij ging rechtop in zijn stoel zitten en keek Joe met een open blik aan. "Ik heb het vermoeden dat ik maar beter meteen kan zeggen wat mijn plannen zijn, zodat we na de verkiezingen geen misverstanden krijgen. Ik neem het uiteraard op tegen Cucchinello. Ik heb mijn hele verkiezingscampagne daarop afgestemd; ik kan dat nu niet zomaar wijzigen. Het is geen pretje voor jou om opgezadeld te zitten met de nalatenschap van Cooch en zijn reputatie, maar zo gaan die dingen nu eenmaal. Heel veel mensen rekenen op mij en ik kan ze niet teleurstellen."

Joe speelde met zijn potlood. "Ik stel het op prijs dat je langs bent gekomen, Lee. Ik maak me persoonlijk wat minder druk over de eventuele misverstanden achteraf, want ik ben van plan om een open en eerlijke campagne te voeren, of dat nu tegen jou is of tegen Cooch."

Gervase lachte beleefd. "Ik wil dit winnen, Joe. Ik zal elke gelegenheid aangrijpen om mijn zaak te bepleiten. Maar ik wil je wel nu alvast laten weten dat ik deze hele strijd tussen ons niet persoonlijk wil opvatten. Het is groter dan dat — het gaat om twee verschillende manieren van leven. Wij zitten hier in San Rodrigo nog steeds in het tijdperk van de T-Fordjes; het wordt hoogste tijd dat we ons optrekken aan de rest van Californië."

"Dat zou zomaar kunnen," zei Joe, "maar ik heb niet echt een mening over dat soort zaken — niet als sheriff Joe Bain en ook niet als gewoon Joe Bain. Als dingen moeten veranderen, dan gebeurt dat vanzelf."

Lee Gervase schudde zijn knappe, donkerharige hoofd, lichtelijk neerbuigend. "Zo simpel is dat niet. De sheriff is een belangrijke publieke figuur. Een symbool van de overheid. Cucchinello en het oude gerechtsgebouw — allebei T-Fordjes. Mijn sponsoren en ik willen moderniseren, onszelf weer bij de tijd brengen. We zijn dit hele Mack Sennett-achtige sfeertje meer dan beu. Misschien moeten we een paar mensen uit hun vaste gewoontes losschudden, maar de hele wereld is aan het veranderen. Als je niet met de tijd meegaat, dan verlies je de race."

Joe knikte bedachtzaam. "Als dat jouw campagne is, dan denk ik dat je daar zeker stemmen mee zult winnen. Maar ik krijg ook stemmen. Mijn campagne is gebaseerd op wetshandhaving en een eerlijk, onpartijdig politiebureau. Het kan zijn dat Cooch zo hier en daar wel wat kleine persoonlijke voordeeltjes heeft gekregen. Zo ben ik niet. Ik heb hier al een en ander veranderd."

Lee Gervase grinnikte. "Dat hoorde ik al. Ik heb begrepen dat je hier ook, hoe zal ik het zeggen, nogal wat vastgeroeste tegenstand hebt."

Joe hield zijn hoofd schuin en keek Lee Gervase met een vragende frons aan. Het leek erop dat het mevrouw Rostvolt niet uitmaakte tegen wie ze haar klachten uitte.

"Ik zou dit waarschijnlijk niet moeten zeggen," zei Lee Gervase, die grijnsde om Joe's overduidelijke irritatie.

"Het maakt niet uit," zei Joe. "Als je op tenen gaat staan, dan is het onvermijdelijk dat mensen gaan schreeuwen. Na de verkiezingen — en het maakt niet uit wie er wint — zullen er ongetwijfeld een heleboel dingen veranderen."

Lee Gervase knikte. "Wat jou betreft hoeft dat niet zo te zijn."

"O? Wat bedoel je daarmee?"

"Ik zeg de dingen zoals ik ze zie. Als jij het tegen mij opneemt, dan denk ik dat ik ga winnen. Dan is het dus logisch dat je dit bureau zult moeten verlaten — je baan opzeggen. Als je nu je naam van de kieslijst afhaalt en jezelf bijvoorbeeld brigadier Joe Bain gaat noemen, in plaats van sheriff Bain, dan kun je die titel na de verkiezingen ook behouden. Waarschijnlijk ook met een kleine salarisverhoging als ik dat voor elkaar kan krijgen. Ik weet zeker dat je je werk goed doet. Je zou een aanwinst zijn voor dit corps."

"Ik heb een beter idee. Als jij je nou eens terugtrekt, dan geef ik je een baantje als nachtwaker in de gevangenis."

Gervase haalde zijn schouders op. "Doe maar wat je niet laten kunt.

Ik heb je gewaarschuwd, ik neem dit serieus. Ik ben niet van plan om mijzelf of mijn aanhangers in San Rodrigo teleur te stellen. Ik ben van plan om schoon schip te maken hier. Jij, en alles waarvoor je staat, zullen het veld moeten ruimen."

"Is dat waarom je mij als brigadier van je afdeling wilt? Volgens mij wil je van twee walletjes eten."

Lee Gervase glimlachte en knikte. "Zolang we elkaar maar begrijpen." Hij liep naar de deur.

"Ik begrijp je volkomen," zei Joe terwijl hij opstond en Lee Gervase naar de gang begeleidde. "Ik begrijp dat je je niet zoveel gelegen laat liggen aan je burgerplicht als je de mensen wilt doen geloven."

Lee Gervase grinnikte — een geluid dat onaangenaam contrasteerde met zijn uiterlijk. "Ik ben nooit van plan geweest om een tweede Jeanne d'Arc te worden. Maar ik denk dat wat goed voor mij is, uiteindelijk ook goed zal blijken te zijn voor deze hele regio."

Ze stonden op het asfalt voor het gebouw. Joe zei bedachtzaam: "Ik snap het niet, Lee. Je bent er de man niet naar om tevreden te zijn met een baan als sheriff, zelfs niet voor duizend dollar per maand."

Lee Gervase keek even snel opzij. "Jij wel?"

"Zeker. Ik heb geen belangstelling voor het geld. Ik vind het gewoon een fijne baan."

Lee Gervase glimlachte rustig. "Er kan er maar één die baan krijgen."

"Moge de beste man winnen," zei Joe.

Gervase vertrok. Joe keek hem na terwijl hij wegliep, met stevige, zelfverzekerde pas. Het stond zeer zeker vast dat Lee Gervase niet uit was op een baan als sheriff, zei Joe tegen zichzelf. Noch de baan, noch het salaris. Lee Gervase had zijn blik gericht op Sacramento. Sacramento — of Washington. Rudolf Wark, het Congreslid van dit gebiedsdeel, werd steeds dogmatischer en steeds minder flexibel. Het kon niet anders of een energieke, jonge man die had bewezen verkiezingen te kunnen winnen zou hem van zijn plaats kunnen stoten. Joe had zich een paar keer afgevraagd waarom Lee Gervase, een suave stedelijk type, zich nu juist in Pleasant Grove had gevestigd. Het zou maar zo kunnen dat Lee Gervase zorgvuldig iedere bestuurlijke regio in Californië had bestudeerd en San Rodrigo had uitgekozen als de meest veelbelovende. Sheriff Ernest Cucchinello was kwetsbaar in een goed uitgedachte, stevig gevoerde campagne. Na de dood van Cooch leek het zelfs nog eenvoudiger voor hem om te winnen.

Joe ging terug naar zijn kantoor en nam een slok van Ernest Cucchinello's whisky om zijn zenuwen weer in bedwang te krijgen, en begon toen een nieuw rooster voor de patrouilles uit te werken. Dit was een gecompliceerde taak met een heleboel subtiele details die in de gaten gehouden moesten worden. Ten eerste moesten er altijd agenten klaarstaan en beschikbaar zijn om in actie te komen bij noodgevallen, misdaden en oproer. Ten tweede was het wenselijk dat ieder deel van de regio ten minste een keer per dag werd aangedaan, met de uitzondering van een aantal afgelegen bergdorpen die misschien een of twee keer per week een politiewagen langs zagen komen. En ten derde waren er altijd dwangbevelen die moesten worden uitgedeeld en gerechtelijke bevelen die moesten worden uitgevoerd. Om dit alles voor elkaar te krijgen had Joe de beschikking over zeven hulpsheriffs die ieder vijf dagen per week werkten — wat dus neerkwam op vijf man voor iedere werkdag. De meldkamer moest natuurlijk de hele dag door bemand zijn, zodat er dus maar drie mannen beschikbaar waren om te patrouilleren, plus hijzelf...Joe stelde zorgvuldig een rooster op met overlappende diensten: tien tot halfzeven, vier tot middernacht, zeven tot twee in de ochtend. Hij schoof met vrije dagen zodat hij extra personeel had voor de vrijdag- en zaterdagavond. Op zondag en maandag had hij minder personeel nodig.

De hulpsheriffs moesten zorgvuldig ingepast worden in zijn schema. Hij kon niet zomaar willekeurige combinaties maken. Iedere man had zijn eigen gewoontes, zijn eigen sterke en zwakke punten. Casey Miggs was heel goed met kinderen, maar ietwat onzeker in heftige situaties. Big Ben Boso was tactloos, rechtdoorzee en een rauwdouwer — van al zijn mannen het meest geschikt om avonden te werken, ondanks dat hij de gewoonte had om te drinken onder werktijd. Hij was licht ontvlambaar, ging ruw om met dwarsliggende arrestanten en had een hekel aan Mexicanen.

Lew Gonzales was het tegenovergestelde, hij kon goed opschieten met Mexicanen, aangezien hij er zelf een was. Hij was pietluttig, evenwichtig van aard en had een klein hartje. Hij vond het niet prettig om iemand op te pakken en liet zich nogal gemakkelijk inpalmen. Hij en

Boso konden redelijk met elkaar overweg. Boso noemde hem 'Dago' en hij noemde Boso 'Polak'.

En van de andere mannen vond Frank Hubbard het heerlijk om in de meldkamer te werken terwijl Bill Phipps er ronduit een hekel aan had. Fay Insley, een strenge fundamentalist, kon zichzelf er niet toe zetten om op zondag te werken. Ace Wardell was een vrouwenversierder en zwaaide volgens sommigen wat al te snel met zijn wapen. Gonzales, Insley en Miggs waren absoluut onomkoopbaar, Hubbard, Phipps en Boso namen het waarschijnlijk minder nauw. Joe had zijn twijfels over Ace Wardell. Als hij verkozen werd, zou hij Wardell permanent in de meldkamer willen zetten en twee extra mannen aannemen.

Toen hij klaar was bracht hij het rooster naar mevrouw Rostvolt. "Maak een stuk of tien kopietjes — eentje voor iedere hulpsheriff, een voor mijzelf en een voor het prikbord."

Mevrouw Rostvolt keek met een misprijzende frons naar het rooster. "Ik heb al een nieuw rooster gemaakt. Ik stond net op het punt om het uit te typen."

"Gooi het maar weg," zei Joe. "Dit is hoe ik het wil hebben."

Mevrouw Rostvolt haalde koeltjes haar schouders op. "Zoals u wilt."

Joe bleef even staan om na te denken. Hij keek op zijn horloge. Het was nu halfvijf. Hij zei tegen mevrouw Rostvolt: "Als iemand me zoekt, dan ben ik onderweg naar Marblestone."

"Prima, meneer Bain."

Joe keek nogmaals op zijn horloge. Als hij nu naar Marblestone ging, dan zou hij niet op tijd thuis zijn voor het eten. Hij ging zijn kantoor in en belde naar huis. Miranda nam op. "Hallo?"

"Met mij."

"Hallo, pap."

"Ik ben niet thuis voor het eten."

"O, papa! Oma heeft nog wel varkensribben gekocht! En zoete aard-appels!"

"Sorry, meisje. Ik heb nog iets te doen."

"Hoe laat ben je thuis?"

"Dat kan ik nu nog niet zeggen. Maar wacht niet op mij met het eten."

"OK."

Een paar minuten na vijven, terwijl de zonnestralen schuin over Castle Mountain gleden, kwam Joe in Marblestone aan. Hij reed langs Destin Road naar de Wyett ranch, reed de oprit op en zag de waakhonden zijn kant op rennen, tegengehouden door de kabel waaraan ze vast zaten. Ausleys oude stationwagen was nergens te bekennen. Er was niemand thuis.

Hoofdstuk VII

Joe reed in zuidelijke richting over Destin Road naar de overblijfselen van het huis van Hacker. Het hek, begroeid met rode rozen, stond nog altijd overeind. Joe leunde op het hek en keek naar de zwartgeblakerde ruïne daarachter.

De zon was onder; de bergen vervaagden in de schemering, overal in de vallei gingen lichtjes aan. Joe luisterde. Het was stil; alleen de warme wind ruiste in de populieren. Een tjirpende vleermuis vloog langs hem heen. De as van Hackers huis leek nog droefgeestiger dan overdag. Joe dacht terug aan de brieven die Millie aan Bus had geschreven, lang geleden toen de wereld nog jong was. Hij keek naar de puinhopen waar de stukjes gebroken glas van Millies ontplofte potten met jam het laatste matte licht van de avond reflecteerden. Het leven zat vreemd in elkaar, dacht Joe. Op het moment dat je eindelijk leert om het te waarderen moet je je alweer zorgen gaan maken over het naderende einde... Hij liep terug naar zijn auto en reed naar Marblestone.

In het Fox Valley Wijkgebouw brandde helder licht; er was een evenement aan de gang: de Mammoth Kerkbazaar. Voor de Town Club stond een GM pick-up geparkeerd die Joe herkende als eigendom van Willis Neff. Hij parkeerde zijn auto ernaast, stapte uit en ging door de ouderwetse klapdeuren op de hoek van het gebouw naar binnen.

Binnen was de Town Club helder verlicht met gekleurde lichtjes van een jukebox, een hanglamp boven het biljart achterin en diverse knipperende en blinkende advertenties voor bier achter de bar.

Joe ging naast Neff zitten, die even naar hem staarde en hem toeknikte bij wijze van begroeting om vervolgens verder te praten met de man links van hem.

JACK VANCE

Joe bestelde bier. Neff sprak over het vissen op forel, met een afgemeten, dogmatische stem. "— natuurlijk zou er geen vis zijn als de boswachters er niet waren. Dan waren ze binnen een jaar uitgestorven. Dat moet ik ze wel nageven. Maar je kunt mij niet wijsmaken dat die gekweekte vissen net zo groot en smakelijk worden als natuurlijk geboren vis. Dat is logisch, want de natuurlijke vissen zijn uiteraard van betere komaf."

"Maar het zijn dezelfde vissen," zei zijn metgezel aarzelend.

"Dat zijn ze om de dooie dood niet, en dat weet ik zeker. Ik heb in elk water in deze heuvels gevist. Er zijn er een paar bij die niet worden bijgevuld, en ik denk niet dat er iemand anders dan ik daar vist, omdat ze moeilijk te bereiken zijn. Maar de vis die ik uit dat water haal, waar nooit iets is aangevuld, is de allerbeste."

"Het maakt mij niet zoveel uit waar ik vis. Maar welke plekken bedoel je dan precies?"

"Dat zeg ik niet. Ik heb er zowat tien jaar over gedaan om die plekjes te vinden. En ik denk dat ik er volgende week een paar dagen op uit trek om daar te vissen."

"Het is goed visweer."

Iemand hees zich op de stoel naast Joe: Walt Hobius. "Hallo, Walt," zei Joe. "Wat houdt jou zoal bezig?"

"Niet veel. Hé, Shorty! Breng me eens een flesje Budweiser." Hij keerde zich weer om naar Joe. "Wat heb je gevonden in de kluis van Bus Hacker?"

"Wat losse papieren. Niets bijzonders."

"Dat had ik al wel verwacht. Bus had nooit zoveel bijzonders. Ik weet niet waarom hij dacht dat hij een kluis nodig had."

"Oude mensen hebben soms rare ideeën."

"Ongetwijfeld. En Bus was geen uitzondering. Chagrijnige ouwe kerel."

"Waar kocht hij normaal gesproken zijn brandstof? Bij jou?"

"Niet zo vaak. Ik heb geen idee waar hij tankte. San Rodrigo, neem ik aan." Walt dronk zijn bier. "Als hij eens een keer twintig liter kocht, dan wilde hij altijd een bonnetje." Walt dronk nog meer bier en keek met een zure blik langs Joe heen in de richting van Willis Neff. "Daar heb je er nog zo een die het allemaal terugbetaald krijgt," mompelde hij.

"Wat bedoel je daarmee?"

"Jij bent zelf opgegroeid op een ranch. Ik weet niet of jullie een trekker hadden en of jullie wel of geen belastingvrije brandstof hadden. Voor de motor van je auto maakt het geen verschil of je wel of geen belasting betaalt over je benzine."

Joe knikte. "Verdomd lastig om daar iets aan te doen. Vooral als je een pick-up op eigen terrein gebruikt om dingen heen en weer te vervoeren."

Walts magere gezicht met de holle wangen keek zo mogelijk nog chagrijniger. Hij hield zijn hoofd schuin en luisterde naar het gesprek van Neff. "Moet je hem eens horen," zei hij tegen Joe. "Hij blijft maar opscheppen hoe goed hij kan vissen." Hij leegde zijn glas en gebaarde naar Shorty Olson, de kastelein. "Nog twee van hetzelfde."

Joe stak zijn hand op. "Niet voor mij. Ik moet opletten, want ik moet zo naar de bijeenkomst in de kerk om daar mijn achterban te ontmoeten. Ik wil niet op handen en voeten naar binnen moeten kruipen."

Walt keek hem met een verbaasde blik aan. "Na twee biertjes? Is dit dezelfde Joe Bain die ik vroeger kende? Toen waren twee biertjes niet meer dan een voorafje."

"Nou — vooruit dan. Nog eentje."

"Dat lijkt er meer op. Misschien dat je stemmen kunt winnen in de kerk als je niet drinkt, maar op die manier raak je wel het vertrouwen kwijt van de plaatselijke dronkenlappen."

"Daar zit wat in," zei Joe. "Ik denk dat je het nooit iedereen naar de zin kunt maken."

"Op een lang leven." Walt hief het glas en dronk.

"Als je die kankerstokjes niet laat liggen, dan ga je dat niet halen," zei Joe terwijl hij het glas hief.

Walt keek hem verbaasd aan. "Ik ben aan het minderen." Hij keek omlaag naar zijn bevlekte vingers. "Welnee, joh, dat is geen nicotine. Dat is jodium, of inkt of zoiets." Hij knipperde met zijn ogen en keek Joe met scherpe blik aan. "Hoezo ben je ineens zo geïnteresseerd in mijn gezondheid?"

"Ten eerste natuurlijk omdat ik je stem nodig heb. En als je het verschil niet kent tussen inkt en jodium, dan heb je binnenkort ofwel een bloedvergiftiging, ofwel een kapotte vulpen."

Walt grinnikte en deed zijn mond open om te reageren, maar op dat moment stond Neff op van zijn barkruk en draaide zich om naar Joe. "Wie heeft het huis van Hacker in de fik gestoken, sheriff?"

"Ik weet het niet. Nog niet."

"Denk je dat je er ooit achter gaat komen?"

Joe meende een ondertoon van spot te bespeuren. "Ik ga er zeker achter komen. Ik laat dat soort dingen niet los."

"Kan ik je een tip geven, sheriff?"

"Natuurlijk. Ik ben niet hoogmoedig."

"Je weet toch wat ze zeggen over brandstichters? Dat zij meestal zelf alarm slaan?"

"Dat heb ik gehoord," zei Joe. "Maar soms zijn het juist de mensen die willen dat de brand wordt bestreden die alarm slaan. Het is lastig voor een wetsdienaar. Hij kan niet zomaar iedereen arresteren die een brand meldt, maar ook niet iedereen oppakken die dat niet doet."

Neff keek hem vol onbegrip aan. "Ik dacht dat ik misschien kon helpen."

"Bedankt, meneer Neff. Ik zal erover nadenken."

Neff liep weg.

Walt Hobius dronk zijn bier op en gleed van de kruk af. "Ik moest ook maar eens gaan. Als je nog naar het wijkgebouw gaat, dan zie ik je daar misschien straks nog."

Walt vertrok en even later volgde Joe hem naar buiten. Hij bleef even op de stoep staan. De schemering was overgegaan in nacht; aan de andere kant van het park leek het wijkgebouw te bruisen van activiteit. Alle ramen waren verlicht en er hing een streng gekleurde lampjes langs de voorgevel.

Joe slenterde het park door. Toen hij de straat overstak zag hij de Willys stationwagen van Ausley Wyett in de rij geparkeerde auto's. Joe snoof geamuseerd. Het leek erop dat Ausley van plan was om zich toch weer in het sociale leven te storten. Niemand kon hem verbieden om naar een bazaar van de kerk te gaan. Wat je ook mocht denken over Ausley Wyett, je kon niet ontkennen dat de man lef had. Of gewoon hondsbrutaal was, afhankelijk van hoe je de zaak bezag.

Joe volgde een boerenfamilie het wijkgebouw in. De man droeg een slechtzittend blauw pak, zijn vrouw een gebloemde jurk. De twee jongens hadden haren die glommen van de pommade, de rokjes van de twee meisjes ruisten terwijl ze liepen. Joe werd zich ineens bewust van zijn eigen kleding: corduroybroek, lichtgrijs windjack, een wit shirt. Zijn moeder en Miranda wilden allebei dat hij zich wat formeler zou kleden, maar Joe wist niet of hij zo snel na zijn promotie gelijk al zijn hele uiterlijk wilde veranderen. Zoiets kon je maar beter rustig aan doen, stukje bij beetje, zodat niemand het opmerkte. Cucchinello was natuurlijk altijd tot in de puntjes gekleed geweest, in fijne gabardine, dure sportpolo, een Western-stijl veterstropdas en een cowboy-dasspeld. Lee Gervase kleedde zich goed, maar meer in de trend van een succesvolle jonge zakenman. Joe zette de gedachte resoluut van zich af. Zijn kleren waren goed genoeg voor een kerkbazaar. De meeste mensen zouden de indruk krijgen dat hij onophoudelijk hard aan het werk was als ze hem op deze manier gekleed zagen op zaterdagavond.

Joe betaalde zijn vijfentwintig cent en liep het gebouw binnen. De voorste zaal, ook wel de ontvangsthal genoemd, was gevuld met rijen opklaptafeltjes met allerlei schalen, dienbladen en ovenschotels. Links was een boog die leidde naar de grote zaal, waar de bazaar aan de gang was. Er was een tentoonstelling van quilts, handgemaakte kleden, zelf-gemaakt snoepgoed, oude boeken en tijdschriften. Een speciale stand was opgezet voor de contributie van Bart North, de plaatselijke stenen-verzamelaar: boekensteunen, onderstellen voor lampen, sieraden van agaat, versteend hout en jaspis.

Blijkbaar was net het sein gegeven dat het avondeten ging beginnen: er had zich een rij mensen gevormd die langs de tafels met etenswaren liepen. Joe ging de zaal binnen terwijl de meeste mensen naar buiten liepen in de richting van het voedsel. Charley Blankenship stond in de buurt, met zijn kleine toffee-kleurige vrouw Metty, de zus van Dora, de moeder van Walt. Charley droeg een loszittend pak met een dubbele rij knopen en een opvallende rood-witte stropdas, en zijn gebruikelijke zwarte schoenen met stompe neuzen. Hij zag Joe en gebaarde naar hem. Joe liep naar hem toe. "Hallo Charley. Goedenavond, mevrouw Blankenship. Het is behoorlijk druk."

"Het is geweldig," zei Metty. "We hadden nooit verwacht dat er zoveel mensen zouden komen. Ik hoop maar dat we genoeg te eten hebben."

Charley keek met onderdrukte woede in de richting van de andere zaal. "Misschien is het een goed idee om maar vast in de rij te gaan staan voor alles op is."

"Ga jij maar vast," zei zijn vrouw. "Ik eet toch niet: het is allemaal een beetje te vet voor mij." Ze wendde zich tot Joe. "De dokter zegt dat het mijn galblaas is. Hij wil niet dat ik vet eet en ik moet ook niet te veel zoetigheid eten. Ik heb de hele dag honger."

"Dat is vervelend voor u, mevrouw Blankenship."

Charley greep Joe's arm met zijn lange, slappe vingers en wees. "Daar. Kijk daar nu eens. Ik moet zeggen dat dit wel het toppunt van schaamteloosheid is!"

Joe keek in de richting van Charley Blankenships trillende vinger. Halverwege de muur, achter een display van zelfgemaakt snoepgoed stond Ellie Neff. Ze droeg een mouwloze jurk van blauw katoen en een blauw lint in haar blonde haren. Joe bedacht dat ze er uitermate charmant uitzag. Ze had een langzame, natuurlijke gratie, en was vriendelijk tegen iedereen zonder enige bijbedoelingen. Voor haar stand stond Ausley Wyett met zorg een keus te maken uit de diverse lekkernijen die ze te koop had. Hij had een slechtzittend maar overduidelijk nieuw pak aan. De achterkant van zijn jasje hing hoog op zijn achterwerk en zijn polsen staken ver uit de mouwen. Zijn voskleurige haar plakte tegen zijn hoofd; zijn schoenen glommen; hij droeg een sportieve rode stropdas met een dasspeld in de vorm van een zilveren A op een ivoren paardenhoofd. Hij vroeg Ellie iets en maakte een of ander grapje toen ze hem antwoord gaf. Ellie glimlachte, bloosde licht en glimlachte nogmaals.

"De brutaliteit van die vent," siste Metty Blankenship. "Je zou toch denken dat hij zich zou schamen om zijn gezicht hier te laten zien."

Charley kneep nog harder in Joe's arm en trok eraan. "Kun je er niets aan doen? Zijn aanwezigheid is een belediging voor iedereen hier, maar omdat dit door de kerk wordt georganiseerd durft niemand hem te vragen om weg te gaan."

"Daar heb je nu precies het probleem te pakken," zei Joe. "Ausley gedraagt zich, dus voor zover ik het kan zien heeft niemand het recht om hem lastig te vallen."

De neerhangende mondhoeken van Charley Blankenship trilden en hij tuurde nijdig door zijn bril, waarna hij zich hoofdschuddend omdraaide. Metty wierp Joe een nijdige blik toe, pakte Charley bij de arm en beende naar de andere zaal. "Daar gaan weer twee stemmen," zei Joe neerslachtig tegen zichzelf.

Ausley was klaar met kiezen en telde zijn geld uit. Hij stopte even en zei nog iets tegen Ellie, die fronste en toen langzaam knikte. Willis Neff kwam binnen. Ellie keek ogenblikkelijk omlaag naar haar zoetigheid en had het ineens heel druk met het opnieuw rangschikken van haar koopwaar.

Ausley zag Joe en slenterde de zaal door. Joe zei: "Als ik dat zo zie dan ben je een behoorlijke zoetekauw geworden, Ausley."

Ausley grijnsde. "Ik heb altijd al een zwak gehad voor snoepgoed. Wil je een toffee?"

"Nee, dank je."

Ausley at een snoepje en keek achterom de zaal in. "Dat is echt een heel lief meisje. En mooi, ook."

"En ze heeft echt een heel gemene vader die jouw bloed wel kan drinken. Kijk uit wat je doet, Ausley, en ik zeg het echt voor je eigen bestwil."

Ausley grijnsde zuur. "Het kan me niets meer schelen, Joe. Het maakt niet uit wat ik doe, ik kan het toch nooit goed doen. Dus ik kan net zo goed gewoon doen waar ik zin in heb."

"Hoe bedoel je dat? Wat doe je dan niet goed?"

"Als ik binnen blijf en me niet in het openbaar vertoon, dan zegt iedereen: die rotzak van een Ausley Wyett weet zelf ook wel dat hij niet deugt, hij schaamt zich ervoor om zijn gezicht te laten zien. Als ik me net zo probeer te gedragen als andere mensen, dan zeggen ze: moet je die rotzak van een Ausley Wyett daar nou zien gaan, alsof hij de hele wereld in pacht heeft. Ik kan het nooit goed doen."

"En? Dat verbaast je toch zeker niet?"

"Nee," zei Ausley. "Het verbaast me niet. Maar sommige mensen zijn aardiger dan anderen."

"Zoals wie? Ellie?"

"Jazeker. Ik zei dat ze niet alles moest geloven dat ze over mij hoorde. En zij zei dat ze dat niet zou doen. Aardiger kan toch niet?"

"Zeker niet," zei Joe oprecht. "Het is jammer dat ze zo ver weg in de heuvels is weggeborgen."

"Het is niet fijn om weggeborgen te zijn," zei Ausley. "Ik heb het zestien jaar lang meegemaakt. En als de gevangenissen niet zo vol waren, dan had ik nog altijd gezeten. Ze moesten mensen loslaten om plaats te maken voor nieuwelingen."

"Laten we iets gaan eten," zei Joe, "voordat alles straks op is."

"Je kunt beter alleen gaan," zei Ausley. "Het gaat je stemmen kosten om met mij gezien te worden."

"Ik val in ieder geval op. Men zegt dat opvallen het halve werk is."

Ausley haalde zijn schouders op. "Als jij er tegen kunt, dan kan ik het ook."

Ze gingen naar de andere zaal en sloten achteraan de rij aan. Nadat ze hun dollar hadden betaald kregen ze ieder een groot bord en bestek. Ondanks de zorgen van mevrouw Blankenship leek er meer dan genoeg te eten te zijn: gegrilde kip, gebakken bonen, spaghetti, ham en aardappel — gegratineerd en in de vorm van aardappelsalade — groene salade, broodjes, muffins en als laatste cake, taart en koffie.

Joe en Ausley gingen samen in een hoek zitten. "Ik had je nog wat willen vragen over die brand," zei Joe. "Art van Horn zei dat jij alarm geslagen hebt."

"Helemaal juist," zei Ausley.

"Hoe laat was het toen je voor het eerst merkte dat er brand was?"

"O — tegen middernacht ongeveer. Misschien iets later. Ik had net de tv uitgezet en ik liep naar buiten om even mijn benen te strekken. Toen ik de rode gloed in de lucht zag, wist ik meteen wat er aan de hand was."

"En meer weet je niet?"

"Wat zou ik verder nog kunnen weten?"

"Je bent er niet heen gegaan om naar de brand te kijken?"

"Kom nou, nu moet je niet gaan denken dat ik helemáál geen gezond verstand heb."

"Wie denk je dat het gedaan heeft?"

Ausley tuitte zijn dikke, droge lippen. "Dat is een goede vraag. Ik heb daar zo mijn ideeën over, natuurlijk."

"Die zou ik graag eens horen."

Ausley schudde zijn hoofd. "Mijn mening doet er niet toe. Ik koester een wrok tegen al veel te veel mensen hier in de omgeving."

"Dat klinkt eerlijk gezegd belachelijk, Ausley. Wat denk je dat jou het recht geeft om wrok te koesteren tegen wie dan ook?"

"Ik praat er niet graag over," zei Ausley uit de hoogte. "Het hele verhaal zal waarschijnlijk ooit wel boven water komen. Maar op dit moment is de tijd er niet rijp voor."

"En wanneer denk je dat de tijd wel rijp zal zijn?"

Ausley schudde zijn hoofd. "Moeilijk te zeggen. De dood van Bus Hacker, op die manier — dat was heel erg. Ik neem aan dat het een ongeluk was?"

"Heb jij daar dan andere ideeën over?"

Ausley gniffelde en nam een slok koffie. "Weet je hoe ik het noem, Joe? Zijn verdiende loon."

Joe at verder in afkeurend stilzwijgen. Zoals Charley Blankenship al had gezegd vertoonde Ausley geen spoor van schaamte.

Uit de grote zaal klonk het geluid van klaptafels die werden klaargezet voor de bingo. Ausley stond op. "Ik denk dat ik eens ga kijken of ik een beetje geluk heb vanavond."

Joe keek hoe hij wegslenterde. Hij schudde ontevreden zijn hoofd, liep naar de koffiekan, pakte een tweede kop koffie en ging midden onder de boog staan. Op het podium was mevrouw Koshlund, de vrouw van de dominee van de Methodistenkerk, samen met mevrouw Bluett bezig om alles voor de bingo klaar te zetten. Allereerst was daar een kleine, draaiende ton met genummerde ballen en verder nog een groot vierkant bord met de nummers een tot en met honderd om de mensen eraan te herinneren welke nummers al getrokken waren. Joe keek de zaal rond. Hij herkende ongeveer een derde van de bezoekers. Sommigen waren oude schoolvrienden; anderen waren gezichten die hij zich met moeite kon herinneren. De Destins waren er niet, en hij had ze hier ook niet verwacht. De Destins, en nog een paar andere families, waren de elite van deze regio, en als die uitgingen dan reden ze naar Monterey of San Jose, of zelfs helemaal naar San Francisco.

De Blankenships waren aan een tafel dicht bij het podium gaan zitten; naast hen zaten Al Gruber en zijn vrouw, de uitbaters van de plaatselijke kapsalon en schoonheidssalon. Willis Neff en mevrouw Neff zaten aan de andere kant van de zaal. Neff zag eruit alsof hij liever ergens anders was. Terwijl Joe naar hen keek nam een ouder echtpaar de andere twee stoelen aan hun tafel in beslag. Joe keek de zaal rond op zoek naar Ellie en zag dat ze het geld dat ze met haar stand had verdiend overdroeg aan een dikke vrouw in een lavendelkleurige jurk.

Joe slenterde de zaal door; toen de dikke vrouw verder liep zei Joe: "Hallo, Ellie. Hoe gaat het ermee?"

Ellie glimlachte beleefd. "Heel goed."

"Ga je nog bingo spelen?"

"Ik denk het wel." Ellie keek in de richting van haar ouders aan de andere kant van de zaal.

"Misschien doe ik ook wel mee. Zullen we daar gaan zitten?"

Ellie keek weifelend naar haar kraam, maar niemand leek belangstelling te hebben voor haar snoepgoed. "Goed dan."

Joe begeleidde haar naar een lege tafel. "Ik had moeten vragen of je al gegeten had."

Ellie knikte. "Een minuut of tien, vijftien geleden." Joe schoof een stoel achteruit voor haar; Ellie lachte ongemakkelijk en ging snel zitten. Joe ging rechts van haar zitten. "Het is meer dan twintig jaar geleden sinds ik op een evenement als dit was," zei Joe. "Toen woonde ik nog in de heuvels."

"Waar woonde u dan?" vroeg Ellie zonder al te veel belangstelling.

"Net onder Castle Mountain. Ongeveer drie kilometer voorbij jouw huis is een smalle weg naar het zuiden. Als je die weg nog een kilometer of vijftien volgt, op en neer, langs flauwe en scherpe bochten, dan kom je uiteindelijk bij een weiland met een bouwvallig oud huis naast een bron. Dat is waar ik geboren ben. Ik wou dat het huis nog van mij was."

"Van wie is het nu?"

"Ik weet het niet. Na de dood van mijn vader heeft mijn moeder het verkocht aan ene A.N. Charr, en ik weet niet wat er daarna mee gebeurd is."

"Charr. Dat is een rare naam."

"Volgens mij kwamen ze uit Wales. Of Baskenland. Of Finland. Ergens uit het buitenland in ieder geval."

Ellie zei niets. Ze legde haar handen op de tafel: stevige, slanke, krachtige handen die binnen een paar jaar de eerste tekenen van hard werken zouden gaan vertonen. Ellie zag hem kijken en legde haar handen weer in haar schoot.

"Ik wil niet gelijk heel persoonlijk worden, we kennen elkaar nog maar net," zei Joe, "maar is het niet heel erg eenzaam voor je zo af en toe?"

Ellie glimlachte ongemakkelijk. "Ik probeer bezig te blijven."

"Misschien dat ik een beetje hard van stapel loop, maar zou ik je niet een keer 's avonds kunnen ophalen? Ik ben niet zo'n ster in dansen, maar misschien zouden we uit eten kunnen gaan en dan ergens een voorstelling bekijken of zo?"

Ellie's mondhoeken trokken omlaag. Ze schudde haar hoofd. "Ik denk het niet, meneer Bain."

"Kom nu, Ellie — en trouwens, je mag me wel Joe noemen — je kunt toch wel een keer een avond vrij nemen zonder dat de hemel naar beneden valt."

Ellie zweeg even en zei toen simpelweg: "In de eerste plaats heb ik niets om aan te trekken."

"Wat is er mis met wat je nu aan hebt? Je ziet er prachtig uit."

Ellie glimlachte en schudde weer haar hoofd. "Er zijn ook nog andere redenen. Een jaar of vijf geleden is mijn zus Gertrude van huis weggelopen en, nou ja, ze is in de problemen geraakt. Dus nu maakt mijn vader zich zorgen. Ik denk dat ik voorlopig nog zijn kleine meisje zal blijven."

Iemand stond stil naast de tafel. Joe keek op en zag Ausley Wyett, die nerveus grinnikte en zijn uiterste best deed om er kalm en rustig uit te zien, om vervolgens weer te grinnikten. "Is deze stoel bezet?" vroeg hij.

"Nee," zei Joe kortaf. "Ga je gang."

Ausley ging zitten en trok met overdreven precisie zijn broekspijpen een klein stukje op. En precies op dat moment verscheen Dominee Dunkwiler op het podium.

"Vrienden, ik zal maar een minuutje in beslag nemen voordat u kunt spelen, maar de eerwaarde dominee Koshlund heeft mij gevraagd om mede namens hem onze dank uit te spreken voor uw hulp, materialen en andere diensten, en voor de enorme opkomst van deze avond. Het is een van de moeilijkste en meest ondankbare klussen..."

Joe mompelde tegen Ellie: "Dit brengt me op een idee." Hij stond op en liep naar de zijdeur die naar het podium leidde.

"...opbrengst is nog niet helemaal geteld, maar ik weet zeker dat de fondsen voor het onderhoud van onze beide kerken een enorme injectie zullen krijgen. En ik zie dat de jongens en meisjes al klaar zijn om de kaarten uit te delen, dus ik hou nu verder mijn —" Joe Bain verscheen op het podium en fluisterde iets in het oor van Dominee Dunkwiler, die glimlachte en welwillend naar hem knikte. "Vrienden, Sheriff Joe Bain heeft een mededeling."

Joe stapte naar voren en keek uit over een zee van uitdrukkingsloze blanke gezichten. "Ik zal niet te veel tijd in beslag nemen. Ik wilde mijn oude vrienden en buren begroeten en iedereen eraan herinneren dat ik in de aankomende verkiezingen verkiesbaar ben als sheriff, en dat ik uw stemmen uitermate op prijs zou stellen. Ik heb geen grootse plannen, maar ik wil alleen maar benadrukken dat ik sta voor open, eerlijke en efficiënte handhaving van de wet, zonder intimidatie of voortrekkerij. Dank u voor uw aandacht. En u ook bedankt, eerwaarde." Joe maakte en stijve buiging en beende het podium af. Er werd hier en daar zonder veel enthousiasme geapplaudisseerd, maar ondertussen had de groep tieners zich al verspreid over de zaal om bingokaarten te verkopen. Dominee Dunkwiler deed nogmaals een stap naar voeren. "Er is mij gevraagd om mede te delen dat de bingokaarten een dollar per stuk kosten en de hele avond geldig zijn. Alle prijzen zijn gedoneerd, en we zullen de prijs en de naam van de schenker aankondigen voor iedere ronde."

Joe liep terug de zaal in en keek met een zure blik naar de tafel waar Ellie en Ausley nu kaarten kochten. Ellie kocht een enkele kaart, maar Ausley overhandigde met een grandioos gebaar een briefje van vijf en kreeg vijf kaarten. Ellie maakte een verwonderde opmerking, Ausley gaf een antwoord dat haar openlijk aan het lachen maakte. Joe fronste, ging terug naar de voorste zaal en haalde een kop koffie uit de inmiddels verlaten koffiepot.

Twee oudere dames kwamen op hem toe. De ene vroeg op plagende toon: "Ben jij werkelijk Joe Bain, die kleine schavuit die ooit de schande van de hele buurt was?"

Joe grinnikte. "Ik denk het wel. En u bent mevrouw Mathews, mijn juf in de derde klas."

"Dus je bent me na al die jaren nog niet vergeten!"

"Hoe kan ik u nu vergeten?"

De andere dame zei op schalkse toon: "Maar ik geloof nooit dat je nog weet wie ik ben!"

"Dat doe ik zeker," zei Joe. "U bent mevrouw Beasley van het postkantoor. Toen ik tien jaar oud was heb ik uw dochter gekust. U hebt me betrapt en me een flinke oorvijg verkocht."

"Stel je dat toch eens voor," zei mevrouw Beasley gemaakt verwonderd tegen mevrouw Mathews. Tien jaar oud was hij, en hij gaf Arla zomaar een kus, zonder te verblikken of verblozen! Tien jaar! En Arla deed net alsof het niets bijzonders was. Wat een boefjes waren het! Ik moet er niet aan denken wat ze allemaal achter mijn rug uitgehaald hebben."

"Dat bewijst maar weer dat je nooit weet wat de toekomst kan brengen. Arla is getrouwd, met vier kinderen, en Joe is de sheriff van de regio." Mevrouw Mathews keek Joe met ondeugende pretoogjes aan. "En we hadden altijd zo te doen met je arme moeder die het zo te stellen had met jullie twee: jij en je vader!"

"Ik denk dat ze af en toe medelijden met zichzelf moet hebben gehad," zei Joe.

De dames vroegen naar de moeder van Joe, en Joe gaf hen beleefd antwoord. Twee stemmen, als ze tenminste de moeite zouden nemen om de deur uit te gaan op de dag van de verkiezingen. Plus de stemmen van hun echtgenoten, kinderen en vrienden. Het was de moeite waard om zich even uit te sloven. Mevrouw Beasley reikte naar voren en tikte hem op de arm. "Er is nog iets dat ik je heel graag zou willen vragen —" ze keek opzij naar mevrouw Mathews die haar aandachtig aankeek. Mevrouw Beasley schudde licht haar hoofd. "Maar ik ben bang dat het niet gepast is. Niet professioneel. Dus ik zal me inhouden."

Het was niet helemaal duidelijk of haar professionele scrupules betrekking hadden op haarzelf of op Joe, maar ze maakte haar zin niet af.

In de andere zaal hoorden ze mevrouw Bluett de nummers afroepen. Mevrouw Mathews keek naar mevrouw Beasley: "Welnu, Mary, wil je nog gokken vanavond — zoals de kerk het niet graag hoort noemen?"

"Ik sta altijd open voor een beetje opwinding. Dat weet jij ook wel."

"Dan kunnen we maar beter naar binnen gaan voor alle prijzen op zijn. Kom je ook, Joe? Of moeten we 'sheriff' zeggen?"

"Ik koop wel een kaart voor de volgende ronde."

Joe begeleidde beide dames naar een tafel achter in de zaal. Ze kregen hun kaarten en een handje gedroogde bonen.

"Vierentachtig," riep mevrouw Bluett.

De ton draaide om zijn as. Een klein meisje van een jaar of acht, negen, met lange, donkere vlechten, stak haar handje naar binnen en pakte een bal, die ze vervolgens aan mevrouw Bluett gaf.

"Twaalf," riep ze. Ausley Wyett sprong op. "Bingo!"

Mevrouw Bluett knikte met samengeknepen lippen. Een van de helpers las de winnende nummers af van Ausleys kaart.

"Allemaal correct," verklaarde mevrouw Bluett. "De prijs is een stoomstrijkijzer, geschonken door Olins drogisterij."

Er klonk een onderdrukt gegiechel. Ausley glimlachte wat schaapachtig en ging weer zitten. Hij zette de doos met het stoomstrijkijzer voor zich op de tafel.

De volgende ronde begon. "Vijfenzestig," riep mevrouw Bluett. Joe legde een boon op zijn '65' en keek toen naar de andere kant van de zaal waar Willis Neff zat. Neff keek naar Ausley Wyett met een blik van vlijmscherpe haat. Joe fronste. Ausley Wyett deed misschien wel iets te hard zijn best om terug te keren naar het sociale leven.

Mevrouw Bluett bleef nummers afroepen. "Bingo!" "Bingo!" "Bingo!" "De prijs, geschonken door de heer en mevrouw Mendoza is dit prachtige tuinbeeldje." "— een bon voor een maaltijd van vijftien dollar in het Marblestone Hotel, geschonken door de heer Arthur van Horn."

En dan uiteindelijk: "En dat was het, vrienden. Bedankt voor uw komst en goedenavond."

Ausley en Ellie stonden op. Ellie had niets gewonnen, maar Ausley had erop gestaan dat zij het stoomstrijkijzer zou aannemen. Ze hield het met tegenzin vast, duidelijk van streek. Toen haalde ze haar schouders op, wenste Ausley goedenavond en liep door de menigte naar haar moeder. Joe keek haar na. Gracieus, charmant en genereus — en mooi. "Daar moet ik iets mee doen," zei Joe. "Tenzij Ausley mij te vlug af is."

Hij keek hoe Ellie het stoomstrijkijzer aan haar moeder liet zien. Ze keken allebei om naar Ausley, maar die had de zaal al verlaten. Joe keek om zich heen of hij Willis Neff ook zag, maar ook hij was nergens meer te bekennen. Misschien dat hij even naar het toilet was, dacht Joe.

Mevrouw Neff bekeek de doos met een bedenkelijke blik en schudde toen haar hoofd. Ellie maakte een milde opmerking. Mevrouw Neff keek zo mogelijk nog bedenkelijker. Zij en Ellie keken om zich heen. Mevrouw Neff zei iets tegen Ellie met een sombere uitdrukking op haar gezicht: Ellie's gezicht werd week en verbijsterd.

Joe draaide zich om en liep naar de deur. Hij ging naar de stoep en keek naar links en naar rechts. Daar stond de stationwagen van Ausley, donker en stil onder de lantaarnpaal. Er stonden een groep mannen in de straat naast de auto.

Joe liep er snel heen. Willis Neff had Ausley Wyett aangesproken naast zijn stationwagen, blijkbaar precies op het moment dat Ausley de sleutel in het slot had willen stoppen.

Neff sprak met een zware, hese stem. "— wat ik zal doen, maar voordat ik het doe, wil ik je wel zeggen dat ik niet wil dat je ooit nog zelfs maar van opzij een blik werpt op mijn dochter."

"Een beetje rustig nu, meneer Neff," zei Ausley met een hoge piepstem. "Ik geloof niet dat ik iets verkeerd gedaan heb, en voor zover ik weet —"

"Hoe heb je de gore moed om je hier te vertonen. Hoe heb je de gore moed om nog in leven te zijn."

"Luister nu eens, meneer Neff. Ik wil geen problemen met u. Gaat u alstublieft opzij zodat ik bij mijn auto kan."

Neff haalde uit met zijn vuist. Ausley dook opzij en Neff miste. De omstanders kreunden en moedigden hem aan. "Sla die klootzak in elkaar, Willis. Vermoord die vuilak!"

Joe bleef even staan kijken. Tot nu toe had Neff nog niets strafbaars gedaan, aangezien hij misgeslagen had. Neff lachte nu, duwde zijn elleboog opzij, maakte een belachelijk zijwaarts danspasje en sprong naar voren. Joe had ooit gehoord dat Neff vroeger bij de marine een bokskampioen geweest was... Ausley verraste Neff. Ausley had lange armen met grote, stevige vuisten. Hij wist niets van boksen en zwaaide wild met zijn armen in de richting van Neff. Zijn eerste slag trof Neff op het oor, en toen sprong Neff naar voren en sloeg Ausley tegen de borst. Ausley sloeg dubbel en sprong weg, de straat in. Neff kwam met dezelfde huppelende danspasjes naar voren. Ausley zwaaide wild in zijn richting; zijn stropdas wapperde. De grote, onhandige vuist raakte Neff in de nek. Neff struikelde en viel op zijn knieën, eerder verbaasd dan gewond. Maar vooral pisnijdig. Hij dook naar voren, eerst op handen en knieën, toen op gebogen benen. Een rechtse, toen een linkse: Ausleys hoofd schoot heen en weer en zijn haren wapperden omhoog en vielen terug over zijn gezicht. Ausley slaakte een kreet van angst en pijn en haalde weer uit met zijn grote vuisten, waarbij hij Neff op de mond raakte. Neff spuwde bloed. Hij siste, sprong, sloeg nogmaals. Ausley viel op de grond. Neff zuchtte voldaan, stapte naar voren en maakte aanstalten om hem te schoppen. Joe greep naar voren en trok hem naar achteren, waardoor hij zijn evenwicht verloor. Neff draaide zich om.

"Rustig, rustig," blafte Joe. "Wat is hier gaande? Uit elkaar!"

"Ik vermoord die klootzak!"

"Wat heeft hij je misdaan?"

"Dat zou jij moeten weten. Hij heeft vanavond met mijn dochter gesproken."

"Zij is niet degene die nu aan het schoppen is, wel dan?"

"En wat wil je daarmee zeggen?"

"Ze is volwassen."

Ausley kwam moeizaam overeind. Neff duwde tegen Joe. "Maak dat je uit mijn buurt komt."

Joe zei: "Als je dat nog een keer flikt, dan ga je de gevangenis in. Zestig dagen. Als ik zeg dat je moet ophouden, dan bedoel ik ook dat je moet ophouden."

Neff leek even op het punt te staan om hem tegen te spreken, maar de omstanders hielden hem tegen. "Dat is genoeg, Willis, laat het nu maar." "— alleen maar in de nesten, jongen." "Rustig aan, rustig aan."

Joe wendde zich tot Ausley. "Wilde je een aanklacht indienen tegen deze man?"

Ausley antwoordde: "Nee, ik denk het niet. Hij is nogal een opgewonden standje, en ik denk dat hij niet wist wat hij deed."

Neff grijnsde. "De volgende keer neem ik je echt te grazen."

"Je kunt je beter maar inhouden, Neff," zei Joe.

"Neem je het voor hem op dan? En dan verwacht je dat de mensen van Marblestone op jou zullen stemmen?"

"Ik doe mijn plicht, en ik hoop dat de mensen dat ook zo zien."

"Hier is er een die het anders ziet."

"Dat spijt me dan, meneer Neff. Ik zou uw stem zeker op prijs stellen."

Neff draaide zich om en beende snel weg. Joe keek om zich heen naar de groep mannen. "Een mooi stel zijn jullie. Jullie gedragen je als een stel criminele jongeren." Ze mompelden wat en gingen sullig opzij. Af en toe keken ze over hun schouders naar achteren, hun gezichten grijsachtig geel in het licht van de eenzame lantaarns.

Ausley propte met trillende vingers zijn stropdas in de zak van zijn jasje en wreef over zijn borst.

Joe zei: "Je moet beter weten, Ausley. De mensen hier hebben een goed geheugen en het geeft geen pas om te hard tegen iedereen in te gaan."

Ausley zei: "Ik zou het met u eens kunnen zijn, sheriff, als ik gedaan had wat ze denken dat ik heb gedaan. Zestien jaar in de gevangenis is een lange tijd voor iets dat je niet gedaan hebt."

Joe keek hem streng aan. "Je wilt beweren dat je niet schuldig was?"

"Ik heb onschuldig gepleit in de rechtbank, Joe. Niemand geloofde mij."

"Wie heeft het dan wel gedaan?"

"Ik weet het niet. Niet zeker." Ausley rekte zich uit tot zijn volle lengte. "Ik wil je wel iets zeggen, Joe. Als jij denkt dat ik teruggekomen ben naar Marblestone om vee te fokken en mensen te vergeven — dan heb je het mis. Zestien jaar is een flink stuk uit het leven van een man. Ik wil er iets voor terug. Als ik daar iemand schade mee toebreng, dan heeft die pech."

Joe gromde. "Nu praat je als een dolleman. Je kunt maar beter naar huis gaan en je bed induiken."

De familie Neff kwam aangelopen: Willis Neff, mevrouw Neff en Ellie. Ellie droeg het stoomstrijkijzer. Met een stenen uitdrukking op haar gezichtje stak ze de stoep over en zette de doos op de bumper van Ausleys auto, waarna ze doorliep.

Ausley keek haar na. Hij zuchtte diep, pakte de doos en maakte aanstalten om hem het park in te smijten. Joe zei haastig: "He daar. Wat doe je nou?"

"Ik wil dat rotding niet. Ik strijk niet."

"Geef hem dan aan mij. Ik neem hem mee voor mijn dochter. Ze gilt al tijden om zo'n ding."

"Neem maar mee, hij is van jou."

"Dankjewel. Nou, mijn advies, Ausley, is dat je naar huis gaat en je voorlopig even niet laat zien. Ik wil geen telefoontje uit Marblestone dat jouw lijk ergens aan een boom hangt te bungelen."

"Je weet wat ik gezegd heb."

"Ja, ik heb je gehoord. Ik zeg niet dat ik je geloof. Maar als je ooit over de zaak wilt praten, kom dan naar het bureau."

Ausley stapte in zijn auto, startte de motor, reed achteruit de straat op en reed weg.

HOOFDSTUK VIII

DE MAANDAGOCHTEND WAS WARM, helder en rustig — een slaap-
verwekkende zomerochtend. Joe zat in zijn kantoor en keek door de
jaloezieën uit over Montalvo Square.

Vanuit de kantoorruimte achter de balie klonk het geratel van de
typemachine van mevrouw Rostvolt, af en toe onderbroken door
onderdrukte stemmen of het overgaan van de telefoon. Vanuit de gang
naar de gevangenis klonk het geluid van de zes gevangenen die door de
spijlen van hun cellen met elkaar in gesprek waren: grapjes en opschep-
perij, zorgvuldig afgewogen analyses van alles wat er mis was in de
wereld. Joe luisterde ernaar met een halve grijns op zijn gezicht. Af
en toe werd er met enige minachting gerefereerd aan de omstandigheden die geleid hadden tot hun huidige onfortuinlijke situatie. Joe
schudde zijn hoofd. Als je die kerels zo hoorde, dan waren ze allemaal
president–directeuren geweest die gewoon op vakantie waren toen ze
plotseling getroffen werden door een heleboel botte pech.

Zijn telefoon ging over; hij reikte traag over zijn bureau heen en nam
op. Mevrouw Rostvolt zei: "Er is hier een man die u wil spreken — ene
meneer Leary."

Joe deed zijn mond open om te zeggen: "stuur hem maar naar binnen," maar er lag een bijna onmerkbare nuance in de stem van mevrouw
Rostvolt — een bepaalde neutrale toon, een overmatige precisie — die
zijn argwaan opwekte, en hij vroeg: "wat wil hij?"

"Het heeft iets te maken met een schildercursus voor uw dochter."

"Als het een verkoper is, zeg hem dan maar dat ik het te druk heb."

Joe hing op en fronste. Mevrouw Rostvolt zou beter moeten weten
dan hem lastig te vallen met zoiets als dit. Waar zat ze met haar hoofd?

Hoe efficiënt ze ook mocht zijn, mevrouw Rostvolt was een lastig por-tret. Joe dagdroomde over iemand die net zo alwetend en efficiënt was als mevrouw Rostvolt, maar dan met, bijvoorbeeld, het uiterlijk en de prettige karaktertrekken van Ellie Neff.

De gedachte aan Ellie Neff deed hem aan Marblestone denken. Hij voelde zich ongemakkelijk. Het was absoluut een onprettige situatie — maar wat kon hij eraan doen? Het was niet mogelijk voor hem om Ausley Wyett elke minuut van de dag in de gaten te houden. Het was onmogelijk om Willis Neff te veranderen in een vredesduif...En dan was er de dood van Bus Hacker. Wat hij ook vermoedde en welke con-clusies hij ook trok, er waren geen aanknopingspunten, hij had geen enkel houvast in deze zaak. Cole Destin zou misschien de brand in het huis opgeven aan zijn verzekering, maar misschien ook niet. Als hij het wel deed, dan was het aan de verzekeringsmaatschappij om te beslissen om hem wel of niet uit te betalen.

Hij reikte omlaag naar de lade van zijn bureau en pakte het rapport van het staatslaboratorium betreffende de brieven van Millie Hacker. Er stond niets in dat hij nog niet wist. De oude meneer Destin was op een gegeven moment zo ver gegaan dat hij de jonge Millie Landruff op de wang geklopt had, zo had Millie quasi-verlegen opgemerkt. Het leek allemaal onschuldig genoeg. Als er lijken in de kast van de Destins ver-stopt waren, dan had Millie daarvan niets laten blijken aan korporaal Clarence Hacker.

Joe mikte het rapport terug in de la en leunde achterover in zijn stoel. Hij had niets te doen. De hulpsheriffs waren aan het patrouilleren; mevrouw Rostvolt verzorgde de dagelijkse gang van zaken achter de balie. Ernest Cucchinello had vierentwintig jaar lang in ditzelfde kantoor gezeten onder ongeveer dezelfde omstandigheden. Hij leek het altijd druk te hebben. Iedere beweging van zijn corpulente lichaam was tot in alle uithoeken van het bureau te voelen geweest. Cooch had er een handje van om iedere situatie maximaal uit te buiten, om elke omstandigheid in zijn voordeel te draaien. Ondertussen draaide het hele corps zijn eigen routine. Het was eigenlijk mevrouw Rostvolt die het werk van sheriff had gedaan. In de loop der jaren had zij stukje bij beetje, door het naar zich toe trekken van tienduizend kleine, vrijwel onbeduidende, beslissingen de hele routine van het bureau naar haar hand weten te zetten. Ze had het schema voor de patrouilles gemaakt, de loonzakjes beheerd, en tot op grote hoogte bepaald wie wat verdiende en wie promotie maakte. Cooch had met alle plezier de dagelijkse besturing van het politiekorps aan haar overgedragen — een proces dat hij betitelde als "het delegeren van verantwoordelijkheid". Hoe was dat gezegde ook weer, zoiets als dat de natuur een hekel had aan een vacuüm? Joe haalde zijn schouders op en pakte het rapport van maandagochtend.

Al met al was het weekend rustig verlopen. Een paar verkeersovertredingen, een paar gevalletjes van openbare dronkenschap, een poging tot aanranding in Vino. Joe las de details van deze laatste zaak met volle aandacht. Het rapport was geschreven in de kenmerkende stijl van Ben Boso:

> Klager: Leonora Maxwell, 14, (kleurlinge).
> Beschuldigde: Eagle Jones, 24, (blank, boerenknecht,
>   twee weken geleden uit Texas hierheen verhuisd).
> Mejuffrouw Maxwell verklaart dat Jones haar had aangenomen om
>   walnoten te pellen en haar toen enkele onoorbare voorstellen
>   had gedaan, gevolgd door een poging tot aanranding.
>   Jones spreekt de beschuldiging tegen, zegt dat zij
>   zich als prostituee had aangeboden.
> Getuigen: Geen.
> Bewijzen: Geen.
> Opmerkingen: Jones is schuldig als de ziekte. Mejuffrouw Maxwell
>   komt over als een net meisje.

Joe gooide het rapport opzij. Boso, die een hekel had aan Mexicanen en ze absoluut niet vertrouwde, kon wel heel goed opschieten met de kleurlingen in San Rodrigo — een kleine groep die vooral in Aurora, Verdalia en Vino woonde...Joe fronste, ging rechtop in zijn stoel zitten en pakte het rapport weer op. Boso op patrouille A? Joe wist zeker dat hij Boso op C had gezet: Pleasant Grove, Panoche, Genesee, Wyman in Merced County, terug langs de 192 naar Burnett, dan terug naar Panoche, naar het zuiden naar Sanchez, terug naar Pleasant Grove via Tevis. Deze routes waren uiteraard flexibel; de hulpsheriff kon variaties aanbrengen als hij dat nodig achtte. Maar het leek hem vreemd dat Boso die enorme omweg zou hebben gemaakt om helemaal naar Vino uit te wijken! Joe deed een greep in zijn la en pakte het patrouille-schema dat hij met zoveel moeite in elkaar had gedraaid. Vreemd! Route A was dit weekend toegewezen aan Boso. Joe wreef over zijn kin. Er was ergens iets verkeerd gegaan. Hij keek nog eens en pakte zijn vergrootglas en bestudeerde het document nogmaals. Er was duidelijk iets uitgewist. De namen van Boso en Gonzales waren uitgetypt, toen uitgegumd en omgedraaid. Boso had oorspronkelijk de C-route moeten rijden, Gonzales de A-route. En om de een of andere reden waren de patrouilles verwisseld. Waarom zou mevrouw Rostvolt zoiets doen? Joe pakte de telefoon — ze had zijn instructies overduidelijk aan haar laars gelapt — maar stopte toen, trok zijn hand terug en dacht na. Het was een vreemde zaak. Er moest iets anders achter zitten. Als hij naar het ver-leden keek, dan leek het wel of Ben Boso maar heel zelden de C-route toegewezen kreeg. Al vanaf de dag dat hij erachter gekomen was dat er een groots opgezet hanengevecht gehouden werd op Crow Hill ranch, in de buurt van Sanchez. Ben Boso, die een hekel had aan Mexicanen en ze niet vertrouwde, had een gloeiende hekel aan hanengevechten. Hij was heel stilletjes aan komen sluipen, had de ventielen van alle auto's die er geparkeerd stonden losgedraaid en had vervolgens versterking gevraagd. De inval had tweeëntwintig arrestaties opgeleverd en een groot aantal hanen en flink wat ander materieel was in beslag genomen. De populariteit van Boso onder de Mexicanen had een nieuw diepte-punt bereikt. Sinds die gelegenheid reed Boso meestal Route A, B of D.

En nu, de eerste keer dat Joe hem op Route C had gezet, moet je zien wat er gebeurde: er werd geknoeid in zijn rooster en Boso zat weer op Route A.

Dat is heel vreemd, dacht Joe. Heel erg vreemd. En een ding was zeker: als er die zaterdagavond weer een groot hanengevecht gepland was dan zouden de organisatoren veel liever zien dat Gonzales in die buurt patrouilleerde.

Joe pakte het telefoonboek en zocht het nummer van de *Nuevos del Valley*, een klein krantje in de Spaanse taal dat in elkaar gezet werd en werd gedrukt in Panoche. Hij draaide het nummer; een vrouwenstem antwoordde. Joe vroeg naar, en werd doorverbonden met, Leo Salazar, de eigenaar en hoofdredacteur.

"Leo, je spreekt met sheriff Joe Bain."

"Hallo, Joe," antwoordde Salazar op beleefde toon. "Hoe gaat het met jou?"

"Prima. Ik wilde je om een gunst vragen, om informatie, om precies te zijn."

"Ja?" Salazar klonk op zijn hoede.

"Maar allereerst wil ik je wel laten weten dat dit geheel onofficieel is. Blijf even hangen." Joe liep naar de deur en keek naar de balie. Mevrouw Rostvolt zat druk te typen. "Ik wil weten, en dit is geheel vertrouwelijk, of er afgelopen zaterdagavond een groot hanengevecht is geweest."

Salazar bleef vijf tellen stil. "Waarom wil je dat weten, Joe?"

"Ik kan het niet uitleggen over de telefoon. Het heeft niets te maken met het hanengevecht zelf."

Salazar zei ongemakkelijk: "Ik wil geen problemen veroorzaken, Joe. Zo zit ik niet in elkaar. Ik wil gewoon mijn krant uitbrengen en een klein beetje geld verdienen, en ik hou die paar kleine geruchten die ik hoor liever voor mijzelf."

"Er komen geen problemen van," zei Joe. "In ieder geval niet in Panoche. Om eerlijk te zijn, Leo, is er iets heel anders dat ik wilde natrekken."

"Goed dan. Ik heb gehoord dat er een paar kleine gevechten zijn gehouden. Niet in Panoche, maar daarbuiten, richting Burnett."

"Ik begrijp het. Een behoorlijk groot evenement, dus?"

"Nou — ja. Maar laat alsjeblieft niemand weten dat ik het verteld heb. Dat zou me gelijk mijn goede naam kosten."

"Maak je daar maar niet druk om, Leo. Ik ben nu al vergeten wie ik aan de telefoon heb. Wie waren de organisatoren van dit specifieke gevecht?"

Salazar klonk zo mogelijk nog slechter op zijn gemak. "Nou, Joe, dat is iets dat ik je echt liever niet zou zeggen. Ik weet het niet zeker —"

"Laat me raden. Rainaldo Gomez?"

"Ik zeg het liever niet, Joe."

"Maak je geen zorgen, Leo. Niemand weet dat ik je bel, en ik kan je garanderen dat ik geen problemen ga maken. Deze keer niet. Ik ben bezig met een heel ander onderzoek. Dus was het Gomez?"

"Nee," zei Leo gelaten. "Een kerel met de naam Tony Aguilar. Hij werkt in de Valley Bloom inpakschuur in Burnett. Dat is wat ik gehoord heb, maar vertel alsjeblieft niet dat ik het gezegd heb. Ik vertel het alleen maar omdat ik zelf zo'n hekel heb aan die rotgevechten."

"Maak je niet druk, Leo. Niemand hoeft te weten dat jij iets gezegd hebt."

Joe sprong overeind, blij dat hij een excuus had om zijn kantoor te verlaten. Hij stak zijn hoofd om de deur van het kantoor achter de balie. "Ik ben even een paar uurtjes weg," zei hij tegen mevrouw Rostvolt, op zorgvuldig neutrale toon.

Mevrouw Rostvolt knikte. Joe lichtte de meldkamer in en ging naar buiten, de hete zon in.

Hij reed via Highway 198 de stad uit. Velden alfalfa straalden donkergroen licht uit; witgekalkte schuren staken scherp af tegen de bijna donkerblauwe zomerse hemel. Hij stak een rij beige heuvels over en bereikte Panoche, een stad waar Joe een grondige hekel aan had. De straten waren te wijd, de huizen en gebouwen te klein, saai en verbleekt door de zon. Er stonden een groot aantal eucalyptusbomen en peperboompjes, en een paar dadelpalmen op het terrein van Hotel Panoche. Joe reed de stad door, naar de vlaktes van de vallei erachter, en bereikte weldra Burnett. Dit stadje was half zo groot als Panoche en verkreeg de meeste inkomsten uit de opbrengst van zijn boomgaarden vol abrikozen, perziken en vijgen. Joe vond de Valley Bloom inpakschuren, parkeerde zijn auto en liep het versleten oude laadplatform op, dat vol stond met grote stapels kratten vol perziken. Binnen in de schuur werden de perziken uitgezocht, op maat gesorteerd en ingepakt door lange rijen jonge vrouwen. Joe sprak met een van de inpaksters. "Kunt u mij Tony Aguilar aanwijzen?"

"Daar staat hij, aan het eind van de rij, in dat blauwe overhemd."

Tony Aguilar was een knappe jongeman met een hoofd vol glimmende, donkere pijpenkrullen. Zijn ogen waren helder en rusteloos; zijn huid was olijfkleurig. De bovenste twee knoopjes van zijn overhemd waren open, waarschijnlijk omdat hij dat vlot vond staan. Hij droeg een polshorloge met een gouden band en een ring met een diamant. Joe vroeg: "U bent Tony Aguilar?"

"Dat ben ik." Tony Aguilar sprak met een duidelijk accent. Hij slaagde erin tegelijkertijd brutaal en respectvol te klinken.

"Ik ben sheriff Joe Bain."

"Ik weet wie u bent. Wat wilt u van mij?"

"Je weet waar ik voor kom, Tony."

Tony Aguilar sperde zijn ogen open in gespeelde onschuld. "Nee, sheriff. Dat weet ik niet. Ik heb werkelijk geen idee!"

"Ik wil het met je hebben over hanengevechten. In dit land is dat illegaal."

"Natuurlijk. Dat weet ik."

"Waarom overtreed je de wet dan?"

Tony Aguilar schudde zijn hoofd alsof hij geen idee had waar Joe op doelde.

"Weet je wat? Ik zou je zo voor zes maanden in de cel kunnen gooien. Misschien wel een jaar."

"Ik zou niet weten waarom, sheriff. Ik hou mijn handen schoon. Ik heb niets verkeerds gedaan."

Joe lachte. "Ik denk dat je maar beter mee kunt komen. Je gaat de gevangenis in."

Tony Aguilar haalde met een hopeloos gebaar zijn schouders op. Zijn mondhoeken gingen omlaag.

Joe keek de rijen inpaksters langs. "Hoe is de oogst dit jaar?"

"O — wel goed." Tony Aguilars ogen zwommen; hij trok overdreven pruilerig zijn mondhoeken omlaag.

"Hoeveel heb je mevrouw Rostvolt gegeven?" vroeg Joe quasi-nonchalant. "Want het was weggegooid geld."

"Ik weet niet waar je het over hebt."

Joe wreef over zijn kin en deed alsof hij nadacht. "Zes maanden in de gevangenis — dan ben je ergens in januari weer op vrije voeten. Als ze je een jaar geven, dan ga je naar San Quentin. Wat denk je daarvan?"

"Dat zou niet best zijn, sheriff."

"Nu, ik heb helemaal geen zin om je te arresteren, als je maar nooit meer zo'n stunt uithaalt als zaterdagavond."

Tony Aguilar likte zijn lippen en besloot uiteindelijk dat zwijgen in dit geval de veiligste optie was.

"Even tussen ons," zei Joe. "Hoeveel heb je mevrouw Rostvolt gegeven? Niemand hoeft in de problemen te komen, maar ik wil weten wat er aan de hand is."

"Zodat je het geld zelf kunt inpikken?" vroeg Tony Aguilar, over-moedig in zijn wanhoop.

Joe schudde zijn hoofd. "Ik wil geen smeergeld. En dit is de laatste keer dat er zoiets als dit gebeurt, want ik ben van plan mevrouw Rostvolt te ontslaan."

"Mevrouw Rostvolt," peinsde Tony Aguilar, wiens stem zo mogelijk nog onschuldiger klonk door zijn sterke accent. "Ik ken haar niet."

"Hoor eens hier, Tony, ik heb geen zin in spelletjes," zei Joe. "Als je niet zegt hoe het zit, dan zal ik zorgen dat je achter de tralies verdwijnt tot je haren uitvallen. En dan vertel ik rechter Murdock dat hij je naar Chihuahua moet deporteren, omdat je een vuile Mexicaan bent die niet wil deugen —"

"Ik ben geen Mexicaan. Je kunt me niet deporteren."

"Misschien lukt het me, misschien niet. Maar ik kan je familie in ieder geval grondig onderzoeken. En misschien stuur ik Ben Boso wel op je af."

"En als ik het vertel?"

"Dan gebeurt er, wat jou betreft, helemaal niets. Vandaag wil ik alleen maar informatie."

"Goed dan, ik vertrouw je. Ik heb haar twintig dollar gegeven. Ik heb haar gevraagd om Boso uit mijn haar te houden. Die man is niet voor de poes."

Joe knikte. "Twintig dollar."

"Jawel, meneer. Twintig dollar."

"Ik neem niet aan dat het nodig is om je te vertellen dat je zo'n stunt maar beter nooit meer kunt uithalen. Je weet wat er gebeurt als je iemand bij de politie omkoopt, nietwaar?"

"Ik bedoelde er niets mee."

"Je verhuist honderdvijftig kilometer naar het noorden, naar een kamer met uitzicht op de baai. In het goeie, ouwe San Q."

Tony Aguilar glimlachte alsof hij op het punt stond over te geven.

"En dan nog iets," zei Joe. "Ben je staatsburger?"

"Natuurlijk ben ik staatsburger."

"Nu, er komen verkiezingen aan. Vergeet niet op Joe Bain te stem-men. En zeg het tegen je vrienden, dat ze allemaal op Joe Bain moeten stemmen. Die Lee Gervase — dat is geen man met wie je redelijk zaken kunt doen. Hij zou je in de gevangenis gooien, of je nu meewerkt of niet."

"Goed, sheriff. Ik zal het doorgeven."

"En geen hanengevechten meer. Ik waarschuw je. In deze regio zullen geen hanengevechten meer gehouden worden al moet ik persoonlijk zorgen dat Ben Boso iedere dag met niets anders meer bezig is."

"OK, sheriff. Ik begrijp u."

Joe reed terug naar Pleasant Grove. Het meest voor de hand liggende was natuurlijk om mevrouw Rostvolt te ontslaan. Maar toch — hij huiverde even als hij aan de gevolgen dacht. Hij zou een nieuwe administratief medewerkster moeten inwerken, en dat betekende dat hij de hele volgende week zelf achter de balie zou moeten doorbrengen. Het was beter om te wachten tot na de verkiezingen. Of in ieder geval tot hij een idee had hoe de zaken zouden gaan lopen. Maar ondertussen...

Terug in zijn kantoor schreef hij met blokletters een groot etiket:

DIERENBESCHERMING
FONDS VOOR DE GENEZING VAN GEWONDE HANEN
SLACHTOFFERS VAN DE GEVECHTEN VAN ZATERDAGAVOND.

Hij plakte het etiket op een lege pot, liep ermee naar de front office en zette hem op het bureau van mevrouw Rostvolt. "Een donatie, mevrouw Rostvolt?"

Mevrouw Rostvolt sperde haar ogen wijd open en haar ronde mondje maakte zuigende bewegingen.

"Twintig dollar lijkt me voldoende."

"Twintig dollar!" riep mevrouw Rostvolt op onzekere toon. "Ik kan me niet veroorloven om twintig dollar te doneren!"

Joe schudde triest het hoofd. "Ik had het idee dat u misschien ergens twintig dollar over zou kunnen hebben...Maar goed, ik zal deze pot hier laten staan voor het geval u een bijdrage zou willen doen."

Hij liep terug zijn kantoor in en voelde de ogen van mevrouw Rostvolt in zijn rug prikken. Een paar minuten later keek hij naar de overzijde van de gang en zag mevrouw Rostvolt druk aan de telefoon. Joe bleef even staan kijken. Mevrouw Rostvolt leek boos en gespannen. Joe kwam tot de conclusie dat hij een fout gemaakt had door Tony

Aguilar te vertellen dat hij mevrouw Rostvolt wilde ontslaan. Het had geen zin om al je kaarten op tafel te leggen. Maar het was te laat om zich daar nu nog zorgen over te maken.

Hij liep terug zijn kantoor in en pakte de zondagse editie van de Pleasant Grove *Messenger*, die hij nog niet gelezen had. Zijn oog viel op de kop op de voorpagina.

CAMPAGNE VOOR DE SHERIFF-VERKIEZINGEN
WORDT HEVIGER
Lee Gervase Benadrukt Noodzaak voor Nieuwe Methodes

Er was geen twijfel mogelijk aan wiens kant Howard Griselda stond, dacht Joe chagrijnig. Hij las het artikel. Blijkbaar had Lee Gervase op zaterdagavond een toespraak gehouden tijdens een bijeenkomst van de Pleasant Grove Optimisten Club. Hij had geen blad voor de mond genomen toen hij de "inefficiënte, slordige en corrupte" praktijken van sheriff Ernest Cucchinello aanviel. "Normaal gesproken zou het niet in mij opkomen om de nagedachtenis aan een overledene te besmeuren, maar de praktijken van een man verdwijnen niet altijd als de man overlijdt. Ik wil dit alles veranderen. San Rodrigo verdient, behalve het voorgestelde nieuwe gerechtsgebouw met het Regionale Administratiekantoor, een evenzeer gemoderniseerd Bureau van Politie. Laten we zeggen, ik ben van plan om uit het rijtuig-met-paard te stappen en het tijdperk van de ruimtevaart te betreden!" De toespraak was met donderend applaus ontvangen, volgens het artikel. Joe gooide de krant met een zwaai in de prullenmand en ging peinzend weer zitten. Er moest iets gebeuren; hij moest hier tegenin gaan.

Joe sprong overeind, liep naar zijn auto en reed naar het noorden, naar Aurora, waar hij parkeerde voor het gebouw van de Aurora *Sun*. De hoofdredacteur, met wie Joe enigszins bekend was, was Henry Liggett, een kleine Schot met zandkleurig haar, die de reputatie had min of meer een vrijdenker te zijn.

Het kostte Joe verbazend weinig moeite om zijn doel te bereiken. Het geval wilde dat Henry Liggett al eerder besloten had om tegen Lee Gervase te zijn. Hij zat achterover in zijn stoel en maakte stekende bewegingen in de lucht met de steel van zijn pijp terwijl hij sprak.

"Het is wel zo dat ik wil dat het er eerlijk aan toe gaat, en de ouwe Cucchinello was natuurlijk een beetje corrupt — maar ik heb een gloeiende hekel aan dit soort gladde jonge public relations figuren, met hun ideeën om oude dingen af te breken en nieuwe dingen te bouwen. Ze willen van ons een tweede Santa Clara maken, met overal rijtjeshuizen waar vroeger boomgaarden en velden waren. Ik hou van de rust en de stilte, ik hou van oude dingen, ik heb geen zin in allerlei nieuwerwetse toestanden."

Joe stond op. "Ik neem aan dat ik u niet hoef te overtuigen dat ik niet van plan ben mijn zakken te vullen. Ik wil een bureau zonder corruptie, en ik heb de afgelopen weken al een eind gemaakt aan een aantal kleine affaires. God mag weten hoeveel meer van dat soort zaakjes ik nog ga vinden."

Liggett knikte zonder enige interesse. "Ik ben blij dat te horen. Je zei dat je uit Marblestone kwam?"

"Dat klopt. Geboren in een hut ergens halverwege Castle Mountain."

"Dan ken je deze man waarschijnlijk. Gisteren overleden." Liggett duwde een drukproef naar Joe toe.

Joe las het bericht, en las het toen nogmaals. "Ja," zei hij met zachte stem. "Ik kende hem…vreemd verhaal."

"Het gebeurt wel vaker. Ik moet zelf niets van die dingen hebben."

Joe las de drukproef nogmaals:

GIFTIGE PADDENSTOELEN VEROORZAKEN DOOD VAN MARBLESTONE PIONIER

Charles Blankenship, 75, geboren en getogen inwoner van Marblestone, is gisteravond overleden in het Sint Lucas Ziekenhuis in Pleasant Grove, na het eten van een portie giftige paddenstoelen. Hij laat een weduwe na, mevrouw Metty Blankenship. Er zijn geen kinderen.

HOOFDSTUK IX

JOE TROF METTY BLANKENSHIP minder overstuur aan dan hij verwacht had, hoewel haar ogen roodomrand waren van het huilen. Ze was in het zwart gekleed en zag er nog dikker en toffee-kleuriger uit dan normaal. Ze zat in een schommelstoel in de voorkamer terwijl haar zus Dora Hobius en een buurvrouw met de naam Clara Colmer in de slaapkamer bezig waren om Charley's kleding in kartonnen dozen te pakken. "Ik wil het praktisch aanpakken," zei ze tegen Joe. "Hoe langer ik wacht hoe moeilijker het zal worden. Ik geef al zijn kleren aan het Leger des Heils. Ik wil zijn horloge en zijn dasspelden verkopen — hij zou niet gewild hebben dat Walt die kreeg, en dat zou anders wel gebeuren. Ik weet niet wat ik met al zijn tijdschriften aan moet. Ik vind het zo jammer om ze zomaar weg te geven. Weet je wel dat hij elk exemplaar van *Reader's Digest* had dat ooit is uitgegeven? Hij bewaarde ze als referentiemateriaal, maar ik geloof niet dat hij ooit ook maar één exemplaar voor de tweede keer ingekeken heeft."

Het lukte Joe eindelijk om haar te onderbreken. "Hoe is het precies gebeurd, mevrouw Blankenship?"

Metty Blankenship keek hem even vol onbegrip aan. "Hoe is wat gebeurd? U bedoelt die paddenstoelen?"

"Inderdaad."

"Ik zou het niet weten. Ze zagen er goed uit. Mooie champignons. Waarschijnlijk heb ik dus toch geluk dat ik last heb van mijn galblaas, want ik kan niets eten dat met boter is klaargemaakt."

"Had hij die champignons van iemand gekregen?"

"O, nee. Charley plukte ze altijd zelf. Deze waren opgekomen tussen de viooltjes."

"En hij heeft ze gisterenmorgen geplukt?"

"Ja, dat klopt. Hij heeft ze gebakken voor zijn lunch. Ik begrijp niet hoe hij zo onvoorzichtig heeft kunnen zijn."

"Kunt u mij laten zien waar hij ze precies gevonden heeft?"

Mevrouw Blankenship wees door het raam naar buiten. "Aan de rand van het gazon, in dat perk met 'Purple Emperor' violen."

"Was u erbij toen hij ze vond?"

"Nee. Ik stond uit het raam te kijken, en ik vroeg me eerst af wat het waren. Het leken wel propjes papier. Ik wees Charley erop en hij liep naar buiten en heeft ze geplukt: hij was gek op champignons."

"En dat is nu precies wat ik niet snap. Hij plukt al jaren champignons. Je zou toch denken dat hij een giftige paddenstoel zou moeten herkennen."

Mevrouw Blankenship schudde haar hoofd. "Dat is iets dat ik maar liever niet wil proberen te begrijpen. Ik trek de wegen des Heren niet in twijfel."

Joe nam een discrete, vertrouwenwekkende uitdrukking aan. "Misschien dat ik dit niet mag vragen — maar hoe zit het met uw financiën?"

Metty Blankenship knipperde even met haar uitpuilende blauwe ogen. "Ik zal het wel redden. We verdienen redelijk aan de kersen. Ik heb Charley's levensverzekering en we hebben nog wat spaargeld. Dus godzijdank hoef ik me geen zorgen te maken over geldzaken."

"Daar ben ik blij om."

Dora Hobius kwam de kamer binnen. Joe stond op. Dora was een flink stuk jonger dan Metty: een vrouw van gemiddelde lengte, met pluizig grijs haar, dezelfde uitpuilende ogen als Metty, een smalle kin en ingevallen wangen die haar gezicht iets vosachtigs gaven dat nog duidelijker te zien was in het gezicht van haar zoon Walt. Joe liep naar de deur, draaide zich toen om en keek de twee vrouwen aan. "Heeft u de steeltjes en de velletjes van de paddenstoelen nog?"

"Ik denk dat ze in de afvalbak liggen." Metty kreunde en huiverde. "Ik wil ze absoluut niet hoeven te zien! Ik kan het niet verdragen!"

Joe vroeg, en kreeg, toestemming om de vuilnisbak te doorzoeken. Hij keerde hem ondersteboven en stopte toen alles terug behalve de restanten van de champignons: blikjes, grapefruitschillen, eierschalen en botten. Uiteindelijk had hij nog een stuk of twaalf stukjes stam, aan beide zijden scherp afgesneden, en een handjevol schilletjes.

In de voortuin bekeek hij het bed met viooltjes met volle aandacht, en had uiteindelijk de indruk dat hij nog wat vage afdrukken in de klei zag. Toen hij zijn vingers door de klei haalde vond hij vier afgesneden steeltjes. Het hadden er meer moeten zijn, maar misschien waren die er met de paddenstoelen mee uitgetrokken.

Hij ging weer naar binnen en vond mevrouw Blankenship in de keuken, waar ze thee zat te drinken met haar zus. Mevrouw Colmer was inmiddels vetrokken. Joe vroeg: "Heeft u al vaker champignons gezien in dat specifieke bed violen?"

"Ik kan niet zeggen dat ze me eerder zijn opgevallen."

"En meneer Blankenship hield dus erg van champignons?"

"O, hemel, ja. Het was zijn favoriete voedsel!"

"En dat was algemeen bekend?"

Metty Blankenship keek hem vragend aan, met een begin van wrevel. Joe zei haastig: "Ik weet dat het vervelend voor u is om zo uitgevraagd te worden, maar bij een onverwachte dood is het mijn taak om allerlei vragen te stellen."

"Ik begrijp alleen niet waar u heen wilt," zei Metty.

Joe had zelf eigenlijk ook geen idee. Maar hij vond het vreemd dat Charley Blankenship zo snel na Bus Hacker was gestorven, en ook al door een ongeluk.

"Wel?" vroeg mevrouw Blankenship met een harde, scherpe blik in de ogen.

"Ik denk dat dit voldoende is, mevrouw Blankenship."

Joe reed naar het ziekenhuis waar hij de arts consulteerde die Charles Blankenship in zijn laatste uren had bijgestaan. Er was geen twijfel over mogelijk, werd hem verzekerd, dat meneer Blankenship was gestorven door het eten van giftige paddenstoelen: de *amanita phalloides*, ofwel 'groene knolamaniet', om precies te zijn. En hoewel het een feit was dat Charles Blankenship al zijn hele leven champignons plukte, klaarmaakte en at, was het ook een feit dat in dit soort zaken de eerste vergissing ook de laatste was. Het gif in de amaniet was extreem sterk: een enkele hap kon een zwakkere of oudere man doden, en Charles Blankenship was dat allebei.

"Is het mogelijk om de symptomen van amanietenvergiftiging te verwarren met andere soorten gif?"

"Uiteraard — maar waarom zou je verder kijken in een geval als dit?"

"Als de zaak ooit voor de rechter zou komen, dan zou u dus durven zweren dat de man is overleden aan het eten van een amaniet?"

"Wel — de werking van ieder gif kan van geval tot geval variëren."

Joe knikte wijs en vroeg de arts of hij kon zorgen dat de maaginhoud van Charles Blankenship bewaard kon worden voor analyse.

Het rapport van het staatslaboratorium kwam de volgende dag al binnen: Charles Blankenship was gestorven aan amanietenvergiftiging. Er was geen spoor van welk ander gif dan ook. De stammen en de schilletjes die hij had opgestuurd kwamen van de gewone eetbare veldchampignon *agaricus campestris*.

De maaginhoud was positief getest op de aanwezigheid van phallotoxines, maar het was onmogelijk gebleken om uit de halfverteerde maaginhoud stukjes amaniet te isoleren.

Joe peinsde. Van de vijf getuigen tegen Ausley Wyett waren er twee binnen een week gestorven — allebei door een ongeluk.

Ongeluk?

Dat woord was open voor interpretatie.

Hoe Bus Hacker had kunnen worden vermoord — opzettelijk vermoord — was zeker een raadsel. Joe had een of twee vage ideeën — maar jammer genoeg kon hij niets doen om zijn vermoedens verder te onderzoeken: het huis was tot de grond toe afgebrand.

De zaak van Charley Blankenship leek al even duidelijk. Blankenship had de champignons zelf geplukt en klaargemaakt. Maar stel dat Metty op de een of andere manier een handvol gesneden amaniet in de pan had weten te gooien? Mogelijk — maar niet erg waarschijnlijk. Metty Blankenship gaf weliswaar niet de indruk dat ze overmatig treurde, maar het was duidelijk dat ze de verwachting had dat ze Charley weldra weer zou ontmoeten in het hiernamaals, en misschien was ze van plan om nog even te genieten van de tussenliggende Charley-vrije jaren.

Joe reed naar Marblestone. De zomerse hitte en de geur van gebleekt hooi hingen zwaar boven de Fox Valley. Hij parkeerde voor de buurtwinkel van Fritz, waar de grote eikenboom een donkere plek van relatief koele schaduw op de straat wierp, en ging naar binnen, alwaar Fritz zelf, leunend op de toonbank, de krant stond te lezen. Joe liep naar de koelkast, pakte twee flesjes rootbeer en gooide twee dubbeltjes op de toonbank. "Drink er eentje van mij, Fritz."

Fritz maakte de flesjes open. "Proost."

Joe nam een slok van zijn fles. "Tussen ons gezegd en gezwegen, Fritz, wat vind jij van al die sterfgevallen hier?"

Fritz keek zonder een spier te vertrekken omhoog naar het plafond. "Je bedoelt Charley Blankenship, zo kort na Bus Hacker?"

"Precies."

"Wel — ik heb er zelf niet echt een idee over. Er zijn wel een paar kerels hier in de stad die het raar vinden dat het precies nu gebeurt; zo vlak na de vrijlating van Ausley Wyett."

Joe knikte langzaam, alsof Fritz iets had gezegd dat tot dan toe niet in hem was opgekomen. "En verder?"

Fritz dacht na. "Niets dat de moeite waard is om door te vertellen. Een heleboel wild gezwets. Er zijn erbij die Ausley Wyett uit de stad willen verjagen."

"Dat is geen verrassing. Zolang niemand het maar echt gaat proberen." Joe hield de fles rootbeer schuin. "Waar woont Oliver Viera precies?"

"Nou, dat is lastig uit te leggen. Als je ongeveer anderhalve kilometer de Quarry Road op gaat, dan is daar een soort klein zijweggetje dat langs het ravijn loopt. Oliver heeft daar een heel mooi nieuw huis gebouwd, ongeveer tweehonderd meter verderop langs dat weggetje."

"Ik weet ongeveer waar je bedoelt. Oliver Viera doet blijkbaar goede zaken."

"Zo goed als iedereen hier."

"Ik denk dat ik hem eens een bezoekje ga brengen."

"Je kunt beter eerst bellen. Hier, ik bel hem wel even voor je." Fritz liep naar de telefoon, sprak een paar woorden en kwam terug naar Joe. "Hij is thuis, en hij verwacht je."

Quarry Road liep voorbij het wijkcentrum schuin omhoog, achter de begraafplaats langs en dwars door een droog weiland met hier en daar een eik. Aan de voet van de heuvels stak hij Candelara Creek over en liep verder de heuvels in, langs een flinke groep eucalyptusbomen, om uiteindelijk uit te komen op een wijd, licht stijgend plateau. Aan de overkant van het ravijn, op het land van Ausley Wyett, was de steengroeve te zien waaraan de weg zijn naam dankte: een mat, zalmroze litteken met strepen van bruin, grijs en het donkere groen van wilde hulst en braamstruiken. Anderhalve kilometer verder zag Joe de zijweg die Fritz bedoelde, gemarkeerd met een duur uitziende zilver met zwarte brievenbus.

Het huis van Oliver Viera was een opvallend gebouw opgetrokken uit sequoiahout, steen en glas, en stond aan de rand van een klif, met een balkon dat los in de ruimte leek te hangen en dat een uitzicht bood tot ver in Fox Valley.

Toen Joe het natuurstenen pad op stapte ging de deur al open, en Oliver Viera verscheen in de deuropening. Hij zwaaide met zijn vlezige arm. "Hallo, Joe! Kom erin!"

Joe stond even stil en keek naar het huis. "Je hebt een behoorlijk indrukwekkend huis, Oliver."

"Het is nog niet af, maar het is bewoonbaar. Kom binnen. Ik weet niet of je mijn vrouw ooit ontmoet hebt?"

Joe stapte het huis in. Connie Viera was, net als Oliver, donker en gezet, en een onduidelijk aantal kleine donkere kinderen kropen, liepen, slopen en renden heen en weer over de glanzende hardhouten vloeren.

Op verzoek van Oliver liet Joe zich voorzichtig zakken in een vreemd gevormde stoel die bij nader inzien een stuk comfortabeler was dan hij eruitzag.

"Ik zou nooit verwacht hebben om een huis als dit aan te treffen langs Quarry Road," zei Joe. "Het laatste huis dat in mijn herinneringen hier gebouwd is, was dat huis van mevrouw Sullivan, met roze stucwerk op de muren en een groot raam dat uitkeek op een grasveld."

Oliver maakte een wegwerpgebaar. "Ik heb het zelf getekend, geïnspireerd op enkele huizen die ik in een van mijn tijdschriften gezien had."

"Dat was dan een uitstekend stukje vakwerk van je."

"Het is nog niet helemaal af. Ik heb zelf de leiding genomen over de bouw en er zijn wat details die nog niet af zijn. Kom maar mee naar buiten." Hij duwde de schuifdeuren open en Joe stond op uit zijn stoel en liep het balkon op. Op het uiterste puntje zag hij een groot afdekzeil, een ladder en een aantal emmers. Het was duidelijk dat Oliver bezig geweest was om de houten rand langs het dak te schilderen. "Dat bedoel ik," zei Oliver. "Ik doe elke dag een klein beetje. Dat is ook zo'n beetje de enige lichaamsbeweging die ik vandaag de dag nog krijg." Hij wees naar beneden, naar de vallei onder hen. "Kijk. Daarbeneden in de verte. Zie je dat kleine witte vlekje? Dat is de Methodistenkerk van Marblestone."

"Je hebt hier een prachtig uitzicht."

"Als je ooit nog van plan bent om terug te keren op het oude honk, dan kan ik net zoiets voor je vinden. Toevallig staat er net een stuk grond te koop verderop langs deze weg. Er staat zelfs al een huis op. Hij vraagt vijftienduizend, maar ik weet zeker dat ik het voor minder kan krijgen voor je."

"Nu nog even niet." Joe keek naar de overzijde van het ravijn waar Candelara Creek tussen twee grote ronde grijze rotsblokken door stroomde. "Je zou hier een dam kunnen aanleggen, dan heb je een meertje in je voortuin."

"Daar heb ik al eens over nagedacht," zei Oliver. "Maar er is een klein probleem." Hij knikte naar de overzijde van het ravijn, ongeveer honderd meter verderop. "De overkant is niet van mij."

"Wie is de eigenaar?"

"Het is onderdeel van de Wyett ranch."

"Waarom praat je niet met Ausley? Misschien voelt hij ook wel iets voor het idee."

Oliver tuitte bedachtzaam zijn lippen. "Ik weet niet zeker of ik wel goede vrienden wil worden met Ausley. Niet na die brief." Hij keek Joe van opzij aan. "Het lijkt me allemaal zo vreemd. Bus Hacker, en dan Charley Blankenship, zo kort na elkaar."

"Dat dacht ik ook," zei Joe. "Ik ben gekomen om het daar met je over te hebben."

Oliver lachte nerveus en streek met zijn vingers door zijn dikke zwarte haar. "Ik weet niet wat ik erover zou kunnen zeggen — tenzij ik binnenkort ook op de een of andere manier kom te overlijden. Maar dan is het te laat."

"Niet als ik het kan helpen," zei Joe. "Om precies te zijn, wilde ik je aanraden om voorzichtig te zijn in situaties waar je per ongeluk iets zou kunnen overkomen. Er zijn bijvoorbeeld een aantal behoorlijk steile klifranden langs Quarry Road. Het lijkt me verstandig dat je je remmen test iedere keer dat je wegrijdt."

Oliver glimlachte beverig. "Je maakt een grapje."

"Ik maak geen grapje. Ik raad je alleen aan om extra voorzichtig te zijn dat je geen ongelukken krijgt totdat dit voorbij is."

Oliver staarde zonder enige uitdrukking naar de hemel. "Ik kan me niet voorstellen dat Ausley, of wie dan ook, iets tegen mij zou hebben. Ik heb nog nooit iemand een vlieg kwaad gedaan, mijn hele leven niet. Zelfs Ausley niet. Ik heb gewoon de waarheid verteld."

"Dat kan al voldoende zijn."

Oliver lachte. "Kom op, nou, Joe. Het is zestien jaar geleden."

"Zestien jaar in de gevangenis."

"Denk je nou echt dat Ausley iets te maken heeft met de dood van Bus Hacker en die van Charley Blankenship?"

Joe dacht erover na. "Laten we zeggen dat ik niet helemaal overtuigd ben dat het allebei ongelukken waren. Er waren wat vreemde omstandigheden in allebei de gevallen. Ik kan je ook nog iets anders zeggen. Ik heb Ausley kortgeleden nog gesproken, en hij kwam niet schuldig over. Maar je kunt je vergissen."

"Ik kan wel zeggen wat ik ga doen," zei Oliver kordaat. "Ik ga naar Ausley om met hem te praten over een eventuele dam. We zouden er allebei voordeel aan kunnen hebben. Het moet geen probleem zijn om een kleine overheidslening te krijgen, en dan hebben we allebei een mooi klein meer voor onze deur dat we kunnen gebruiken als viswater, zwemwater en voor de irrigatie."

"Wat heeft die dam te maken met ongelukken?"

"Ik wil gewoon zien hoe hij zich gedraagt. Ik heb het snel genoeg in de gaten als iemand van plan is mij iets aan te doen. Ik loop daar regelmatig tegenaan in de makelaardij."

Joe wendde zich af van het hek. "Nou, ik wilde je gewoon even waarschuwen."

"Bedankt, Joe. Ik zal voorzichtig zijn. Niet dat ik problemen verwacht, overigens."

Joe keerde terug naar Marblestone, maar in plaats van de stad in te rijden draaide hij Destin Road in. Hij reed langs de kersenboomgaard van Blankenship, de bouwvallige hut van Wyett, en ging verder langs Destin Road naar het huis van de familie Destin.

Mevrouw Destin, geboren May McAllister, deed de deur open.

"Ken je me nog?"

"*Joe!*" May Destin lachte, verrukt en opgewonden. Ze deed twee snelle passen naar voren en kuste hem vol op de mond. "Ik ben zo verrast je te zien!"

"Het is een hele tijd geleden." Hij maakte zichzelf voorzichtig los uit haar omhelzing en bekeek haar van top tot teen. "Je bent niet veel veranderd. Een beetje voller."

"Voller — ha! Dikker! Wees eerlijk! Jij, daarentegen, bent geen spat veranderd. Je hebt nog altijd diezelfde duivelse uitstraling —"

"Kom op, May. Je weet wel beter." Joe nam even de tijd om om zich heen te kijken. Vijfentwintig jaar geleden had hij iets moeten afleveren in het huis van de Destins, en toen had hij zich vergaapt aan de bijna koninklijke elegantie. Nu leek het huis op de een of andere manier kleiner, minder paleiselijk, maar nog altijd absoluut het product van de rijkdom van enkele generaties. Vanuit de hal zag hij door een statige boog een enorme huiskamer met oosterse tapijten en zware, ouderwetse meubels; aan de andere kant bevond zich een eetkamer met notenhouten panelen op de wanden en een kroonluchter boven een enorme eetkamertafel. Joe wendde zich weer tot May. "Ik kom eigenlijk voor Cole. Waar zit hij?"

May glimlachte en trok een pruillip. "Hij is in het noordelijke weiland. Hij wil daar een kersenboomgaard aanplanten. Die man bedenkt steeds weer iets nieuws om zichzelf mee af te leiden." Ze deed een halve stap naar voren en hief haar gezicht op. "Laat mij iets voor je inschenken. Dan kunnen we het over die goeie ouwe tijd hebben."

Joe grinnikte en schudde zijn hoofd. "Voor je het weet wil ik die goeie ouwe tijd opnieuw beleven. En dat zou niet goed aflopen."

May glimlachte melancholiek. Ze keek omhoog in het gezicht van Joe en begon te lachen. Ze deed nog een halve stap naar voren en legde haar handen op zijn schouders. "Je hebt lippenstift op je gezicht."

Joe reikte omhoog om haar handen weg te halen. "Misschien dat ik beter…" Hij werd een plotse, beklemmende druk gewaar, en toen hij zich omdraaide keek hij recht in het gezicht van Cole Destin, die door de keukendeur naar binnen gekomen was.

"Laat me los!" riep May Destin. "Hou je smerige handen thuis. Ik zeg het tegen mijn man, hij zal je...O, Cole!" May snikte van opluchting. "Ik ben zo blij dat je er bent."

Cole kwam met grote passen de hal in. Joe trok met een schaapachtig gezicht een zakdoek uit zijn zak en begon over zijn gezicht te wrijven.

"Hallo Cole," zei hij. "Je moet je niets —"

Cole Destins hand schoot plotseling uit. Joe sprong naar achteren maar het kleed gleed onder zijn voeten weg en hij viel. Cole pakte hem op bij de achterkant van zijn kraag en zijn riem en sleepte hem naar de voordeur.

"Luister nou eens, Cole," zei Joe. "Het is niet wat je denkt."

Cole deed de deur open en gooide Joe op het grindpad. Hij kwam naar buiten en keek vanaf de veranda op Joe neer. Achter hem klonk de hysterische stem van May Destin. "Ik ben zo blij dat je net op tijd binnenkwam, Cole. Ik ben nog nooit zo bang geweest. O, Cole..."

Cole zei op lage, dreigende toon: "Dit muisje gaat nog een staartje krijgen, Bain...Sheriff Bain, moet ik zeggen." Hij sprak de laatste zin met sarcastische nadruk uit.

"Luister naar me, Cole. Ik ben gekomen om je te waarschuwen —"

"Ja, en ik waarschuw jou. Als ik je ooit nog op mijn grond betrap, dan schiet ik je af. En ondertussen kun je maar beter zorgen dat je een goede advocaat vindt."

Joe hees zichzelf overeind uit het grind en draaide zich om. De twee meisjes die op hun schommel op het gazon zaten, keken hem aandachtig aan. "Wat waren jullie aan het doen?" vroeg de oudste.

"Je papa en ik speelden een spelletje," zei Joe. Hij strompelde naar zijn auto en stapte in. Binnen hoorde hij nog vaag de hoge stem van May Destin. "Verraderlijke slet," gromde Joe. "Mijn God, wat een ellendige toestand heb ik me nu weer op de hals gehaald."

Hij reed langzaam Destin Lane af. Hij had geprobeerd Cole Destin te waarschuwen. Als Cole niet wilde luisteren, dan was dat zijn eigen schuld. Wat had Cole gezegd over een advocaat? Waarschijnlijk was het loze praat. Als Cole straks wat afgekoeld was dan zou hij vast en zeker wel inzien dat het niet verstandig was om zijn vrouw bloot te stellen aan een heleboel akelige publiciteit. Joe slaakte een diepe, spijtige zucht. Een man moest goed opletten wat hij deed, daar was geen twijfel over mogelijk...Op het kruispunt van Destin Lane en Mitre Canyon Road stond hij stil. Willis Neff was er ook nog. Het was zijn plicht om de man in te lichten, hoe ziek hij ook was van deze hele zaak. Hij draaide Mitre Canyon Road in en bereikte al snel de ranch van Neff. Hij parkeerde voor het huis, stapte uit en keek om zich heen naar het open erf tussen de schuur, de melkschuur en het huis. Er hing een slaperige stilte in de lucht. Hij hoorde vliegen zoemen in het warme stof. De pick-up was nergens te zien; er was geen enkele aanwijzing dat er iemand thuis was. Joe keek naar het huis. Het zag er schoon en goed onderhouden uit; de tuin stond vol riddersporen, rozen, margrieten, klokjesbloemen, leeuwenbekjes...Ellie doemde op achter de hordeur en kwam toen naar buiten en stond op de bovenste tree van de trap. Ze droeg een blauw met grijze huisjurk waarin ze er volkomen op haar gemak en uitermate gracieus uitzag. Ze sprak op half-fluisterende toon. "Moeder ligt op bed, ze voelt zich niet zo lekker."

Joe antwoordde zachtjes. "Dat is jammer. Maar ik kwam aan de ene kant voor jou, en aan de andere kant voor je vader."

Ellie keek in de richting van de heuvels. "Hij is ergens een watertank aan het repareren denk ik." Ze glimlachte zwakjes. "Maar ik ben er. Wil je een kop koffie? Ik heb net verse gezet."

Joe knikte. "Dat wil ik zeker."

"Ik breng hem wel naar buiten," zei Ellie. "Als we naar binnen gaan maken we moeder wakker. Melk en suiker?"

"Gewoon zwart."

Ellie ging weer naar binnen en kwam even later terug met twee kopjes waarvan ze er een aan Joe gaf, die op de trap was gaan zitten. Ze ging naast hem zitten en keek nogal verwonderd naar zijn gezicht.

Joe dacht ineens aan de lippenstift. Hij veegde zijn mond af aan zijn zakdoek. "Is dat beter?"

"Een beetje. Eigenlijk heb je het alleen maar wat verder uitgesmeerd."

Joe nam een slok van zijn koffie. "Het was zo vreemd. Een vrouw sprong op mij af, sloeg haar armen om mij heen en gaf me een zoen. Ik deed helemaal niks."

Ellie had geen commentaar. Joe zag een vishengel tegen het huis geleund staan. "Zo te zien is je vader wezen vissen."

"Hij staat op het punt om te gaan. Elke paar maanden krijgt hij de kriebels, en dan vertrekt hij voor een paar dagen."

"Misschien vangt hij een paar vissen, en misschien komt hij een hert tegen dat van schrik doodvalt, en dan brengt hij dat ook mee naar huis."

Ellie maakte een ongemakkelijk gebaar. Joe stelde haar gerust. "Ik kan me er niet over opwinden. Ik ben zelf in de heuvels grootgebracht. Het overgrote deel van het vlees dat wij te eten kregen was hertenvlees buiten het seizoen."

Ellie zei zachtjes, "Ik ben altijd bang dat de boswachters hem zullen betrappen."

"Die kans zit er altijd in," zei Joe. "Wanneer gaat hij?"

Ellie keek hem weifelend aan. Joe zei: "De reden waarom ik het vraag is omdat ik je wilde vragen om met mij uit eten te gaan in San Jose, en dan misschien een of andere voorstelling of zoiets."

Ellie schudde haar hoofd. "Dat zou zoveel problemen geven. Je weet hoe hij is. En mijn moeder voelt zich helemaal niet lekker."

Joe bromde iets meelevends. Toen zei hij: "Dit is een heel persoonlijk vraag, en misschien dat je het niet prettig vindt dat ik erover begin — maar mishandelt hij jou weleens? Of je moeder? Want als dat zo is —"

Ellie schudde haar hoofd met een snelle beweging, en Joe had stellig de indruk dat ze een beetje angstig keek. "Daar komt hij aan."

De pick-up verscheen vanachter de schuur vandaan en stopte. Neff sprong eruit en bleef doodstil staan. Hij keek even naar Joe en Ellie en draaide zich toen abrupt om en beende de schuur in.

Joe stond op. "Bedankt voor de koffie. En vergeet niet: als het je ooit allemaal te veel wordt — laat het me dan weten."

Ellie pakte zonder iets te zeggen de kopjes op en liep naar binnen. Joe liep in de richting van de schuur.

Neff stond aan een werkbank en haalde verscheidene stukken gereedschap uit zijn kist die hij aan diverse spijkers ophing. Hij keek even op toen Joe binnenkwam, maar ging gewoon door met zijn werk.

Joe sprak: "Ik heb een beetje een vreemde reden om langs te komen, meneer Neff."

"O, ja?" Neffs stem klonk koel.

"U kunt zich vast ons gesprek van enkele dagen geleden herinneren.

Welnu, sindsdien zijn er twee doden gevallen. Het kan zijn dat het toe-val is — maar ik beschouw het als mijn plicht om u te waarschuwen om op uw hoede te zijn tot ik weet wat er precies aan de hand is."

Neff draaide zich om en leunde met zijn brede rug tegen de werk-bank terwijl hij Joe met zijn helderblauwe ogen aanstaarde. "Ik kan je wel vertellen wat er zou moeten gebeuren, en dat is dat ze die klootzak castreren met een bot mes. Als hij het ooit weer waagt om tegen mijn vrouwen te praten dan zal ik zorgen dat hij nooit meer zijn bek open kan doen."

"Voorzichtig, meneer Neff! Het is nooit een goed idee om te gaan dreigen."

Neff kwam op dreef. "En ik kan je nog meer vertellen. Ik heb ver-halen over jou gehoord, en die zijn ook niet al te best. Ik wil ook niet hebben dat jij rondhangt in de buurt van mijn dochter. Dat wil ik je nu alvast laten weten."

Joe zei op redelijke toon: "Welnu, ik geloof niet dat het u iets aan-gaat verder, meneer Neff. Mijn intenties zijn volkomen eerbaar. En we zijn allebei boven de eenentwintig."

"Het zal me worst wezen of je honderdeneen bent. Blijf bij haar uit de buurt of ik breek je nek."

"Ten eerste," zei Joe, "bent u daar niet mans genoeg voor. En ten tweede —"

Neff deed een stap naar voren, met een grijns van oor tot oor. Hij zwaaide met zijn grote rechtervuist, die Joe in de palm van zijn linker-hand opving. "Kalm aan, meneer Neff."

Neff pakte hem op, nog altijd grijnzend, en gooide hem op de grond. Toen sprong hij naar voren en schopte Joe in de ribben. Joe ving de zware laars op en trok; Neff struikelde naar achteren. Joe trok zichzelf overeind. Het was een lange, moeizame dag geweest. Eerst had Cole Destin hem op straat gegooid, en nu schopte Neff hem in de ribben. Joe voelde zich onbeschrijflijk nijdig worden.

Neff kwam stampend naar voren, zwaar en sterk als een aanstor-mende stier. Joe deelde een paar vuistslagen uit: een linkse op Neffs mond, een rechtse tegen zijn nieren. De slagen leken Neff absoluut niet te deren: hij leek er zelfs alleen maar kwader van te worden. Weer stampte hij op Joe af, maar nu wat voorzichtiger. Joe sloeg naar hem — een, twee, drie keer met zijn linker vuist. Toen kreeg hij een enorme klap in zijn gezicht die hem deed duizelen. Zijn knieën knikten. Maar hij kon het zich niet veroorloven om knock-out te gaan. Niet hier, in de schuur, waar niemand aanwezig was die Neff ervan kon weerhouden om stelselmatig al zijn ribben stuk te trappen. Hij deinsde naar achteren zonder zijn linkerhand bij Neffs gezicht weg te halen. Neff mepte, miste. Joe legde al zijn kracht in zijn volgende vuistslag die Neff op de kaak trof. Neff ging verbijsterd zitten. Hij reikte naar achteren, pakte een hooivork en wierp deze zonder op te staan in de richting van Joe, die hem opzij sloeg. "Voorzichtig, Neff!" hijgde Joe. "Dit soort geintjes kunnen je weleens in de gevangenis doen belanden."

Neff sprong overeind. Hij pakte een andere hooivork en kwam langzaam naar voren. Joe liep achteruit, pakte de eerste vork op en nam een verdedigende houding aan. Neff stak, Joe ving de tanden op met zijn eigen hooivork; ze spanden allebei hun spieren en probeerden allebei om de vork van de ander opzij te duwen. Neff won en schoof de vork van Joe opzij, maar op dat moment draaide hij hem om en sloeg Neff met de steel tegen zijn hoofd, net boven zijn oor. Het bloed spoot eruit en Joe gaf hem een tweede, nog hardere mep. Neff kreunde en liep wankelend naar zijn werkbank. Hij leunde zwaar op de bank en staarde naar Joe.

"Wil je nog meer?" vroeg Joe hijgend. "Ik kan blijven uitdelen zolang je wilt, jij gemene klootzak."

Neff legde zijn handen tegen zijn hoofd en keek met doffe blik naar het bloed. Joe draaide zich om en beende in de richting van het huis. Ellie keek hem vanuit de deuropening met een geschrokken blik aan. "Ik denk dat je maar beter even naar je vader kunt gaan kijken," zei Joe. "Hij heeft een behoorlijke koppijn."

Hij liep met grote stappen naar zijn auto, reed de weg op en terug naar Fox Valley.

Een kilometer of twee van het huis van de familie Neff vandaan lachte hij scherp. "Ik geloof dat ik vandaag een paar stemmen ben kwijtgeraakt."

Hij ademde in en toen weer uit. Zijn ribben deden pijn. Het was al met al een ongewone, zware dag geweest... Hij speelde even met het idee om Neff aan te klagen omdat hij een politieagent had aangevallen met een wapen. Het was misschien niet zo'n slecht idee om Neff eens een lesje te leren. Joe stelde zich voor hoe Neff naar hem zou kijken vanuit een van de cellen. Hij grinnikte en lachte toen hardop. Maar er zou dan wel een heleboel werk op de schouders van Ellie en mevrouw Neff neerkomen. Joe besloot dat hij de hele zaak beter kon vergeten.

Hij ging recht door Marblestone heen en Candelara Creek Road op. De centrale vallei opende zich voor hem; Pleasant Grove glom wit en grijs in de middagzon. Joe voelde zich kalmer worden, alsof hij, door de bergen achter zich te laten, een andere wereld binnenreed.

Tegen de tijd dat hij zijn auto achter het raadhuis parkeerde waren zijn zelfbeheersing en zijn waardigheid, die eerder die middag danig aangetast waren, weer hersteld.

Mevrouw Rostvolt keek hem op een vreemde manier aan toen hij het kantoor binnenkwam: een hatelijke halve grijns die hem uitermate irriteerde. Misschien zag hij er nog wat onverzorgd uit. Lippenstift? Die was nu toch wel verdwenen. Mevrouw Rostvolt zei: "De openbaar aanklager vroeg of u contact wilde opnemen."

"Bel hem maar terug," zei Joe. Hij ging zijn eigen kantoor binnen, liet zich in zijn stoel zakken en pakte zijn telefoon op. Even later hoorde hij de bariton van openbaar aanklager Paul Wentzman. "Sheriff?"

"Daar spreek je mee."

Wentzman leek naar woorden te zoeken. Uiteindelijk vroeg hij: "Wat voor de duivel heb je nu uitgehaald, Joe?"

"Waar heb je het over?"

"Cole Destin belde. Hij wil een aanklacht tegen je indienen. Zware mishandeling, aanranding, poging tot verkrachting. De hele mikmak."

"Ik had nooit gedacht dat hij dat zou doorzetten," zei Joe in opperste verbazing.

"Hij is behoorlijk nijdig."

"Er is niets van waar. Het probleem is dat ik niet weet of ik dat kan bewijzen."

"Ik zou er maar flink hard over nadenken als ik jou was."

"De situatie ligt zo," zei Joe. "Zijn vrouw is een slet, en ik denk dat Cole ook zo zijn vermoedens heeft. Zij begon met mij te flirten, Cole betrapte haar en ze schreeuwde meteen moord en brand. Ze had weinig andere keus, dat moet ik wel zeggen."

De stem van Wentzman was koel. "Cole wilde de staatspolitie erbij halen, maar ik heb hem gezegd dat dat niet nodig was, dat je natuurlijk in de rechtbank zou verschijnen."

"Uiteraard. Zodra hij maar wil."

"Goed — ik heb de hoorzitting gepland voor morgenochtend. Het is een voorlopige zitting, om de borg vast te stellen."

Joe dacht even na en vroeg toen voorzichtig: "Hoever is het verhaal al uitgelekt?"

"Dat zou ik niet weten. Maar Griselda is op de hoogte."

"O, God, dan kan ik maar beter snel maatregelen nemen. Anders ligt mijn naam in het slijk."

"Dat zou me niet verbazen."

Joe hing op en ijsbeerde door zijn kantoor. Wat een toestand! Hij liet zich in zijn stoel vallen, pakte de telefoon, veranderde van gedachte en ging half-lopend, half-rennend naar het kantoor van de Pleasant Grove *Messenger*, twee blokken verder. Hij barstte zo onverhoeds de deur in dat Amelia, de knappe jonge receptioniste, hem verbijsterd aanstaarde.

"Ik wil meneer Griselda spreken," zei hij. "Nu meteen."

Amelia stond gehaast op en verdween achter de tussenmuur die de redactie aan het oog onttrok. In de achtergrond klonk het droge klikken van een zetmachine.

Griselda kwam zelf mee. Hij bleef in de deuropening staan, met opgerolde mouwen, zijn stropdas losgetrokken van zijn keel, zijn grote hoofd naar voren. Hij keek Joe met een norse blik aan. "Wat kan ik voor je doen?"

"Je was van plan een artikel over mij te publiceren?"

"In de krant van vanavond."

Joe haalde diep adem. "Ik denk dat we even heel ernstig over dat artikel moeten praten. Voordat het schade kan aanrichten."

Griselda glimlachte moeizaam. "Zo te horen is de schade al aangericht. Er is een aanklacht ingediend, en dat maakt het nieuwswaardig."

Joe zei: "Kunnen we even onder vier ogen spreken?"

"Kom maar mee naar mijn kantoor."

Joe volgde Griselda naar een kantoor, dat meer op een werkkamertje leek dan op een echt kantoor. De muren waren vol; waar geen boekenkasten stonden hingen foto's. Achter de glazen deur van een buffetkast reflecteerde het licht in een stuk of twaalf flessen. Griselda ging achter zijn bureau zitten en gebaarde naar een stokoude leren stoel.

Joe zat stijfjes rechtop. "Ik neem aan dat we het over hetzelfde verhaal hebben."

"Als ik het me goed herinner is de exacte kop: WAARNEMEND SHERIFF BAIN BESCHULDIGD VAN AANRANDING VAN HUISVROUW IN MARBLESTONE."

"Dat is het verhaal," zei Joe. "En ik denk niet dat het me goed zal doen in de opkomende verkiezingen."

Griselda probeerde een grimmig grapje te maken. "Je weet nooit, misschien krijg je er wel een paar stemmen door."

"Dat soort stemmen hoef ik niet," zei Joe. "De zaak zit zo: Ik ben naar het huis gegaan om Cole te spreken. Hij was er niet. En bij toeval is May Destin een van mijn vroegere vriendinnetjes, en ze had er ineens behoefte aan om haar jeugd te herleven. Cole kwam precies op dat moment binnen, gaf mij overal de schuld van terwijl ik in feite niets gedaan had."

"Dat komt tijdens de rechtszaak dan wel naar boven."

"En in de tussentijd zijn de verkiezingen dan voorbij, en kan ik het ook wel schudden. Ik weet niet precies waar ik wettelijk gezien sta in deze zaak, maar als ik jou was zou ik voorzichtig zijn met het publiceren van dit verhaal. Ik denk dat er uiteindelijk geen sprake zal zijn van een aanklacht, en als je het verhaal dan toch hebt gepubliceerd, dan zal ik mij ook niet inhouden."

Griselda keek Joe aandachtig aan van onder zijn volle wenkbrauwen. "De aanklacht is officieel ondertekend. Dat is een openbare aangelegenheid."

"Of het nu wel of niet waar is? Is het gewoon je bedoeling om mij zwart te maken, Howard?"

Griselda's brede gezicht werd vuurrood. "Je kent me beter dan dat. Zoals ik al zei, de aanklacht is getekend — en het is nieuws."

Joe zei: "Ik wil een telefoontje plegen, en ik wil dat je meeluistert. Gaat dat lukken?"

Griselda dacht even na en knikte toen met duidelijke tegenzin. "Het idee bevalt me niet, maar ik zal het doen, onder voorwaarde dat je vermeldt dat er iemand meeluistert."

Joe schudde zijn hoofd. "Dat gaat niet werken. Ik wil alleen maar dat je luistert zodat je jezelf ervan kunt overtuigen dat deze hele zaak stinkt."

"Goed dan," gromde Griselda. "Gebruik die telefoon maar. Ik luister mee via de telefoon op de receptie."

Joe keek in het telefoonboek en draaide een nummer. De telefoon ging over. Twee, drie keer. Joe voelde zijn hart in zijn schoenen zinken. Toen nam May op. Joe zuchtte. "Je spreekt met Joe Bain."

May snikte kort en beverig. "O, Joe. Ik weet niet wat ik moet zeggen."

"Het kan me niet schelen wat je zegt. Waar het om gaat is, wat ben je van plan te gaan doen?"

"Ik weet het niet."

"Je hebt gehoord dat Cole naar de stad is gekomen en het kleed onder mijn voeten vandaan heeft getrokken?"

"Ja." De stem van May was zacht en verslagen. "Maar wat kon ik doen? Ik denk dat ik even in paniek raakte. Maar ik kon zo snel niets anders bedenken. Zelfbehoud denk ik. Ik weet dat ik me heel dom heb gedragen."

" 'Dom'? Dat is één manier om het te omschrijven. Hoe dan ook, je moet zorgen dat Cole ermee ophoudt. Het kan me niet schelen hoe, maar ik kan dit soort publiciteit nu niet gebruiken. Ik doe mee aan de verkiezingen voor sheriff."

May begon zachtjes te jammeren. "Je kent Cole niet. Hij is zo streng en correct, het is gewoon verschrikkelijk."

"Het zal erger zijn als de zaak voor de rechter komt. Ik ben namelijk niet van plan om dit zomaar over mijn kant te laten gaan."

May zei simpelweg: "Ik zie niet wat je kunt doen. Het is jouw woord tegen het mijne."

"Het is meer dan dat in de rechtszaal. Ten eerste moet je heel goed beseffen dat deze zaak een heleboel stof zal doen opwaaien. Al je vrienden en bekenden zullen in de zaal zitten. Ik zal je beide dochtertjes naar voren laten komen om te verklaren of ze jou hebben horen gillen of schreeuwen. Ze zullen zeggen van niet, dat ze mama alleen maar hebben horen lachen. En misschien hebben ze zelfs alles wel gezien. Ik zal dominee Dunkwiler naar voren laten roepen zodat hij kan verklaren hoe hij ons ooit betrapte onder de kerkvloer terwijl we op zondagsschool hadden moeten zijn. Ik zal Walt Hobius laten verklaren dat jij destijds zo wanhopig graag wilde dat ik met je trouwde dat je net deed alsof je zwanger was. Ik zorg dat ik een paar experts heb op het gebied van lippenstift-afdrukken. Als een man een vrouw aanvalt, dan zal die vrouw over het algemeen zo'n man niet vol op de lippen kussen. En dan nog iets: het slaat helemaal nergens op dat ik een vrouw onzedelijk zou betasten terwijl ik daar ben om haar echtgenoot te spreken en terwijl ze alleen maar hoeft te schreeuwen om haar kinderen te waarschuwen. En verder zal ik de hele buurt uitkammen tot ik al je vriendjes heb gevonden en zal ik die allemaal naar de rechtbank brengen om getuigenissen af te leggen. Zie je wat ik bedoel? Dit zijn geen loze bedreigingen; ik probeer je alleen maar duidelijk te maken hoe ik me zal moeten verdedigen."

Het bleef stil aan de andere kant van de lijn. Toen sprak een matte stem: "Goed dan. Ik zal zorgen dat Cole ermee ophoudt. Hoe dan ook."

"Je kunt maar beter snel zijn. Hij heeft de aanklacht al ingediend."

"Ik weet hoe ik hem moet ompraten. Ik — ik denk dat ik hem wel aan kan. Ik zal hem wel het een of ander vertellen. Het komt goed."

"Het spijt me heel erg, May. Maar het is niet anders."

De stem van May, nauwelijks meer dan een hees gefluister, zei: "Je bent niet echt een heer, is het wel, Joe?"

"Ik ben in de eerste plaats de sheriff, en dan pas een heer. Het is vervelend, maar zo staan de zaken nu eenmaal."

May hing op.

Griselda kwam weer naar binnen. Hij knikte zwaarmoedig en keek Joe niet aan. "Ik schrap het hele verhaal…Onsmakelijke toestand."

"Niet mijn schuld."

"Behalve dan dat je aard, je reputatie, je achtergrond en je moreel besef zeker hebben bijgedragen."

"Hoor eens, Howard. Ik ben hier niet gekomen om beledigingen uit te wisselen. Wat mijn moreel besef aangaat, denk ik dat ik het zonder enige moeite kan opnemen tegen jouw man Gervase."

"Dat doet er niet toe." Griselda maakte een ongeduldig gebaar met zijn dikke, harige hand om aan te geven dat hij dit hele gesprek zat was. Joe vertrok. Hij liep langzaam terug naar Montalvo Square. "Dat was op het nippertje," zei hij tegen zichzelf.

Toen hij terugkwam op het bureau keek mevrouw Rostvolt hem met een speculatieve blik aan. Joe vertelde haar niets. Na een poosje kwam ze hem de correspondentie van die dag brengen zodat hij de brieven kon tekenen. Zoals gewoonlijk had ze weer prima werk afgeleverd. Mevrouw Rostvolt, de model-secretaresse! Jammer dat ze zo corrupt was. Ze hoorde eigenlijk aan de andere kant van de tralies. Nou ja — elke dag heeft genoeg aan zijn eigen last. Hij ging naar huis, waar zijn moeder en Miranda zich die avond allebei afvroegen waarom hij zo geïrriteerd leek.

Na het eten ging Joe's moeder voor de televisie zitten terwijl Miranda haar huiswerk maakte. Joe nam een douche, opende een blikje bier en ging in zijn pyjama en ochtendjas op de achterveranda zitten, zo ver mogelijk verwijderd van de herrie van de televisie.

Het was een enerverende dag geweest, met Ellie Neff als enige lichtpuntje. Joe keek naar de hemel waar de maan, nu bijna vol, boven de peperboom in de achtertuin hing. Vijfenveertig kilometer verderop zat Ellie misschien wel naar deze zelfde maan te staren…Joe sloeg een mug weg, dronk zijn bier op en ging naar binnen. Miranda was klaar met haar huiswerk en hing aan de telefoon. Joe deed zijn mond open om er wat van te zeggen, maar sloot hem toen weer. Zijn moeder zette de televisie op een ander kanaal. Joe ging naar de keuken, opende de koelkast, maakte een tweede blikje bier open en ging aan de keukentafel zitten. Op de achterkant van een envelop schreef hij:

Onbeantwoorde Vragen

A. Bus Hacker.

   1. Wie heeft het water in de tank van Bus Hacker gedaan? Waarom? Om te zorgen dat hij lopend naar de stad moest?

   2. Wie vertelde Hacker dat er een belangrijke brief op het postkantoor op hem lag te wachten? Waarom? Om Hacker nogmaals naar de stad te laten lopen?

   3. Waarom zou iemand Hacker naar de stad willen laten lopen?

Mogelijkheden
a. Een flauwe grap.
b. Om hem kwaad te maken, op te winden, mogelijk een
hartaanval te bezorgen.
c. Om bij zijn kluis te kunnen. Wat zat er in die kluis dat zo
belangrijk was? En werd wat het ook was vernietigd in de
brand?

Joe dacht na over wat hij precies geschreven had. Het was wel duidelijk dat iemand bang was voor iets dat in de kluis kon hebben gezeten. Cole had zijn uiterste best gedaan om de kluis te openen. Zowel hij als Walt Hobius hadden ermee geschud. Joe had geen flauw idee wat dit te maken kon hebben met de zaak van Ausley Wyett. Ausley had nu niets meer te vrezen. Hoewel hij af en toe behoorlijk tactloos kon zijn, gaf hij toch de indruk van een man die uitermate voorzichtig was wat hij deed. En — Joe moest ook toegeven dat zijn beweringen dat hij onschuldig was aan de oorspronkelijke misdaad met heel veel overtuiging waren uitgesproken.

Joe dacht na over de omstandigheden rondom de vreselijke dood van Tissie McAllister. Charley Blankenship had uitzicht gehad op de weg ten noorden van de schuur van Wyett, en Bus Hacker naar het zuiden. Blankenship had verklaard dat hij Tissie had gezien, en daarna Cole Destin. Hacker had verklaard dat hij alleen Cole Destin had opgemerkt. Cole Destin zei dat hij alleen Ausley en Tissie had gezien. Of Hacker, of Blankenship zou het hebben moeten zien als iemand over het veld ten oosten van de weg was komen aanlopen. Als Ausley onschuldig was, dan had iemand gelogen. Joe dacht dat het waarschijnlijk Bus Hacker geweest was. Hij zou de volgende dag zien of hij het verslag van de rechtszitting kon inzien.

Hij ging verder met zijn notities:

B. Charley Blankenship.
*   1. Hoe kon Charley Blankenship, een man die bekend stond als*
*   een expert op het gebied van champignons, ertoe gebracht*
*   worden om een amaniet te plukken, klaar te maken en op te*
*   eten? Vergissing? Absoluut onwaarschijnlijk. Niemand, zelfs*

een beginneling, kon zich vergissen in de spierwitte lamellen
die zo karakteristiek waren voor de amaniet.

2. *Wie had er een reden om zowel Blankenship als Hacker dood*
   te wensen? Ausley, misschien. Maar verder? Waarom? Geld?
   Metty Blankenship was de erfgename als Charley Blankenship
   kwam te overlijden. Het hele idee dat Metty Charley zou
   vergiftigen was te zot voor woorden. Waar zou het geld heen
   gegaan zijn als Metty als eerste was overleden?

Joe stopte even om een slok bier te nemen. Een vreemde situatie. Als Ausley Wyett erachter zat, dan waren Cole Destin, Willis Neff en Oliver Viera op dit moment een slechte investering voor een levens- verzekeringsmaatschappij.

Als Ausley niet verantwoordelijk was — wat dan? Gezien Ausleys vrijlating was de timing van de dood van Hacker en Blankenship toch wel erg verdacht. En als je ze samen met Viera, Cole Destin en Willis Neff beschouwde, wie had er dan iets tegen alle vijf deze mannen?

Willis Neff had zo'n beetje de helft van de plattelandsbevolking tegen zich in het harnas gejaagd.

Cole Destin had hier en daar wel op wat tenen getrapt. Hij kende geen genade als het ging om het uitbreiden van zijn grondgebied en gedroeg zich vaak als een soort feodale heer.

Oliver Viera was altijd populair geweest en had waarschijnlijk nergens in de wereld vijanden.

Behalve dan Ausley Wyett.

Joe leunde achterover en bekeek zijn blikje. Leeg. Langzaam, nadenkend, opende hij een nieuw blikje en ging weer zitten, terwijl de diverse speculaties in zijn achterhoofd rondtolden. Iemand met de sluwheid, het venijn en de ondeugendheid van een gestoorde mensaap had de tijd van zijn leven, pleegde moorden die niet op moorden leken ... Joe zette het blikje bier op de tafel en zakte onderuit in zijn stoel. Hoe, vroeg hij zich af, zou ik Bus Hacker vermoorden door hem een hartaanval te bezorgen, en hoe zou ik Charley Blankenship zo ver weten te krijgen dat hij giftige paddenstoelen klaarmaakte? Als je er op die manier naar keek dan was de hele situatie ronduit belachelijk ... Joe dacht na. Ouwe Bus Hacker was behoorlijk rood in het gezicht geweest: een symptoom van elektrocutie. Maar Joe had precies gedaan wat hij deed zonder ook maar een tinteling te voelen…Joe dronk zijn bier en ging naar bed, waar hij nog urenlang lag na te denken.

Hoofdstuk X

Aan de noordwestelijke zijde van de regio, in een gebied met dichtbeboste heuvels en diepe valleien, lag Nazareth: een religieuze gemeenschap die vijftig jaar eerder was opgericht en die zich zoveel mogelijk afzijdig hield van de rest van de wereld. Er was geen telefoon, er werd geen post bezorgd, er was geen elektriciteit. De gemeenschap zorgde voor hun eigen onderwijs, hun eigen gezondheidszorg en hun eigen begrafenissen, en was zo zelfvoorzienend als maar mogelijk was. Onnodig te vermelden was dat er uiteraard geen bars, bioscopen, theaters, bowlingbanen of ijssalons in Nazareth te vinden waren. De jongeren werden soms rusteloos en zochten dan hun vertier in Verdalia, tot groot leed van de oudere leden van de gemeenschap.

Niet ver van Nazareth vandaan lag het plaatsje Vino, dat zijn naam te danken had aan de vele wijngaarden in de omringende heuvels en een aantal beroemde wijnhuizen in de nabije omgeving.

Op zaterdagavond keerden vier jongens uit Nazareth naar huis terug nadat ze zich hadden volgegeten in een ijssalon in Verdalia, toen ze werden ingehaald door een gelijk aantal jongens uit Vino in hun opgeknapte oude auto. Er was een klein ongelukje gebeurd dat had geresulteerd in beschuldigingen, bedreigingen over en weer en uiteindelijk een vechtpartij. Joe werd gewaarschuwd dat er mogelijk een heuse vete aan het ontstaan was, aangezien de jongemannen van Nazareth weliswaar bescheiden Christenen waren, maar niettemin ook zo hun gevoeligheden hadden.

Op dinsdag reed Joe naar het betreffende gebied, samen met hulpsheriff Phipps. Hij zorgde dat de officiële patrouillewagen duidelijk gezien werd in zowel Vino als Nazareth, en waarschuwde de eerste de beste groep jongeren die hij in beide stadjes tegenkwam. Er werd niet naar hem geluisterd.

Op dinsdagavond, in de schemering, liepen dertig tot veertig jongens uit Vino, tussen de veertien en twintig jaar oud, de heuvels over om een enorme davidster te schilderen op de heuvel boven Nazareth. Ze werden vrijwel onmiddellijk betrapt. Even was het onzeker wat er verder zou gebeuren, maar weldra dromde een hele groep jongeren samen en vielen elkaar aan.

Joe, die door een ongeruste moeder in Vino gewaarschuwd was, kwam deze keer met drie hulpsheriffs en samen marcheerden ze de heuvel op. Er woonden een aantal kleurlingen in Vino, en toen Joe de oproerkraaiers naderde hoorde hij een van hen roepen: "Hé daar, godsdienstige kwezel! Pas maar op! Ik sla je verrot!" En in antwoord klonk al even dreigend: "Probeer het maar, als je durft!"

Joe kreeg een tros druiven tegen zijn nek, maar zelfs met deze aanmoediging slaagde hij er niet in om de oproerkraaiers, die alle kanten op vluchtten toen ze de politie aan zagen komen, op te pakken. Joe liet twee hulpsheriffs achter om de zaak in de gaten te houden. Hij was er zeker van dat deze overval zeer zeker herhaald zou worden en misschien wel een jaarlijks evenement kon worden... Nou ja, er waren ergere manieren om stoom af te blazen. Waarschijnlijk was het ergens zelfs wel goed voor de jongens uit Nazareth.

De volgende dag was het woensdag, en Joe, die vijfentwintig sponsors had weten te verzamelen, betaalde de regio-secretaris tweehonderdveertig dollar en maakte daarmee zijn kandidatuur voor de post van sheriff officieel. De *Messenger* publiceerde een kort berichtje over de ruzie tussen Nazareth en Vino, maar merkte alleen maar op dat 'de vijandigheden snel de kop ingedrukt werden.' Joe zocht tevergeefs naar enige vorm van erkenning voor sheriff Joe Bain en zijn hulpsheriffs. Op een andere pagina zag hij een verhaal met de kop:

VERENIGING VOOR DE VOORUITGANG ORGANISEERT EEN POLITIEKE RALLY IN DE OPEN LUCHT

Joe las dat de San Rodrigo Vereniging voor de Vooruitgang een vergunning had aangevraagd om een publieke bijeenkomst te houden in

Montalvo Square op de avond van zaterdag 29 september. Er zou muziek gespeeld worden en er waren gratis donuts en koffie. De aangekondigde sprekers waren onder andere Fred Hatch, voorzitter van de Kamer van Koophandel van Pleasant Grove; Henry Heilbronner, voorzitter van de Landbouwbond; Howard Griselda, hoofdredacteur en uitgever van de *Messenger*; Lee Gervase, advocaat en kandidaat voor de functie van sheriff; Edgar H. Laumeister, uitvoerend secretaris van de Lions Club van Pleasant Grove.

Joe trok een grimas. "De enige beroemdheid die niet is uitgenodigd is het aangewezen offer, en dat ben ik."

"Wat is er aan de hand, papa?" vroeg Miranda vrolijk. "Maagzuur?"

"Ik oefen alvast met hongerlijden," zei Joe, "want het ziet ernaar uit dat we het moeilijk gaan krijgen na de verkiezingen."

"Ach, kom nou!" verklaarde zijn moeder. "Dat is waarschijnlijk absoluut niet waar!"

"Ik ben bijna klaar met school," zei Miranda opgewekt. "Dan kunnen we samen naar Mexico. Leuk! Ik hoop dat je wordt ingemaakt, papa!"

"Miranda", sprak Joe's moeder bestraffend.

"Laat haar maar," zei Joe somber. "Dan is er tenminste iemand die de lol kan inzien van deze hele situatie."

"Ik ben het toch al zat dat je de sheriff bent," zei Miranda. "Ik wil dat je senator wordt, of diplomaat, of iets anders dat echt belangrijk en prestigieus is."

"Toen ik jonger was, was ik een sla-plukker. Ik denk dat ik dat nog steeds wel in de vingers heb. We redden het wel, hoe dan ook. Miranda kan altijd nog in een inpakschuur gaan werken."

"Papa! Dat kun je niet menen!"

"We moeten wel eten."

"Ik zoek een baan als fotomodel. Wist je dat nog niet? Ik ben mooi, en ik heb een slanke, gemene, mannenverslindende uitstraling —"

"Kom nou, Miranda," protesteerde haar oma. "Toen ik jong was zeiden jongedames dat soort dingen niet. Ze *dachten* dat soort dingen zelfs niet."

"Och, oma. Jij was gewoon onschuldig. De meeste meisjes waren niet zoals jij."

Joe's moeder zweeg en glimlachte weemoedig.

Miranda trok zichzelf dichter naar de tafel toe. "Wat is de supermis-daad van vandaag, papa?"

"Niets bijzonders. Een paar dronkenlappen. En nu ik erover nadenk, we hebben wel een zakkenroller opgepakt in Aurora. Ouwe man van een jaar of zestig. Veel ervaring, maar veel te traag."

Joe's moeder vroeg: "Wat is er in vredesnaam aan de hand in Marblestone?"

Joe keek langzaam op. "Wat heb je gehoord? En van wie? Mevrouw Henderson?"

"Ze was zondag bij haar dochter. Ze zegt dat de hele stad in rep en roer is vanwege die vreselijke jongen van Wyett."

"Wat heeft hij gedaan?" vroeg Miranda.

"Hij is de gevangenis ingedraaid voor moord," zei Joe. "Nog voor jij geboren was. Maar ik weet het niet. Er waait zoveel stof op van de ene naar de andere kant dat het niet eenvoudig is om uit te zoeken wie nu precies wie wat heeft aangedaan."

"Wat gebeurt er dan precies?"

"Nou, Ausley is vrijgelaten, en vlak daarna kregen de vijf voornaam-ste getuigen tegen hem een brief van hem. Het is moeilijk te begrijpen wat hij nu precies voor ogen had. Je kunt de brieven lezen als bedrei-ging, als een vraag om medewerking, en op nog wel meer manieren. Het zou niet meer geweest kunnen zijn dan een van Ausleys rare bok-kensprongen. Maar goed, deze vijf mensen waren niet zo blij met de brieven. Ze vonden dat Ausley hen onder druk zette. Vooral toen er even later twee van hen om het leven kwamen."

Miranda's mond vertrok tot een vuurrode O, terwijl Joe's moeder een *tchk-tchk*-geluid maakte.

Miranda vroeg: "Dus nu vraagt iedereen zich af wie de volgende gaat worden?"

"Precies."

"En wat zegt Ausley Wyett er zelf van?"

"Hij zegt dat hij niet snapt waar iedereen zich zo druk over maakt."

"En wie denk je dat de volgende is?"

"Nou," zei Joe, "je hebt Oliver Viera, Cole Destin en Willis Neff. Ik heb ze alle drie gewaarschuwd. Willis Neff sloeg me in elkaar, Cole Destin heeft geprobeerd me de gevangenis in te laten draaien, Oliver

Viera probeerde me een huis te verkopen. Ik zou zo zeggen dat het een nek-aan-nek race was."

Op donderdagochtend was Joe in Mulberry om een dwangbevel te bezorgen, en kwam hij laat op kantoor. Hij wenste mevrouw Rostvolt beleefd goedemorgen en ontving een knikje en een glimlach als antwoord. De glimlach verontruste hem. "Wat nu weer?" vroeg hij zich af. "Wat weet zij dat ik niet weet?"

De rest van de ochtend zat hij vast op kantoor, in gesprek met Milo Gentry, de oudste en meest vermoeiende van de regioraad. Joe was tijdens het hele gesprek onrustig. Als hij meneer Gentry de deur uit zou werken met de opmerking dat hij het druk had, dan zou meneer Gentry weleens nijdig kunnen worden en zich tegen hem keren. Als Joe ontspande en meneer Gentry halverwege tegemoetkwam in zijn vage, langdradige verhalen, dan zou meneer Gentry misschien wel pervers genoeg zijn om zich te gaan afvragen of Joe niets anders deed om zijn salaris te verdienen.

Uiteindelijk vertrok Milo Gentry in een vriendelijke stemming. Joe besloot om snel te lunchen en dan naar Marblestone te rijden. Hij deelde zijn plannen mee aan mevrouw Rostvolt, die nietszeggend knikte. Joe vertrok naar Marblestone, maar hij was er niet gerust op. Hij hield niet van onopgeloste problemen en dit was een raadselachtige zaak. Mevrouw Rostvolt moest weten dat haar dagen geteld waren, en toch bleef ze zich gedragen alsof ze de baas was van het hele corps…

Toen hij Marblestone binnenreed zag hij de witte Ford met open dak van Oliver Viera geparkeerd onder het bord *Fox Valley Makelaars*. Joe draaide de weg af en parkeerde zijn auto naast de Ford. Een grijze GM pick-up kwam de stad uitgereden en reed het pompstation van Walt Hobius op. Willis Neff stapte uit; Walt kwam zonder een spoor van een glimlach naar buiten gelopen en begon de benzinetank te vullen. Neff rolde een band uit de cabine en gaf Walt enkele korte aanwijzingen. Walt knikte chagrijnig, met zijn mond omlaag getrokken tot een omgekeerde V. Joe zag dat Neff andere kleding droeg dan zijn normale werkkleding: bruine broek, zwarte schoenen, een rood met blauw geruit overhemd.

Joe slenterde de weg over. Neff zag hem en boog zich over de waterfontein om iets te drinken. Joe keek in de achterbak van de pick-up. Het rek voor de reserveband was leeg. Er lag een slaapzak, een gasfles met een kookpit erop, een kartonnen doos met levensmiddelen, een spade, een bijl. Joe liep naar voren en keek in de cabine. Op de stoel lagen een vismolen, een uitschuifbare hengel en een jachtgeweer.

Neff liep om de auto heen. "Hallo, meneer Neff," zei Joe. "Zo te zien gaat u vissen."

"Misschien," bromde Neff.

"En misschien ook wel jagen."

"Moeilijk te zeggen," antwoordde Neff.

"Het is niet het seizoen voor herten," zei Joe bedachtzaam. "Het zou jammer zijn als een boswachter u betrapte op een domme fout."

"Maak je maar geen zorgen, als je dat tenminste al deed," zei Neff met een valse grijns. "Waar ik heen ga, daar zijn geen boswachters."

"Ik ben blij dat te horen," zei Joe. "Al was het maar voor uw familie."

"Laat mijn familie erbuiten, tenzij je nog een keer in het stof wilt bijten."

"Breng de goden maar liever niet in verzoeking." Joe liep terug de straat in, in de richting van het bedrijf van Oliver Viera. De deur stond open en Joe liep naar binnen. Oliver keek op van zijn bureau, waar hij bezig was om met veel moeite iets op een klein kaartje te typen. "Hoi Joe. Wacht even, ik wil even deze rottige beschrijving afmaken."

Joe ging bij het raam staan en keek hoe Walt de voorruit van Neff zeemde, het oliepeil controleerde, geld aannam en wisselgeld teruggaf, allemaal met dezelfde zure uitdrukking op zijn gezicht: Walt had duidelijk ook al eens kennisgemaakt met de vuisten van Neff.

Oliver rolde het kaartje uit de machine en draaide zich om naar Joe. "Nou, Joe, is er nog nieuws?"

"Niet veel," zei Joe. Hij keek hoe Neff instapte, rechtsomkeert maakte en terugreed in de richting vanwaar hij was gekomen.

"Daar gaat een keiharde vent," zei Joe.

"Jawel," zei Oliver. "Zoals mijn grootmoeder placht te zeggen, maar dan in het Spaans, zelfs de vliegen willen niet op hem gaan zitten."

"Ik krijg geen hoogte van de man," zei Joe. "Hij is waarschijnlijk in goeden doen — niet echt rijk, maar zeker niet arm; hij heeft een mooie ranch, een lieve vrouw, een leuke dochter, hij is gezond —"

"En een leuke dochter."

"— hoeft waarschijnlijk niet al te hard te werken, kan gaan vissen als hij daar zin in heeft —"

"En een leuke dochter."

"Oliver," zei Joe, "je bent een geile bok, en nog getrouwd bovendien. Ik wilde je iets vragen over Ausley. Heb je hem nog gesproken?"

Olivers ronde gezicht rimpelde verbaasd. "Ausley gesproken? Waarom zou ik Ausley willen spreken?"

"Over die dam. Je zei dat die ook op zijn grondgebied moest worden verankerd."

"O, de dam. Dat was ik alweer vergeten. Nee, ik heb hem niet gesproken. Maar het is wel een goed idee." Heel af en toe, als Oliver opgewonden was, of vergeetachtig, of te enthousiast, dan kreeg zijn stem ineens een zangerig Mexicaans tintje. "Misschien ben ik wel bang, Joe. Ik weet het niet. Bus Hacker en Charley Blankenship kregen een ongeluk — waarom zou dat mij niet overkomen?"

"Dat doet me eraan denken," zei Joe bedachtzaam. "Er was nog iets wat ik je wilde vragen. Is er behalve Ausley nog iemand die iets tegen je zou kunnen hebben?"

Olivers expressieve wenkbrauwen verdwenen bijna onder zijn haar. Hij schudde zijn hoofd. "Ik denk het niet. Er is niemand kwaad op mij. Ik heb zelfs nog nooit ruzie gehad met Neff, zoals zo'n beetje ieder ander in deze stad."

"En zakelijk? Heb je daar ooit iemand op de tenen getrapt?"

Oliver haalde zijn schouders op. "Je kunt geen geld aannemen van iemand zonder dat je hem daarmee benadeelt. Heb ik je al verteld dat Cole me heeft gevraagd om Ausley te polsen over een eventuele verkoop?"

"Je zei tegen mij dat Ausley niet van plan was zijn grond te verkopen."

"Dat klopt. Hij heeft volgens mij aardig wat centen, die ouwe Ausley. Na al die jaren in de gevangenis."

"Het is een wonder dat niet meer mensen dat proberen." Joe liep naar de deur. "Ik denk dat ik even naar Ausley toega en hem gedag ga zeggen. Als je wilt kan ik aan hem doorgeven dat je hem wilt spreken."

"Prima, Joe. Zeg maar dat ik hier de hele dag ben, en misschien tot in de avond. Mijn schoonzus is op bezoek, er is thuis veel te veel herrie."

Maar toen Joe naar de Wyett ranch reed zag hij de stationwagen van Ausley nergens staan, en Olivers boodschap kwam dus niet over.

Joe reed doelloos over Mitre Canyon Road tot hij zich realiseerde dat zijn doelloze rit hem steeds dichter bij de Neff ranch bracht. Zodra hij dat besefte, draaide hij zich om. Als hij Ellie wilde zien dan hoefde hij niet te wachten tot Neff niet thuis was.

Ergens tussen woensdagavond en donderdagochtend stierf Willis Neff. De wereld in het algemeen wist hier niets van tot zaterdagochtend, toen een oude gepensioneerde man met de naam Theodore Hill het lichaam van Neff ontdekte op een open plek in het Santa Lucia gebergte in het buurtschap Monterey. Neff was door het hoofd geschoten en lag ongeveer dertig meter van zijn auto vandaan.

Theodore Hill verwittigde sheriff Edward Mulligan in Salinas, die twee hulpsheriffs naar de plaats delict stuurde, samen met de lijkschouwer.

Uit het feit dat de kogel het hoofd van Neff was binnengedrongen maar niet meer naar buiten was gekomen leidden de onderzoekers af dat het schot van een afstand gelost moest zijn. Ze doorzochten het gebied en vonden op een nabijgelegen richel een nieuwe rode pet, van het soort dat vooral hertenjagers plachten te dragen, een halfleeg boekje lucifers met het logo van Top Hat Bar en Restaurant in San Francisco, en een lege .30-30 huls. De hulpsheriffs en de lijkschouwer waren het eens in hun boosheid. Het kon niet anders of een of andere stadse jager zonder verantwoordelijkheidsgevoel had besloten dat hij een hert zou schieten buiten het seizoen, en Willis Neff was het eerste bewegende object dat hij in het vizier moest hebben gekregen: een typisch jachtongeluk.

De lijkschouwer stelde onder voorbehoud vast dat het tijdstip van overlijden donderdagochtend rond een uur of twee was, met een speling van plus of minus vier uur. Om kort te zijn, zo verklaarde hij, Neff kon op ieder moment tussen tien uur op woensdagavond en zes uur donderdagochtend zijn gestorven.

Op verzoek van sheriff Joe Bain van San Rodrigo werd de maaginhoud van Neff onderzocht om te zien of hiermee het tijdstip van overlijden iets nauwkeuriger kon worden vastgesteld. De conclusie was dat Neff heel kort voor zijn dood eieren met spek had gegeten.

Dat feit suggereerde dat Neff donderdagochtend zo rond zonsop-
gang vermoord moest zijn, aangezien er naast de pick-up van Neff een
kleine gasbrander stond waarop hij waarschijnlijk die eieren met spek
had gebakken.

Er ging een oproep uit naar de vermeende hertenjager uit San
Francisco om zich bij de politie te melden — maar niemand verwachtte
dat dit ook echt zou gebeuren.

Joe Bain was blij dat hij niet belast was met de opsporing van de
hypothetische jager. Hij had al genoeg problemen.

HOOFDSTUK XI

OP ZONDAGOCHTEND WAS HET Joe's onplezierige taak om mevrouw Neff en Ellie te verwittigen van de dood van Willis Neff. Terwijl hij door Marblestone reed zag hij dat er auto's langs Holy Row geparkeerd stonden, en hij bedacht ineens dat Ellie en mevrouw Neff misschien in de kerk waren. Hij reed Quarry Road in en zag de oude stationwagen van Ausley Wyett in de buurt van de Doopsgezinde kerk. "Hmm," zei Joe tegen zichzelf. Hij parkeerde voor de kerk en liep de trap op in de richting van het voorportaal. Vanuit de kerk zelf klonk de stem van dominee Dunkwiler, en Joe voelde zich plotseling teruggevoerd naar twintig jaar geleden. Alles rook zelfs nog precies zoals toen: warme vernis, stervende bloemen, oude liedbundels, droog hout, zondagse kleding. Er was niet veel veranderd. Joe keek de kerk in. Ellie en mevrouw Neff zag hij zo op het eerste gezicht niet, maar Ausley Wyett zat er wel: keurig rechtop in een van de zwarte kerkbanken, met zijn nieuwe bruine pak en een zachte, blauwsatijnen stropdas. Joe gebaarde naar een jongen in de rij achter hem en wees. De jongen tikte Ausley aan en wees in de richting van Joe. Joe wenkte. Met overdreven omzichtigheid liep Ausley op zijn tenen het voorportaal in. Joe nam hem mee naar buiten, de felle zon in.

"Zijn de Neffs ook binnen?" vroeg hij terloops.

"Nee," zei Ausley. "Ze zijn niet gekomen."

"Weet je dat zeker?"

"Absoluut zeker."

Joe knikte nadrukkelijk. "Welnu, Ausley, hoe zit het?"

Ausley grinnikte zwakjes. "Hoe zit wat?"

"Neff is dood."

"Neff? Willis Neff?" Ausleys verbazing was heel overtuigend. "Wat is er met hem gebeurd?"

"Dat weet je niet?"

"Ik heb geen idee, Joe."

"Iemand heeft hem doodgeschoten."

"Mijn hemel! ... Nou, ik weet niet zo goed wat ik moet zeggen."

"Heb jij een jachtgeweer?"

"Ik heb mijn vaders ouwe geweer ergens rondslingeren. Ik durf er niet zo goed aan te komen, omdat ik voorwaardelijk vrij ben. Dat weet jij ook wel, Joe."

"Dat zeg jij. Nou, Ausley, ik zal je een goede raad geven. Als ik jou was zou ik een paar dagen dicht bij huis blijven. Er zal zeker gekletst gaan worden in de stad, en ik heb geen zin om je los te moeten snijden uit een boom."

Ausley schudde droefgeestig zijn hoofd. "Mensen willen mij overal de schuld van geven. Vroeger verbrandden ze heksen, en nu moet Ausley Wyett het ontgelden."

"Ik zeg het echt voor je eigen bestwil. Het heeft geen zin om mensen op te winden."

"Waar is het gebeurd?" vroeg Ausley op milde toon.

"In de bergen. Aan de andere kant van de bergrug, in de buurt van Big Sur."

Ausley masseerde zijn kin en keek in gedachten verzonken omhoog naar de westelijke hemel. "Nou, nou." Er leek hem iets te binnen te schieten. "Jazeker!" zei hij op vrolijke toon. "Jazeker!" Hij knikte alsof hij het helemaal eens was met zijn eigen idee.

"Ik neem aan dat mevrouw Neff en Ellie zijn thuisgebleven omdat ze de pick-up niet hadden," zei Joe. "Ik kan maar beter die kant op gaan. Het is mijn taak om het nieuws te brengen."

Ausley schudde vol medeleven zijn hoofd. Joe ging terug naar zijn auto en liet Ausley op straat staan.

Tien minuten later draaide hij het erf van de Neff ranch op en parkeerde voor het huis.

Ellie kwam naar de deur, keek door de hordeur naar buiten en stapte toen het huis uit om hem te verwelkomen. De zon scheen op haar haren; ze zag er kalm, zelfverzekerd en vol zelfvertrouwen uit.

"Goedemorgen, Ellie," zei Joe op sobere toon. "Waar is je moeder? ... Nee, ga haar maar niet halen."

"Wat is er aan de hand?"

"Ik heb heel slecht nieuws. Ik weet dat jij het wel aankunt, maar ik maak me zorgen over je moeder."

Ellie verbleekte; de spieren van haar gezicht verstrakten. "Is er iets met mijn vader?"

"Ja. Hij heeft een ongeluk gehad. Zo ziet het er in ieder geval uit. Een ongeluk tijdens het jagen."

Ellie's mondhoeken trokken omlaag. "Is het — ernstig?"

"Hij is dood."

Ellie knikte langzaam. "Ik begrijp het." Ze draaide zich nogmaals om en keek naar het huis. "Wil je binnenkomen?"

Mevrouw Neff stond in de huiskamer te strijken. De radio stond afgestemd op een programma met gospel-liederen, en ze bewoog haar strijkijzer mee in de maat van de muziek.

Ellie zette de radio zachter. Joe deelde haar een beetje stuntelig mede wat er gebeurd was. Mevrouw Neff werd lijkbleek, snakte naar adem, zakte neer in een stoel en keek Joe met nietsziende blik aan. Toen viel ze op haar knieën, zette haar ellebogen op de stoel en boog het hoofd. Ellie keek van opzij naar haar moeder en liep toen langzaam op haar toe en streelde haar hoofd.

Joe zei: "Ik weet dat dit een vervelend moment is om jullie lastig te vallen met vragen, maar er zijn een paar dingen die ik graag zou willen weten."

Ellie knikte.

"Weten jullie waar je vader heen wilde?"

"Hij zei dat hij richting Bullfrog Creek ging, aan de top van Ham Valley, zodat hij niet zo ver hoefde te rijden. Hij was van plan niet langer dan twee dagen weg te blijven."

"Het ongeluk is gebeurd in Monterey, achter Big Sur. Twee uur hiervandaan, denk ik, misschien zelfs meer."

Ellie zei: "Volgens mij is hij daar al jaren niet meer heen geweest."

"Ik neem aan dat hij op het laatste moment van gedachten veranderd moet zijn."

"Misschien." Ellie boog zich over haar moeder en hielp haar

overeind in de stoel. Het gezicht van mevrouw Neff leek vreemd genoeg bijna verrukt. Ellie zei vaagjes: "Het is — het is een grote schok voor ons." Plotseling sprongen de tranen in haar ogen en ze knipperde ze snel weg.

"Waarom komen jij en je moeder niet mee naar Pleasant Grove en logeren een dag of twee bij mij tot jullie aan het idee gewend zijn?" vroeg Joe.

Ellie schudde haar hoofd. "We kunnen niet weg. Nu nog even niet. We hebben een jongen in dienst die de koeien melkt, en ik help hem daarbij."

"Heb je eventueel nog familieleden die kunnen komen helpen?"

"Nee. Maar maakt u zich alstublieft geen zorgen, meneer Bain, we redden het wel."

Van buiten klonk het geluid van een automotor.

Ellie ging naar de deur; Joe liep achter haar aan.

Ausley Wyett kwam uit zijn stationwagen en liep langzaam naar de deur. Ellie ging naar buiten en stond op de veranda. Ausley zei op bijna verlegen toon: "Ik hoorde net wat er met je vader was gebeurd, en ik wilde even zeggen dat het mij heel erg spijt. Hij was een ruwe vent — maar ik neem aan dat hij deed wat hij dacht dat het beste voor jullie was."

"Ja," zei Ellie. "Alleen dacht ik soms — soms dacht ik dat het hem niet zoveel kon schelen."

"Nou — dat zou kunnen. Maar wat ik hoofdzakelijk wilde zeggen was dat je je geen zorgen hoeft te maken over de klussen — melken en zo. Ik zal jullie met alle plezier helpen."

Joe trok zijn wenkbrauwen op en keek naar Ellie. Ze glimlachte. "Dankjewel, Ausley. Dat is heel aardig van je."

Joe sprak zuur: "Ik denk dat ik maar weer eens moest gaan. Het ziet ernaar uit dat Ausley zich voor de afwisseling eens een keer nuttig kan maken."

"Ik doe in ieder geval mijn best," zei Ausley.

Joe ging terug naar Marblestone. Hij ging naar de telefooncel in de Town Club en belde Sheriff Ed Mulligan in Salinas.

"Hallo Ed. Je spreekt met Joe Bain."

"Ja, Joe?"

"Ik bel vanwege Neff — de man die is doodgeschoten."

"O, ja. Neff."

"Tussen ons gezegd en gezwegen: er gebeuren hier in Marblestone vreemde dingen, en ik vroeg mij af of jouw hulpsheriff nog iets was opgevallen."

"Tot nu toe heeft hij niets gemeld."

"Voor zover ik het begrepen heb werd het lijk gevonden door ene Theodore Hill."

"Dat klopt. Ouwe kerel die van zijn pensioen leeft."

"Mijn idee is dat de dood van Neff misschien iets te maken heeft met een zaak waar ik aan werk hier in Marblestone. Ik zou de situatie ter plekke graag eens bekijken als je het niet al te vervelend vind. Ik zou weleens iets kunnen ontdekken dat te maken heeft met wat hier aan de hand is."

"Kijk maar zoveel je wilt," zei Ed Mulligan. "Wat is de achtergrond van die kerel Neff?"

"Lang verhaal. Ik zal je met alle plezier alles vertellen als je daar tijd voor hebt."

"Nou — misschien later. Tenzij je me een korte samenvatting kunt geven."

"Laten we het erop houden dat Neff niet de meest populaire man van de stad was. Het zou maar zo kunnen dat dit ongeluk in scène gezet is. Een nep-ongeluk als het ware."

"Hmm…Dat soort dingen gebeuren soms. Moet je horen. Ik heb sergeant Pallard op de zaak gezet. Waarom regel je geen ontmoeting met hem ergens in de buurt zodat je de zaak met hem kunt bespreken?"

"Prima. Het enige dat ik nu nog graag zou willen weten is of jullie het tijdstip van overlijden al nader hebben kunnen vaststellen."

"De doc zegt dat hij na zo'n lange tijd niet echt heel nauwkeurig meer kan zijn. Ergens na middernacht op woensdag, met een paar uur speling…Wacht even, ik heb hier een notitie. 'Maaginhoud: spek en eieren. Binnen een half uur na de maaltijd gestorven.' Dat zou betekenen dat hij op donderdagochtend is gestorven, want hij had iets gekookt en de slaapzak was gebruikt."

"Dat geeft me in ieder geval weer een aanknopingspuntje. Waar kan ik die Pallard spreken?"

"Waar ben je nu?"

"In Marblestone."

"Dan zou je hem als je het mij vraagt ergens bij Bosco Ridge kunnen treffen. Waarom niet in Lupin? Dat is zo'n beetje halverwege voor jullie allebei."

"Prima."

"Het gaat ongeveer één tot anderhalf uur duren voor hij er is."

"In orde."

"Over anderhalf uur in Lupin dan."

Joe hing op en stapte de telefooncel uit, de halfduistere bar in. Hij keek naar zijn horloge. Twee uur. Lupin was een half uur rijden, dus hij had nog een uur vol te maken.

De drie mannen die aan de bar zaten hadden hem al af en toe een terloopse blik toegeworpen. Hij kende vier van de vijf: Shorty Olsen de barman, Art van Horn, Walt Hobius, Stub Caramino. De vijfde man was een gedrongen kerel van een jaar of dertig met zandkleurig haar, een huid met de kleur van een rauwe aardappel en roodomrande ogen zonder wimpers.

Joe ging naast de hele groep zitten en bestelde een fles Lucky.

Stub Caramino, eigenaar van de schoenmakerij twee deuren verder in First Street, was de eerste die het gesprek opende. "Nou, Joe, wat is er voor nieuws in de criminele wereld?" Hij was een kleine man met een buikje en bijna geen haar, met de bruine ogen en zware oogleden van een kameel.

"Niet veel bijzonders," zei Joe. "Het is iedere dag anders, en altijd hetzelfde. Een aantal vechtende dronkenlappen, een paar kippendieven, een paar gestolen auto's. Een paar nachten geleden hadden we een mini-oorlogje in de buurt van Nazareth. Dat zinnetje in de bijbel over de andere wang toekeren was niet eens genoeg om ze ook maar het kleinste beetje af te remmen."

"Als je het mij vraagt," zei de onbekende blonde man, "is het zo dat hoe religieuzer een man is, hoe meer zorgen hij zich maakt. Het is toch logisch dat als je een goed leven leidt dat je je dan nergens druk over hoeft te maken."

Walt Hobius knikte. "Maar wat zegt dat dan over de oude dominee Dunkwiler? Die is al jaren een voorstander van godsdienst. Betekent dat dan dat hij een slechterik is?"

"En hoe zit het met Sam Overbury?" opperde Caramino. "Die man is een godsdienstpiraat."

"En Willis Neff," opperde Walt Hobius, met een zijwaartse blik op Joe. "Die man was door-en-door doopsgezind."

"Dat is nou precies wat ik bedoel," zei de blonde man luidruchtig. "Overbury is — nou ja, ik klets niet graag over anderen, maar we kennen Overbury allemaal. En Neff — dat is een goed voorbeeld."

"Een dood voorbeeld," mompelde Walt Hobius.

"Misschien wel, maar zelfs toen hij nog leefde vonden de meeste mensen hem hardvochtig!"

"Over de doden niets dan goeds," zei Shorty de barman. "Ze kunnen zich niet meer verdedigen."

Art van Horn draaide zich abrupt om naar Joe. "Vertel ons eens wat er achter de schermen gebeurt, Joe. Wat is hier aan de hand?"

Joe schudde langzaam zijn hoofd. "Het is mogelijk dat er niets aan de hand is. Het verhaal dat ik van Salinas heb gehoord is dat Neff per ongeluk is neergeschoten."

"Kom nou, Joe," zei Walt Hobius. "Drie ongelukken achter elkaar?"

"Ik zeg niet dat ik die mening ook onderschrijf," zei Joe op milde toon. "Ik zeg alleen maar dat het niet uitgesloten is."

Art van Horn sloeg hard op de bar. "Ik zal je zeggen wat mijn mening is. Het is algemeen bekend dat Ausley Wyett deze mannen heeft bedreigd — en ook Oliver Viera en Cole Destin — en nu zijn ze dood. Ongelukken? Bah!"

"Misschien kun jij mij dan uitleggen hoe Ausley, of wie dan ook, Bus Hacker een hartaanval kon bezorgen of Charley Blankenship zo ver kon krijgen dat hij een kluit giftige paddenstoelen klaarmaakte voor zichzelf. Heeft hij ze misschien gehypnotiseerd?"

De blonde man gniffelde. "Misschien is Ausley zo'n voodoo-figuur die naalden in poppetjes steekt."

"Het is nooit verstandig om namen te noemen," bromde Shorty de barman. "Vroeger of later komt het verhaal bij de betrokkene terug, en daar komen problemen van."

Art van Horn sloeg nogmaals op de bar. "Er zijn mensen met wie ik graag problemen heb. Wyett had zestien jaar geleden al voorgoed uit de weg geruimd moeten worden."

"Hou je gedeisd, Art," zei Joe. "We zijn hier niet in Rusland. Ik word geacht om de wet te vertegenwoordigen, en niet jij."

"Vertegenwoordig hem dan!" snauwde van Horn. "Doe iets!"

De klapdeuren gingen open en uit het felle zonlicht kwam Cole Destin naar binnen lopen. Hij stond even te knipperen in het halfduister en keek stuurs voor zich uit.

"Hallo Cole," zei Joe op luchtige toon. "Nog even over die toestand van een paar dagen geleden, ik hoop dat de lucht nu opgeklaard is. Voor ons allebei. Het was een voor de hand liggende vergissing."

Cole stak zijn brede kaak naar voren en bleef voor zich uit staren. Joe wendde zich weer tot Art van Horn. "En wat wil je dan dat ik precies ga doen?"

"Je hebt mij niet nodig om je te vertellen hoe je je werk moet doen. Doe het gewoon."

Joe dacht even na. "Ik zou Ausley Wyett natuurlijk kunnen arresteren en in een cel kunnen stoppen."

Art van Horn grijnsde wolfachtig. "Daar zou ik geen bezwaar tegen hebben."

"Het probleem is, dat ik niet zou weten waar ik hem van kon beschuldigen."

"Er zijn drie doden. Hoeveel heb je er nodig?"

"Misschien dat Ausley dat gedaan heeft, en misschien ook niet."

"Houd hem in de gaten. Laat zien dat je het soort diepgravend detectivewerk kan doen waar we je voor betalen. Vraag naar zijn alibi."

"Voor de hartaanval van Bus Hacker? Voor het tijdstip dat Charley Blankenship zijn paddenstoel aan het bakken was? Kom nou, Art. Wees redelijk."

"Je zou kunnen kijken wanneer Willis Neff doodgeschoten is."

"Daar zijn we mee bezig. Op dit moment. Donderdagochtend lijkt het meest waarschijnlijk."

"Nou, dan," zei Art van Horn.

Joe schudde zijn hoofd. "Zo makkelijk is het niet. Ik vraag Ausley waar hij was op donderdagochtend. Ausley zegt dat hij in bed lag. Wat moet ik dan zeggen?"

Art van Horn wist hier geen antwoord op.

Walt Hobius vroeg: "Hoe ver weg was hij toen hij werd doodge-schoten?"

"Ik weet het niet zeker. Een paar uur rijden hiervandaan, langs de kust."

"Dus die tijd moet je ook nog in aanmerking nemen."

Joe sprak geduldig: "Dat besef ik ook wel. Maar die hele toestand met alibi's stelt helemaal niets voor. Je kunt van geen enkele onge-trouwde man verwachten dat hij kan bewijzen waar hij zich om vier of vijf uur op donderdagochtend bevond."

Stub Caramino gniffelde. "Ik kan bewijzen waar ik was op donder-dagochtend om vier uur. Ik was aan het pokeren. Tenzij al mijn maatjes mij een leugenaar willen noemen, en in dat geval mogen ze me ook mijn centen teruggeven."

"Jullie vergeten allemaal één ding," zei Joe.

"En dat is?"

"We weten nog steeds niet zeker of er sprake is geweest van een mis-daad."

"Vijf mannen getuigden tegen Ausley Wyett," zei Art van Horn. "Drie van hen sterven als vliegen, op het moment dat Ausley de gevan-genis uit is." Hij keek naar de andere kant van de bar. "Wees maar voorzichtig, Cole, anders ben jij straks de volgende."

"Maak je maar geen zorgen om mij."

"Het is een vreemde toestand," zei Joe. Hij keek op zijn horloge, dronk zijn glas leeg en gleed van de barkruk. "Het is tijd om te gaan. Vergeet niet om op de juiste man te stemmen straks."

Sergeant Irvin Pallard, een zwaargebouwde jongeman met een rond gezicht en een bos blonde krullen, stond al te wachten toen Joe aankwam bij het kleine gebouwtje dat de functie had van cafeetje, postkantoor, kruidenier en tankstation en dat volgens de kaart 'Lupin' heette.

Joe kwam uit zijn auto en slenterde de verwaaide vlakte over. Deze plek, op de grens van Monterey en San Rodrigo, bestond uit een klein, met stenen bezaaid weiland bovenaan Bosco Pass. Het landschap glooide in de richting van de Stille Oceaan. Er hing een vage zilte geur; de hemel leek wel blauw katoen, met de wolken als kleine witte stippen;

de zon verdween af en toe achter zo'n wolk zodat het afwisselend warm en koel was.

Sergeant Pallard kwam zijn auto uit toen hij Joe aan zag komen. Joe had hem al een of twee keer eerder ontmoet, en had een goede indruk van hem. Pallard zou de wereld van de wetshandhaving nooit op zijn kop zetten met zijn briljante speurwerk, maar hij was betrouwbaar, geduldig en zou zijn baas nooit veel stemmen kosten.

Met Pallard achter het stuur reden ze in zuidelijke richting over Hooper Ranch Road, een smal, kronkelend weggetje van voornamelijk zand en grind. "Kun je me vertellen waar het precies allemaal om gaat?" vroeg Pallard. "Ik heb het idee dat dit meer is dan een ongeluk bij de jacht."

"Dat zou ik zelf ook graag zeker weten."

"We hebben nog niet de kleinste aanwijzing. De ouwe Ted Hill heeft de pick-up niet eens aan horen komen. En dat is vreemd, want hij mist niet veel…Je kunt net zo goed ontspannen en genieten van de omgeving. We moeten nog een flink eind rijden."

De weg liep omlaag door een bos met dennen en sequoia's dat zo dicht en donker was dat de weg nauwelijks zichtbaar was. "Er is hier een vochtige plek," zei Pallard. "Om een of andere onbekende reden regent het hier twee keer zo vaak als in de rest van onze regio."

"Het is een mooi landschap."

Pallard was het met hem eens. "Monterey heeft het mooiste landschap, daar is geen twijfel over mogelijk."

De weg leidde weer terug naar de richel, waar alleen nog misvormde, half-omgewaaide ceders stonden.

"Wat ik niet snap," zei Joe, "is waarom Neff ineens besloot om zo ver weg te gaan. Hij schepte altijd op over alle visplekjes vlak bij zijn huis die alleen hij maar kon vinden."

"Dat kan een heleboel te betekenen hebben, of helemaal niets," zei Pallard. "Mensen doen de raarste dingen zonder enige aanwijsbare reden, en wij arme agenten peinzen ons suf om erachter te komen waarom."

Ze reden langs een eenzame hut, omlaag een vallei in, via een stokoude houten brug over een riviertje, weer omhoog naar de richel, en weer omlaag in de richting van een kreek. En toen stond Pallard stil en wees naar een weg die hun route kruiste, nauwelijks meer dan een wandelpad, langs de oever van de rivier.

"Daar verderop is de plek waar we Neff hebben gevonden."

Joe stapte uit, keek naar het oppervlak van het smalle paadje. Het was harde klei, waarop geen enkel bandenspoor te zien was. Toen hij weer instapte vroeg hij aan Pallard: "Waar leidt dit pad heen?"

"Nergens in het bijzonder. Dertig of veertig jaar geleden werd hij gebruikt om hout te vervoeren. Niemand gebruikt die weg nu, behalve Ted Hill en misschien zo af en toe een jager of een visser."

Pallard draaide de zijweg in. Een minuut of tien lang hobbelden ze over stenen, geulen en zo af en toe een boomtak. Het landschap was wild en prachtig. De kreek stroomde snel en helder; hier en daar stonden de bomen bijna in het water; op andere plaatsen was er een stukje grasland aan de oever. Na ongeveer drie kilometer kwamen ze bij een hut die ongeveer vijftig meter van de weg stond. Hij was gebouwd van ruwe planken sequoiahout die horizontaal waren vastgespijkerd, op zo'n manier dat iedere plank de onderliggende voor een deel overlapte.

Pallard stond stil. "Daar woont Ted Hill. Wil je hem nog spreken?"

"Als hij thuis is."

"Hij is altijd thuis. Hij gaat één keer in de maand de stad in om zijn pensioen te innen en boodschappen te doen."

De deur van de hut ging open. Een oude man in een zwarte broek en een denim overhemd keek naar buiten en kwam toen de trap af en liep in de richting van de auto. Hij was mager en niet erg lang; zijn kale hoofd glom bruin als gebeitst eikenhout met aan weerszijden een toef wit haar; zijn neus was lang en nieuwsgierig. Sergeant Pallard en Joe stapten uit en Pallard stelde de mannen aan elkaar voor. "Meneer Hill. Sheriff Joe Bain van San Rodrigo."

"Dus u komt hier om te speuren?" vroeg Ted Hill.

"We bekijken de plek nog een keer. Is u nog iets te binnen geschoten dat ons verder zou kunnen helpen?"

"Nee. Er was niets dat mij te binnen had kunnen schieten."

Pallard wendde zich tot Joe. "Meneer Hill heeft het geweerschot niet gehoord en Neff niet aan horen komen."

"Dat is een feit," zei Ted Hill. "Maar dat eerste is niet zo verwonderlijk. Op de plek waar jullie die rode pet vonden daar komt de wind uit de bergen en blaast het geluid in de richting van het ravijn. En wat Neff betreft, het is altijd mogelijk dat hij midden in de nacht heel zachtjes aan is komen rijden — maar zelfs dat zou ik niet durven zeggen. Ik hoor bijna alles wat hier beweegt. Ik ben behoorlijk alert, dat kan ik u wel vertellen. Er zijn drie auto's langs deze weg gekomen in de afgelopen maand, en ik heb ze alle drie gehoord."

Joe keek hem met de nodige scepsis aan. "Hoe weet u dat zo zeker?"

"Je zou het instinct kunnen noemen. Ik slaap niet vast. En het is verbazingwekkend hoeveel herrie een automotor maakt midden in de nacht. Vorige week was er een groep kampeerders. Die zijn vroeg in de ochtend vertrokken, en ik heb ze weg horen gaan. Vrijdagavond kwam er een auto aan die even later omdraaide en weer terugreed. Ik heb hem gehoord. Maar woensdagavond — nee. Absoluut geen verkeer."

Joe wreef met zijn duim en wijsvinger over zijn kin. "Dat weet u zeker?"

"Absoluut."

"En u was woensdagavond en donderdagochtend de hele tijd thuis?"

"Het grootste deel van de tijd wel."

Joe haalde diep adem. Het leek wel alsof onmogelijkheden zich opstapelden bovenop de onwaarschijnlijkheden. "Wanneer was u er niet?"

"Donderdagochtend heel vroeg." Ted Hill leek nu ineens met wat meer tegenzin te praten. "Ik had iets te doen in de bergen. Ik was misschien twee uurtjes weg."

"Hoe laat was dat?"

"De zon was nog niet op. Vijf uur in de ochtend, zo ongeveer."

"Dat is behoorlijk vroeg, nietwaar?"

"Jawel. Ik ga vroeg naar bed en ik ben vroeg op. Ik hou er niet van om kolen en olie te moeten kopen."

"Ik begrijp het. De reden waarom ik dit zo specifiek wil weten... welnu, laten we gewoon zeggen dat ik mijn redenen heb. Als ik het goed begrijp zegt u dus dat het enige tijdstip dat meneer Neff hier aangekomen zou kunnen zijn, tussen vijf uur en zo ongeveer zeven uur donderdagochtend was."

"Dat klopt wel zo ongeveer."

"En er was verder geen verkeer op de weg?"

"Niet sinds een week eerder, en niet tot vrijdagavond, toen die ene auto heen- en terugkwam."

Pallard vroeg: "Meneer Neff had niet via een andere route op die plek terecht kunnen komen?"

"Tenzij hij kon vliegen. En ik heb nog nooit van een gevleugelde auto gehoord."

"Tot hoe ver gaat deze weg?"

"Een kilometer of drie. Daarna gaat hij het bos in en stopt daar."

"Hoe zit het met jagers?" vroeg Joe. "Ziet u die hier vaak?"

"In het hertenseizoen zijn er wel behoorlijk wat. Maar buiten het seizoen eigenlijk niet — hoewel het hier stikt van de herten en ik niet eens mijn eigen groenten kan verbouwen vanwege die rotbeesten."

"Had u Neff al eens eerder gezien?"

"Nee. Nog nooit."

"En kun je goed vissen in deze kreek?"

Ted haalde zijn schouders op. "Niets bijzonders. Er zijn betere plekken. Deze gaat door de klei, en forellen houden blijkbaar niet zo van kleibodems. Boven de klei is het beter, een kilometer of twee stroomopwaarts."

"Stel dat er een jager op die richel zat te wachten op donderdagochtend, hoe had hij daar dan kunnen komen? Waar zou hij zijn auto hebben moeten achterlaten?"

"Moeilijk te zeggen." Ted Hill haalde zijn magere schouders op. "Als hij uit Raccoon Valley kwam, dan had hij ergens bij Raccoon Creek kunnen parkeren. Het is een flinke wandeling, maar daar is waar je hem zou moeten zoeken. Vraag het aan mevrouw Whitney in de Raccoon Valley Store. Misschien heeft zij de man gezien."

Pallard knikte. "Doen we." Hij keek Joe vragend aan. "Nog iets, sheriff?"

"Nee, nu even niet."

"Dank u, meneer Hill," zei Pallard. "U heeft ons goed geholpen."

"Ik heb jullie niet veel kunnen vertellen," zei Hill. Hij keek ze na toen ze wegliepen.

Pallard startte de auto; ze hobbelden naar voren. "Onafhankelijke ouwe baas," zei Pallard. "Maar wat moest hij in vredesnaam in de heuvels om vijf uur in de ochtend?"

"Misschien wilde hij een mooi jong hert afschieten voor eigen gebruik. Dat lijkt me het meest waarschijnlijk. Hoe dan ook, nu weten we wel precies wanneer Neff aan moet zijn gekomen. En dat is een ander raadsel. Want ik heb hem zelf gezien toen hij Marblestone verliet — woensdagavond rond een uur of vijf, als ik het me goed herinner."

"Misschien is hij onderweg gestopt om een bezoekje te brengen aan een vriend?"

Joe knikte. "Ik kan zijn familie vragen of hij vrienden had deze kant op."

Ze kwamen aan op een open plek van ongeveer honderd meter doorsnede. Pallard zei: "Daar staat de pick-up."

Ze stopten de auto; de twee mannen stapten uit. Beboste heuvels rezen aan alle kanten omhoog; de grond was begroeid met wilde gierst en vossenstaart, droog en broos na de hete zomer. Langs de kreek groeide riet; hier en daar stak een kluwen braamstruiken omhoog. Ergens in een ver verleden had iemand hier een appelboomgaard aangeplant, en hiervan waren nog drie of vier misvormde oude bomen overgebleven die ondertussen meer dood dan levend waren. Een meter of tien van de weg stond de pick-up van Neff geparkeerd op een bult in het terrein. Het dekzeil, dat toen Joe de auto voor het laatst had gezien netjes gespannen had gezeten, hing nu los.

Pallard wees naar een plek een meter of drie bij de pick-up vandaan. "Daar ongeveer lag hij. Gezicht omlaag, armen gespreid. Het schot is door zijn slaap naar binnen gegaan en heeft hem op de grond gegooid. Hij moet op slag dood geweest zijn."

Joe bekeek het droge gras. "Geen bloed, zie ik."

"Een wond als deze bloedt meestal niet zo veel."

"Waar hebben jullie de rode pet gevonden?"

Pallard wees naar de top van de richel. "Zie je die hoge den? Precies op die plek."

"Zeker tweehonderd meter," mompelde Joe. "De pick-up was niet te zien... Neff ziet er niet uit als een hert, maar dit soort jagers schiet eerst en kijkt dan pas."

"We proberen de pet te traceren, en we hebben vragen gesteld in de Top Hat in San Francisco, maar ik heb er niet veel vertrouwen in dat we die kerel te pakken zullen krijgen."

"Ik ook niet." Joe liep naar de pick-up, keek onder het zeil en zag alleen een reserveband en de normale uitrusting van een visser. Hij liet het zeil weer los. "De slaapzak lag op de grond? En het gasstel?"

"Dat klopt." Pallard fronste nadenkend. "Een veldbed en een slaapzak. De slaapzak zag eruit alsof hij gebruikt was — helemaal gekreukt. Er stond een pan op het gasstel, maar die was al wel schoongeveegd. Geen vuile vaat. Misschien dat hij direct uit de pan gegeten had."

"En afval — eierschalen en zo?"

Pallard klonk bijna verdedigend toen hij zei: "Daar heb ik niets van gezien."

Joe liep heen en weer en doorzocht het droge gras. "Het is een rare toestand," zei hij. "En nog iets, zie jij ook iets vreemds aan de pick-up?"

"Nee," zei Pallard, "niet echt."

"Kijk eens naar het stof."

Pallard keek. "De achterkant is veel stoffiger dan de voorkant, als je dat bedoelt."

"Precies. De achterwielen zitten vol met stof, de voorwielen zijn schoon, alsof hij met de voorkant de kreek in gereden is."

"Waarom zou hij in vredesnaam zoiets doen?"

"Ik wou dat ik het wist… Ik kan de pick-up terugrijden, als je dat goed vindt."

"Ja, dat kun je net zo goed nu doen," zei Pallard. "Vandaag of morgen moet hij hier toch weg."

Joe stapte in de pick-up, startte de motor, reed achteruit en reed de weg af, met Pallard achter zich aan.

Ze reden langs de hut van Ted Hill. Ted Hill kwam naar de deur gelopen en wuifde zonder al te veel interesse.

Bij Lupin schudde Pallard hem de hand en vertrok in westelijke richting. Joe parkeerde de pick-up naast de winkel, maakte het dekzeil goed vast, deed de deuren op slot en ging in oostelijke richting Bosco Ridge Road op.

Dus Willis Neff was dood. Nummer drie in een groep van vijf. Ongeluk? Mogelijk. Er waren een paar vreemde aspecten aan dit hele verhaal. Zo was daar bijvoorbeeld het feit dat Neff, een uitermate goede visser, dat hele eind zou zijn gereden om in een middelmatige kreek te vissen terwijl er zoveel goede visplekken veel dichter in de buurt waren.

Als Ted Hill de waarheid had gesproken, was Neff pas na vijf uur aangekomen, op donderdagochtend, en was hij vrijwel onmiddellijk daarna doodgeschoten. Als de dood van Neff opzettelijk was geweest, dan moest de moordenaar hem gevolgd zijn — een lastige taak op zo'n smalle, kronkelende bergweg met zoveel haarspeldbochten en blinde plekken. Neff had zeer zeker moeten merken dat iemand hem volgde. Was het mogelijk dat Neff en de moordenaar op die plek hadden afgesproken? Niet waarschijnlijk. Kon iemand met hem meegereden zijn en na de daad lopend terug zijn gegaan naar de weg? Als dat zo was, waar had Neff dan woensdagnacht doorgebracht? En hoe zat het met de auto die vrijdag was aangekomen en vrijwel onmiddellijk was omgedraaid? Als het nacht was geweest, dan had de bestuurder het lichaam van Neff misschien niet opgemerkt.

Hoe dan ook, het was nu allereerst zaak om Ausley Wyett op te zoeken om te zien wat hij kon aanvoeren als alibi.

HOOFDSTUK XII

DE SCHEMERING BOVEN Castle Mountain begon al te vervagen toen Joe in westelijke richting vanuit San Rodrigo Mitre Canyon Road opreed. Op de hoek van Destin Road stond hij stil en bleef even in twijfel zitten. Het was zondagavond. Hij zou thuis moeten zijn voor het eten. Nu hij erover nadacht had hij ook zijn lunch overgeslagen. Hij keek over het veld. Het huis van Wyett was donker, blijkbaar was Ausley niet thuis. Misschien moest hij het voor vandaag maar opgeven en naar huis gaan?

Joe startte zijn auto, maar in plaats van dat hij rechtsaf ging naar Pleasant Grove reed hij rechtdoor op Mitre Canyon Road. Het was zijn plicht om mevrouw Neff en Ellie te bezoeken om zich ervan te verzekeren dat ze zich konden redden. Uiteindelijk hadden ze nog geen auto en konden ze geen boodschappen doen. Joe glimlachte grimmig. Als een man zichzelf voor de gek wilde houden, dan kon hij maar beter gelijk flink overdrijven.

De weg liep omhoog langs de flanken van Castle Mountain; recht voor zich zag hij de lichten van de Neff ranch. Joe draaide de oprit op en zag zonder al te veel verbazing de Willys stationwagen naast de schuur geparkeerd staan.

Er brandde licht in de melkschuur, en er klonk een geluid van stromend water. Joe liep de helling op en keek naar binnen. De lucht was warm en er hing een zware koeienlucht. Ausley Wyett, gekleed in lieslaarzen, was bezig de betonnen vloer schoon te spuiten met een hogedrukspuit.

Joe draaide zich om en liep naar de melkkelder. Daar was Ellie, in een spijkerbroek en een T-shirt, druk bezig met het uitspoelen van de melkmachines.

"Ellie!"

Ze keek over haar schouder, ging rechtop staan en veegde met een natte hand een streng haar uit haar gezicht. "Ik had u niet horen aankomen."

"Ik wilde even zeker weten dat alles goed was met jou en je moeder."

"Ja," zei Ellie eenvoudig. "Ausley heeft ons geholpen met melken."

"Dat is aardig van hem," zei Joe.

Ellie keek hem even onzeker aan en ging toen weer aan het werk. Joe bleef even staan kijken, en zei toen: "Hier, laat mij dat maar doen." Hij deed een stap naar voren.

"Nee, nee," zei Ellie. "Alstublieft niet. Dan wordt u helemaal nat. En ik ben bijna klaar."

Joe deed een stap naar achteren. Hij voelde zich eigenlijk een beetje belachelijk en nutteloos. Ellie zei: "Ik doe dit al jaren, iedere avond."

Even later vroeg Joe: "Hebben jij en je moeder al besproken hoe jullie nu verder willen?"

"Ik denk dat we de ranch uiteindelijk zullen verkopen. Meneer Destin is al langs geweest, en meneer Viera ook."

Joe wreef over zijn kin. "Heeft Cole Destin een bod gedaan?"

"Nog niet. Hij heeft alleen laten weten dat hij interesse had."

Joe lachte. "Laat je niet inpalmen door Cole. Hij probeerde hetzelfde bij ouwe Weaver, en jouw vader heeft de grond onder zijn neus vandaan gekaapt. Ik weet niet wat jullie prijs is, maar laat je niet door Cole overhalen om de zaak te goedkoop te verkopen."

"Dat zei meneer Viera ook al. Hij wil dat we hem de opdracht geven het bedrijf voor ons te verkopen."

Joe leunde voorover, pakte de roestvrijstalen tank die ze zojuist had gewassen en zette hem ondersteboven op een rek. "Hij is zeker niet minder dan welke andere makelaar dan ook. Maar ik zou hem geen exclusieve rechten geven. Laat het de mensen van Pleasant Grove ook weten. En dat doet me ergens aan denken. Ik zal een van de hulpsheriffs vragen om de pick-up van je vader morgen te komen brengen, zodat jullie weer uit de voeten kunnen."

"Dat is eigenlijk geen probleem, nu dat Ausley elke dag langskomt."

Joe keek naar de schuur. "Ik denk dat ik Ausley nog even wil spreken, en dan vertrek ik."

"De begrafenis is dinsdagochtend," zei Ellie, "in Pleasant Grove, voor het geval u wilt komen."

Joe zei: "Ik kom zeker." Hij stak zijn hand uit en pakte de hare, die koud en nat was. "Dit is nu allemaal nog een enorme schok — maar over een paar weken zal de wereld er anders uitzien."

Ellie knikte onverschillig. "Dat doet hij al." Voorzichtig trok ze haar hand terug. Joe probeerde geruststellend te glimlachen en liep achteruit de werkplaats uit. Hij liep naar de melkschuur, waar Ausley klaar was met schoonmaken en bezig was de opgerolde slang op een haak te hangen.

"Hallo, Ausley," zei Joe.

Ausley hield zijn hoofd schuin en keek hem lichtelijk verrast aan. "Hallo, Joe."

"Je hebt het druk, geloof ik?"

"Ik had het idee dat ik misschien een beetje zou kunnen helpen. Er is hier genoeg te doen."

"Ik sprak Ellie zojuist. Ze zei dat ze de boel waarschijnlijk gaan verkopen."

Ausley keek een beetje somber. "Ik neem aan dat dat het beste zal zijn...Het is jammer. Je kunt een goede boterham verdienen met dit bedrijf."

"Ik vraag me af of Neff nog veel geld heeft nagelaten."

Ausley haalde zijn schouders op. "Ik geloof nooit dat hij veel uitgaf. Hij was behoorlijk streng."

"Hij is wel op een vreemde manier gestorven," zei Joe bedachtzaam.

"We moeten allemaal een keer gaan," zei Ausley vroom.

"Eerst Bus Hacker, dan Charley Blankenship, en nu Willis Neff. En allemaal ongelukken."

Ausley grijnsde ongemakkelijk. "Ik neem aan dat je het aan het toeval moet toeschrijven."

"Als het dat niet is," zei Joe, "dan is er iemand die binnenkort de gaskamer vanbinnen gaat bekijken."

"Het is moeilijk om je voor te stellen dat iemand zo doortrapt en vals zou kunnen zijn," speculeerde Ausley.

"Er zijn mensen die zich genoeg opwinden om jou ervan te verdenken."

"Mij?" Ausley lachte zwakjes. "Dat is belachelijk. Je *weet* toch dat ik echt niet van plan ben om mijn nek uit te steken. Ik kan me geen fouten meer veroorloven."

"Deze mensen geloven dat alle ongelukken in scène gezet waren — maar zó goed dat niemand echt zeker weet of het nu wel of niet echt is."

"Ik neem aan dat alles mogelijk is," zei Ausley met tegenzin.

"Voor de volledigheid: waar was je toen Willis Neff vermoord werd?"

"Waar ik was?" Ausley haalde zijn magere schouders op en krabde aan zijn neus. "Laat eens kijken — waar was ik? En trouwens, wanneer is meneer Neff eigenlijk gestorven?"

Joe keek hem aandachtig aan. Hij zei: "Zoals het er nu naar uitziet was het hoogstwaarschijnlijk rond een uur of vijf op donderdagochtend."

"Donderdagochtend om vijf uur?" Ausley dacht na. "Ik denk dat ik nog in bed lag. Ik ben rond een uur of zes opgestaan om het vee te voederen."

"En niemand heeft je gezien?"

"Nee. Ik denk het niet. Oliver Viera kwam later die ochtend nog langs. Ik denk rond een uur of zeven."

"Oliver Viera? Waarom was die zo vroeg op?"

"Hij wilde een of andere timmerman spreken voordat hij naar zijn werk ging. Dat is in ieder geval wat hij me vertelde. Nadat hij die man gesproken had, kwam hij bij mij langs."

"Wat kwam Oliver doen?"

"Hij wil een dam bouwen waar zijn land aan het mijne grenst. Ik zie er voor mijzelf het nut niet van in, maar wat mij betreft kan hij zijn gang gaan."

"Nou, als Oliver dat kan bevestigen, dan ga jij vrijuit. Min of meer."

"Dat zou heel prettig zijn."

Joe ging terug naar zijn auto, waar Ellie stond te wachten. Ze vroeg: "Weet u — heeft u al meer informatie over hoe mijn vader is gestorven?"

"Niets concreets."

"Was het een ongeluk? Of —"

"Het ziet eruit als een ongeluk. Maar — eigenlijk ook weer niet." Hij keek naar de schuur en lachte een holle lach. "Als hij wist dat Ausley Wyett hier was, en zijn schuur stond schoon te spuiten, dan zou hij weer tot leven komen en Ausley helemaal terug naar Marblestone jagen."

Ellie's gezichtsuitdrukking was niet te zien in het donker. Ze zei met zachte stem: "Ausley is nooit eerlijk behandeld. Door niemand."

"Ik weet het niet zeker," zei Joe. "Er zijn aardig wat mensen die hem het liefst zouden opknopen."

Ellie reageerde niet. Joe startte de auto en reed weg, in een onredelijk chagrijnige stemming.

Anderhalve kilometer verderop nam hij contact op met het hoofdbureau. Bill Phipps gaf antwoord. "HB; zeg het maar."

"Joe Bain. Kun je even voor mij naar huis bellen en zeggen dat ik over een uur thuis ben?"

"Je zit in de problemen, Joe. Je moeder belde twintig minuten geleden. Blijkbaar had je haar beloofd dat je om vijf uur thuis zou zijn en ze heeft kip in de oven gezet."

"O mijn God," kreunde Joe. "Zeg haar maar dat ik klem zat — een noodgeval."

"Doe ik."

In de verte schitterden de lichtjes van Marblestone, dat er door een of andere truc van het perspectief plotseling uitzag als een speelgoedstadje. En ineens had Joe het idee dat hij in de duisternis, die bijna neerslachtig en peinzend over het stadje leek te hangen, een figuur in een lange mantel kon zien. Joe spande zijn ogen in om te zien of hij een gezicht kon zien, zo echt leek zijn hersenspinsel, maar even later werd de figuur opgeslokt door de duisternis. Joe ging rechtop zitten in zijn stoel. "Ik ben geloof ik gestoord aan het worden," mompelde hij geërgerd. "Als ik nou al spoken ga zien…"

Hij naderde Marblestone: er stond een eettentje van Kipburger, helder verlicht met blauwe en witte lampjes, en aan de overkant van de straat stonden de oude huizen met dichtgetimmerde ramen en scheefgezakte veranda's. En toen reed hij door Marblestone zelf, helemaal donker op deze zondagavond. Alleen de Town Club was nog open. Joe aarzelde, dacht aan zijn inmiddels getergde moeder, hongerige dochter en de kip die lag uit te drogen in de oven. Toen parkeerde hij zijn auto tegen de stoeprand. "Alleen even een telefoontje," zei hij tegen zichzelf. "Drie mi-nuten meer of minder maakt voor die kippen ook niet meer uit."

Hij duwde de klapdeuren naar binnen en zag dat hij alleen in de bar was, behalve Shorty Olson die met zijn ellebogen op de tapkast leunde en de krant las. Shorty schoof de krant snel ergens in een onge-zien vakje onder de bar. "Ik ben blij dat ik je zie. Heel Marblestone is geloof ik plotseling een stad van geheelonthouders geworden. Wat wil je drinken?"

"Sorry, Shorty, ik wil alleen even telefoncren."

Joe liep naar de telefooncel, belde het nummer van Oliver Viera en hoorde de ingesprektoon. Hij mompelde een paar milde vloeken en ging naar de bar. "Geef me maar een flesje Lucky."

Shorty schonk in en vroeg quasi-terloops: "Hoe staan de zaken, Joe?"

"Nou — ik kan niet zeggen dat ik opschiet."

"Nee. Dat is de goden verzoeken."

Joe nam een slok van zijn bier en liep terug naar de telefooncel. Weer in gesprek. Hij liep terug naar de bar. "Mijn gezin zal me levend villen als ik thuiskom. Maar ik wil even iets nagaan, anders lig ik de hele nacht wakker."

"Wanneer ga je iemand arresteren?"

"Als ik zekerheid had, dan zou ik nu al iemand kunnen inrekenen."

"Er zijn kerels hier in de stad die geen twijfels hebben."

Joe snoof. "Er is niet eens bewijs dat er een misdaad in het spel is."

"Het is wel een rare opeenvolging van toevalligheden. Je fantasie slaat erbij op hol."

"Er zijn wel vreemdere dingen gebeurd, en onschuldige mannen zijn in het verleden behoorlijk slecht behandeld."

"Misschien wel. Maar Ausley Wyett kan maar beter opletten."

"Ik zal je eens wat zeggen," zei Joe, en hij koos zijn volgende woorden heel zorgvuldig. De Town Club was het sociale hart van Marblestone, en alles wat Shorty Olson hoorde bereikte uiteindelijk iedereen in de stad. "Willis Neff is op donderdagochtend tegen vijven neergeschoten, als je de bewijzen moet geloven. En heel toevallig is het zo dat Ausley Wyett een alibi heeft gegeven voor zeven uur in de ochtend. Als ik twee minuten met Oliver Viera kan praten, dan weet ik het zeker. En als

Ausley Wyett om zeven uur thuis was, dan had hij nooit om vijf uur Willis Neff kunnen neerschieten. Daarvoor had hij gewoon niet genoeg tijd."

"Dat kan best zo zijn. Als de dingen zijn zoals jij zegt dat ze zijn."

"Ik zeg niets. Ik trek alleen na wat anderen mij vertellen." Weer liep Joe naar de telefoon. Deze keer kreeg hij wel verbinding, en hij hoorde de scherpe toon van Connie Viera in zijn oor. "Hallo?"

"Hallo, mevrouw Viera," zei Joe. Connie Viera klonk behoorlijk gespannen. "Met sheriff Joe Bain. Kan ik Oliver even spreken?"

Connie's stem klonk zo mogelijk nog scherper. "Ik zou hem zelf ook weleens willen spreken. Hij had een uur geleden al thuis moeten zijn. Het is onze trouwdag en hij had me beloofd dat we uit eten zouden gaan. En natuurlijk is hij het helemaal vergeten."

"Dat is jammer," zei Joe. "En het lijkt me ook niets voor Oliver."

"Hij is zo verstrooid, als hij eenmaal met iemand aan de praat raakt, dan vergeet hij alles."

"Zo zijn we allemaal weleens. Misschien kunt u mij helpen. U herinnert zich vast nog dat Oliver mij vertelde over zijn plannen om een dam te bouwen."

"Jawel."

"Weet u of hij misschien al met Ausley Wyett heeft gesproken over dat project?"

"Ik heb echt geen idee. Hij heeft het er met mij niet over gehad."

"Het zou op donderdagochtend moeten zijn geweest."

"Donderdagochtend is hij vroeg opgestaan omdat hij San Rodrigo in wilde. Hij heeft niets gezegd over een eventueel gesprek met Ausley Wyett."

"Dan denk ik dat ik Oliver dan toch zelf even moet spreken. U weet niet waar hij is?"

"Ik heb overal heen gebeld. Hij is een half uur geleden uit het huis van zijn zus vertrokken."

Joe liep terug naar de bar en gooide het laatste restje bier uit het flesje in zijn glas. Hij vroeg terloops: "Zie je Cole hier vaak?"

"Niet al te vaak. Hij begeeft zich liever niet onder het klootjesvolk."

"Ik heb gehoord dat hij het bedrijf van Neff wil kopen nu Willis Neff dood is."

"Hij wil dat bedrijf al heel lang hebben. En nog wel meer zaken rondom het grondgebied van Neff."

"Net als wij allemaal."

De deur ging open; Walter Hobius kwam de bar binnen, zijn ogen schitterden. Hij droeg een lange broek, een sportoverhemd in Western stijl, een chamois sportjack. "Je zult me niet geloven," zei hij.

"Wat?"

"Nou — aangezien Neff dood is, leek het me een goed idee om naar zijn ranch te gaan om te zien of de dames iets nodig hebben — misschien dat ik ze op de een of andere manier kan helpen."

"Walt met het Grote Hart," zei Shorty.

"Ik rij de oprit op, en wie denk je dat daar net wegrijdt — met Ellie en mevrouw Neff naast zich?"

"Ik weet in ieder geval zeker dat het niet Willis Neff was," zei Joe.

"Het was Ausley Wyett, met een smerige, vuile grijns op zijn smoelwerk, die klootzak!"

"Even rustig," zei Joe. "Straks slaat er nog een stop door in die schedel van je."

"Hoe durft die kerel!"

Shorty grinnikte. "Hoe durft die kerel — er vandoor te gaan met jouw vriendinnetje."

"Ik denk dat hij vindt dat hij het recht heeft met haar uit te gaan," zei Joe. "Aangezien hij de laatste kerel is die door Neff in elkaar geslagen is."

"Dat slaat nergens op," zei Walt. "Neff heeft mij ook verrot geslagen. En wat schiet ik ermee op? Ausley Wyett hinnikt recht in mijn gezicht! En vlak nadat hij haar ouweheer om zeep heeft geholpen."

Joe stond op. "Ik moet naar huis. Mijn ma maakt toch al plannen om me de stad uit te jagen."

Joe reed Candelara Creek Road af. Een halve kilometer van de stad zag hij een witte Ford stationwagen die behoorlijk hard reed. Joe zag de auto en de chauffeur in een flits voorbijkomen, maar het bleek Oliver Viera. Joe lachte, en de spanning in zijn lijf zakte wat. "Als Oliver per ongeluk doodgebeten zou worden door een troep wolven, of per ongeluk door de bliksem getroffen zou worden, dan zal ik Ausley moeten arresteren of zelf moeten onderduiken."

Hij reed rechtstreeks naar huis. Zijn moeder keek hem met een ijzige blik aan, ging de keuken in en begon met potten en pannen te smijten. Miranda zei: "Papa, hoe kon je zo gemeen zijn! Ons zondagse avondeten, en het is al bijna negen uur!"

"Wel," zei Joe, "ik werd opgehouden."

"Je kunt je er niet met een grapje vanaf maken. Waar ben je in vredesnaam geweest? En je hebt bier gedronken; ik kan het ruiken."

"Ik was aan het werk."

"Je kunt maar beter zorgen dat oma het niet ruikt. Als ze het merkt, wordt ze nog nijdiger dan ze al is."

"Ik zal mijn adem inhouden. En trouwens, je ziet er mooi uit vanavond."

Miranda trok sceptisch haar wenkbrauw op. "Dat zeg je gewoon om mij te paaien, maar ik vind het toch wel leuk om te horen."

De volgende ochtend was Joe al vroeg op het hoofdbureau, wisselde de koelst mogelijke groet uit met mevrouw Rostvolt en liep zijn kantoor binnen.

Op zijn bureau lag de maandagse ochtendeditie van de *Messenger*, zo gevouwen — waarschijnlijk expres? — dat een bepaalde kop duidelijk te lezen was:

MONSTER RALLY VANAVOND
CAMPAGNE VOOR DE VOORUITGANG,
EN VOOR GERVASE

In Montalvo Square zullen vanavond enkele burgers van San Rodrigo County aanwezig zijn om hun ideeën toe te lichten aan het publiek. Onder de sprekers bevinden zich Lee Gervase, kandidaat voor de post van sheriff; Wilfred Mortimer, voorzitter van de San Rodrigo County Vereniging voor Vooruitgang; Cole Destin, een belangrijke ranch-eigenaar; Dr. Henry Gomez; en Howard Griselda, Hoofdredacteur van de Pleasant Grove *Messenger*.

Er is gratis koffie met donuts te verkrijgen, aldus Pete Rollins, voorzitter van het Comité Gervase als Sheriff.

"We hopen dat we met deze verkiezingen een eerste stap kunnen zetten," zo vertelde Rollins gisteren aan de *Messenger*. "Als we winnen, en ik weet zeker dat dat moet gaan lukken, aangezien we in Lee Gervase een uitstekende kandidaat hebben, dan zijn we van plan om te gaan samenwerken als een organisatie die een krachtige stem zal hebben in de verdere ontwikkeling van deze regio. Maar op dit moment concentreren we ons eerst op de post van sheriff, al jaren een rotte plek in het bestuur van San Rodrigo County.

"Het hoeft niet gezegd te worden dat we ons natuurlijk ook hard maken voor de obligaties die nodig zijn voor ons nieuwe gerechtsgebouw..."

Joe smeet de krant ter zijde, leunde achterover in zijn stoel en keek somber zijn kantoor in. Hij zat opgezadeld met twintig jaar Ernest Cucchinello, en meer kon hij er niet van maken. Lee Gervase had een grootse achtergrond, een grootse persoonlijkheid en een groots programma. Joe Bain had Cooch.

Joe zuchtte diep en verbitterd. Waarom zou hij nog langer proberen zijn werk te doen als hij nu al wist dat het allemaal tijdelijk was? Als er één ding zeker was, dan was het dat Lee Gervase als een nieuwe bezem het hele corps zou schoonvegen. En er zou geen plaats zijn voor voormalig interim-sheriff Joe Bain... Misschien kon hij werk krijgen in Monterey, in het corps van Ed Mulligan. Het was in ieder geval iets dat hij in zijn achterhoofd kon houden. Maar in de tussentijd — Joe dwong zichzelf met enige moeite om rechtop te gaan zitten — ontving hij nog altijd een salaris en zolang dat zo was, zou hij zijn werk doen.

Het eerste punt op zijn programma van vandaag: het onbevestigde alibi van Ausley Wyett natrekken. Hij wilde de telefoon pakken, maar op het moment dat hij de hoorn aanraakte ging de telefoon over. "U spreekt met Sheriff Joe Bain."

Er klonk een zwaarmoedige stem aan de andere kant van de lijn. "Hallo, Joe. Met Art van Horn."

"Ja, Art?" Joe's hart begon luider te kloppen.

"Het is weer gebeurd."

"Wat? Je bedoelt toch niet —"

"Alweer een ongeluk."

"Goeie hemel! Wie?"

"Oliver Viera."

"Dood?"

"Als een pier."

"Hoe is het gebeurd?"

"Van een ladder gevallen. Gebroken nek."

"Een ongeluk, zei je?"

"Dat is wat zijn vrouw zegt."

"Ik kom er meteen aan, met de lijkschouwer."

HOOFDSTUK XIII

CONNIE VIERA WAS BIJNA HYSTERISCH. Ze lag in een verduisterde slaapkamer, met haar moeder op de rand van haar bed, en barstte van tijd tot tijd uit in wild huilen en wanhopige kreten. De kinderen waren naar het huis van een tante gebracht.

Joe, de lijkschouwer en twee hulpsheriffs brachten het lichaam van Oliver omhoog uit het ravijn. Hij was bijna twintig meter omlaag gevallen, als je de lengte van de ladder meerekende. De ladder zelf was een paar meter verder in de richting van de kreek gegleden. Joe liep een tweede keer omlaag, onderzocht de ladder en bracht hem naar boven. Het was een doodnormale aluminium ladder, vier meter hoog en, voor zover Joe kon zien, zonder enig structureel defect; het was dezelfde ladder die Joe had gezien bij zijn vorige bezoek.

Joe ging met enige aarzeling de slaapkamer binnen waar Connie Viera lag, opgezwollen van het huilen. Haar moeder hield haar hand vast. "Excuseert u mij, mevrouw Viera, dat ik u op een moment als dit moet lastigvallen — ik wou dat het niet hoefde," zei Joe. "Denkt u dat u een of twee vragen zou kunnen beantwoorden?"

"Jazeker," zei Connie Viera met een holle stem.

"Wat is er precies gebeurd?"

"Oliver klom de ladder op. Hij leek te struikelen of zoiets, want toen ik omkeek zag ik dat hij achterover kantelde, en hij viel met ladder en al naar beneden. Hij viel over de rand van de veranda, en ik zag hem naar me kijken; hij keek me aan met een blik — hij wist dat hij — o…" Connie Viera begon luid te snikken. Haar moeder, een gebochelde, nogal donker ogende oudere vrouw bleef stoïcijns op haar hand kloppen.

"En er was verder niemand?"

"Nee. Niemand. Alleen ik."

"U stond buiten op het dek?"

"Ik stond in de deuropening en keek naar buiten. Half binnen, half buiten."

"Waarom klom Oliver de ladder op?"

"Hij wilde de ladder wegzetten, maar er stond een blik verf bovenop, nét over de rand zodat het ieder moment kon omvallen. Dus hij moest op de ladder klimmen om dat blik eerst weg te halen. Ik zei nog dat hij voorzichtig moest zijn, maar hij was nog half in slaap. Oliver wordt altijd pas wakker nadat hij zijn ontbijt op heeft —" en weer begon Connie onbedaarlijk te snikken.

Joe liep het dek op en wachtte daar tot Connie weer wat gekalmeerd was. Toen ging hij weer naar binnen. "Ik vind het echt vervelend om u lastig te moeten vallen, mevrouw Viera, maar ik heb nog een paar vragen. Kunt u even hierheen komen, het balkon op?"

Connie zuchtte even diep en beverig, hees zichzelf overeind en liep achter Joe aan het dek op.

"Welnu — waar stond de ladder precies?"

"Hier ongeveer. Ja. Ongeveer daar." Connie wees de plek aan.

"En de poten?"

"O — ongeveer hier."

"Dat is wel erg ver naar binnen. Sergeant, breng die ladder even hier alsjeblieft." Phipps ging op zoek naar de ladder. Joe keek omhoog naar de dakrand, die nog helemaal niet geschilderd was. Hij keerde zich weer om naar Connie. "Was Oliver hier aan het schilderen? Het lijkt me toch meer voor de hand liggen dat hij aan het uiteinde zou beginnen."

Connie keek hem met matte blik aan. "Ik weet niet hoe die ladder daar terecht is gekomen... Misschien hebben de kinderen ermee gespeeld. Oliver zou nooit een blik met vier liter verf op de rand van de ladder laten staan."

Joe knikte nadrukkelijk. "Heeft u de kinderen nog gevraagd of zij misschien met de ladder hebben gespeeld?"

"Nee." Connie zakte nogmaals in elkaar onder haar verdriet. "Nee. Natuurlijk niet. Ik kon nergens anders aan denken dan aan Oliver." Haar moeder nam haar weer mee naar binnen.

Phipps kwam aangelopen met de ladder. Joe zette de ladder naast het huis in de positie die Connie had aangegeven. Hij schudde eraan, testte hoe stabiel hij stond. "Ga even hierbeneden staan en hou dit ding vast," zei hij tegen Bill Phipps. "Ik wil liever niet op dezelfde manier over de rand vallen als Oliver."

Bill Phipps greep de ladder vast; Joe klom stap voor stap omhoog tot hij over de houten dankrand heen kon kijken, over het asfalt van het dak dat er netjes, onaangeroerd en zonder enige vorm van beschadigingen bij lag; er lag nog geen verdwaalde spijker. Joe draaide zich om en keek voorzichtig om zich heen Het balkon leek ineens schrikbarend smal. De afstand tot de bodem van het ravijn was angstaanjagend. Het was mogelijk, dacht Joe, dat Oliver duizelig geworden was, was uitgegleden, zijn evenwicht had verloren...Hoe kon hij anders zijn gevallen? Er was niemand anders op het balkon geweest. Joe kauwde op zijn lip en liep op zijn tenen terug de slaapkamer in. "Nogmaals mijn excuses, mevrouw Viera. Nog een laatste vraag. We kunnen niet uitsluiten dat dit meer was dan alleen maar een ongeluk."

"U bedoelt—iemand heeft het expres gedaan? Waarom zouden ze?" De stem van Connie Viera werd hard en schril. "Iedereen mocht Oliver. Hij was de aardigste man in de wereld. Hij kon met iedereen opschieten, zelfs met die Ausley Wyett, die hij van mij niet in mijn huis mocht halen. Wie zou er nu zoiets willen doen?"

"Ik heb geen idee. De waarheid is—"

"En hoe kon iemand iets doen, zelfs al zouden ze het willen? Ik stond erbij. Er was niemand in de buurt. Hij is zelf gevallen."

"Kan het zijn dat er iemand op het dak stond die de ladder een duw heeft gegeven?"

"Waarom zou er iemand op ons dak staan?"

"Geen idee. Ik vraag het alleen maar. Is het mogelijk?"

Connie Viera dacht na. "Nee. Ik zou hem gezien hebben als hij Oliver geduwd had. Oliver zou iets gezegd hebben, een of andere opmerking gemaakt hebben."

"Dus hij keek een minuut of wat over het dak heen, voordat hij viel?"

"Ja. Er was niemand op het dak. Hij pakte gewoon het blik en viel toen achterover, met ladder en al."

Joe dacht even na. "Heeft u iemand anders in de buurt gezien? Geen auto's of zo?"

"Nee. Ik begrijp niet waarom u dat soort vragen blijft stellen. Ik zei toch al dat Oliver viel — recht voor mijn ogen!"

"Ik moet gewoonweg alle mogelijkheden onderzoeken, mevrouw Viera. Ik vind het bijna even erg als u dat Oliver dood is. Ik ken hem al heel lang. Hij was een fijne vent."

"Hij was de beste!" Weer barstte mevrouw Viera in huilen uit. "Wat moet ik nu? Ik wil ook dood."

"Nou, nou," zei Joe, "denk eens aan uw kinderen. U heeft een leven met hen."

"Nee, dat kan niet. Zij zijn mijn man niet. Zij kunnen hun eigen vader niet vervangen. O, waarom moest mij dit overkomen?"

Joe trok zich weer terug. Hij ging weer het balkon op en keek over het ravijn in de richting van de bergen, omlaag naar Marblestone dat er van die afstand uitzag als een vage verzameling vogelpoepjes, en naar de overzijde van het ravijn waar Ausley Wyett woonde. Hij leunde op de reling en staarde somber naar de plek waar Oliver Viera gestorven was. "Alweer een ongeluk. Bus Hacker, Charley Blankenship, Willis Neff, Oliver Viera. Nog eentje over. Als ik Cole Destin was dan zou ik een poosje de stad uit gaan." Hij ijsbeerde over het balkon. En toen kwam een nieuwe gedachte in hem op: door de dood van Oliver was Ausley nu zijn alibi voor de dood van Willis Neff kwijt.

Joe stond stil. Zijn eerste taak was nu om erachter te komen waar Ausley geweest was op het moment dat Oliver Viera stierf. Hoewel er natuurlijk geen enkel teken van kwade opzet te bespeuren viel, dus eigenlijk maakte het niet zoveel uit of Ausley wel of geen alibi had.

Maar toch — vier sterfgevallen. Vier ongelukken, en allemaal getuigen tegen Ausley Wyett. Toeval?

"Stel dat ik vijf mensen zou willen ombrengen," zei Joe. "Hoe zou ik dat dan aanpakken, als ik wist dat ik de meest voor de hand liggende dader zou zijn? Misschien zou ik wel verdacht willen worden — gewoonweg om de stad te laten zien hoe ik over de dingen denk. Ik zou al deze ongelukken in scène zetten. Ik zou Bus Hacker een hartaanval bezorgen, Charley Blankenship een kluit champignons laten opgraven waaraan hij dood zou gaan. Ik zou Willis Neff ergens laten kamperen waar de een of andere schietgrage jager hem overhoop zou schieten. Ik zou zorgen dat Oliver Viera van een ladder viel en zijn nek brak. En

Cole? Ik vraag me af hoe ik Cole zou laten sterven. Misschien zou ik kunnen zorgen dat zijn vrouw over hem heen reed met de grasmaaier, of kon ik zorgen dat Lee Gervase zijn verstand verloor en hem dood zou steken terwijl hij vanavond zijn toespraak houdt..."

Dr. Hesketh, de lijkschouwer, kwam naast Joe op het balkon staan. "Nou, sheriff — wat denk jij ervan?"

"Het ziet eruit als een ongeluk."

"Jazeker."

"Maar ik weet dat dat niet waar is."

"Het lijkt onwaarschijnlijk. Maar toch —"

"Precies. Wat kun je zeggen? Je voelt je belachelijk als je het een 'ongeluk' noemt en je voelt je belachelijk als je zegt dat het opzet was. Dus wat zou u doen?"

"Ik denk," zei Dr. Hesketh zwaar, "dat we voorlopig beter niets kunnen zeggen."

"Prima. We onderzoeken de zaak." Joe dacht even na. "Denkt u dat er een reden is om een lijkschouwing te doen?"

"Onder andere omstandigheden — nee. Maar het is misschien niet zo'n slecht idee."

"Is er iets dat een man duizelig genoeg kan maken om van een ladder te vallen?"

"Natuurlijk. Whisky, om te beginnen. De moeilijkheid is om de man dan vervolgens zo gek te krijgen dat hij in die staat een ladder zou beklimmen."

"Niet erg waarschijnlijk."

"Absoluut niet waarschijnlijk." De lijkschouwer legde zijn handen met een klap op de reling. "Ik neem het lichaam mee naar de stad en dan kijk ik of ik iets kan vinden."

Joe bracht een laatste bezoek aan de slaapkamer. "We gaan nu even weg," zei hij tegen het hoopje misère dat Connie Viera was. "Als u nog iets bedenkt dat u achteraf vreemd voorkomt, kunt u het mij dan laten weten?"

"Jawel."

Joe vertrok en volgde de ambulance over Quarry Road. In Marblestone ging de ambulance linksaf in de richting van Pleasant Grove; Joe ging rechtsaf. De auto van Ausley Wyett stond geparkeerd voor zijn vervallen bouwval van een huis. Joe reed naar het huis en parkeerde. De waakhonden renden naar voren en rukten en trokken aan hun kettingen.

Ausley Wyett stapte naar buiten, de veranda op. Hij droeg een spijkerbroek en een nieuw blauw flanellen overhemd en zag er slungelig en mager uit. "Hallo Joe, wat kom je doen?"

"Waarom ben je niet bij de Neffs aan het melken?"

"Het mocht niet meer. Ze hebben me weggestuurd." Hij glimlachte.

"Ze kunnen het toch zeker niet zelf doen."

"Nee. Ze hebben een paar Mexicanen ingehuurd."

"Dus je bent de hele ochtend al thuis."

"Dat klopt. Was dat niet de bedoeling?"

"Ausley," zei Joe, "ik heb er een hekel aan om iemand te verdenken alleen maar omdat hij de meest voor de hand liggende verdachte is — maar je bent wel heel erg verdacht."

"Wat nu weer?"

"Weet je dat nog niet?"

"Als ik het wist, dan zou ik het niet vragen, wel dan?"

"Natuurlijk wel. Maar ik vertel het je toch maar. Oliver Viera is dood."

Ausley Wyett glimlachte triest. "Wat is er met Oliver gebeurd?"

"Van een ladder gevallen. Gebroken nek. Ziet eruit als een ongeluk."

"Dat is wel een hele rare reeks ongelukken."

"Dat zou ik ook zeggen. Dus ik wilde weten wat jij erover te zeggen hebt."

"Als het een ongeluk was, waarom moet je mij er dan mee lastig vallen?"

"Precies," zei Joe. "Dat is nou precies waar het om draait."

Ausley ging op de rand van de veranda zitten. "Je moet het zo zien, Joe. Ik ben ofwel schuldig, of ik ben het niet."

"Dat lijkt me eenvoudig genoeg."

"Als ik schuldig ben, dan is alles duidelijk. Op één ding na. Hoe kan ik Willis Neff doodschieten terwijl ik precies op dat moment met Oliver Viera in gesprek ben?"

"Het was niet precies hetzelfde moment en Oliver Viera is dood."

"Je hebt het hem niet gevraagd?"

"Ik kon hem gisteren niet vinden om het te vragen. Ik vroeg het aan zijn vrouw, maar die wist nergens van."

"Dat is jammer." Ausley haalde zijn vingers door zijn slordige bruine haar. "Nou, laten we er dan eens vanuit gaan dat ik niet schuldig ben. Dan is de vraag: wie dan wel?"

"Heb je enig idee — aangenomen dat je inderdaad onschuldig bent?"

"Uiteraard. Denk je dat ik de laatste zestien jaar mijn nagels heb zitten vijlen? Ik ben onschuldig, maar niemand geloofde mij. Je kunt niet verwachten dat ik door verdriet overmand ben, Joe. Deze mensen hebben me erin geluisd."

"En er is er nog één over."

"Ik ben benieuwd wat er met hem gaat gebeuren," zei Ausley.

"En dat is alles wat je te zeggen hebt?"

"Wat kan ik verder nog zeggen?"

"Je gaf al eerder aan dat je zo je eigen ideeën had."

"Ideeën kosten niets. Ik kan niets bewijzen. Ik kan niet eens bewijzen dat ik Tissie McAllister niet vermoord heb. En dat heb ik niet gedaan. Kom nou, ik was gek op dat kind. Ik zou haar nooit een haar gekrenkt hebben."

Joe hief zijn handen ten hemel. "Ausley, soms erger ik me zo kapot aan jou dat ik gewoon vlekken voor mijn ogen zie!"

"Sorry, Joe. Het enige dat ik kan zeggen is dat ik altijd heb volgehouden dat ik onschuldig was. Daar kun je mee beginnen."

"Iemand speelt een verdomd slim spelletje," zei Joe, "en het trieste is, Ausley, dat jij dat misschien wel bent."

Ausley kwam waardig overeind. "Het spijt me dat je niet meer vertrouwen in mij hebt, Joe."

"Ik wil je nog wel een waarschuwing geven. Je kunt je maar beter gedeisd houden. Er wordt behoorlijk gemeen over je gesproken in Marblestone."

Ausley haalde zijn schouders op. "De mensen praten al gemeen over mij zolang als ik me kan herinneren."

Joe draaide zich om en vertrok. Toen hij in Marblestone aankwam parkeerde hij zijn auto onder de grote eik voor de buurtwinkel en bleef zitten om na te denken.

Ausley Wyett had gelijk. Ofwel, hij was schuldig, ofwel, iemand anders had het gedaan. Aangenomen dat de ongelukken geen ongelukken waren.

Als Ausley schuldig was, was de enige vraag: *hoe?*

Als Ausley onschuldig was, dan waren er drie vragen: *hoe? wie? waarom?*

Joe pakte zijn notitieblok en las de diverse notities die hij over ieder afzonderlijk geval had gemaakt. Zag hij daar een glimp van een patroon? Joe fronste en staarde naar zijn notities alsof ze levend waren, allemaal kleine zwarte tongetjes die hem allemaal tegelijk iets wilden vertellen. Zijn hersenen kraakten en hij begon alle feiten aan elkaar te knopen.

Als ik Bus Hacker een hartaanval zou willen bezorgen, hoe *zou* ik dat dan voor elkaar kunnen krijgen?

Als ik wilde dat Charley Blankenship zichzelf zou vergiftigen met een paddenstoel, hoe *zou* ik dat dan aanpakken?

Als ik Willis Neff op woensdagnacht of donderdagochtend zou willen doodschieten maar mijzelf een alibi zou willen bezorgen, hoe *zou* ik dat dan doen?

Als ik wilde dat Oliver Viera van een ladder viel...

Joe knikte langzaam. Er had een gaatje in de veranda van Bus Hacker gezeten. Waarschijnlijk was er een tweede gaatje aan de andere kant van de deur.

En in het geval van de moord op Blankenship was er iets vreemds dat hem plotseling duidelijk werd hoewel hij er niet eerder over nagedacht had. In een kluitje veldchampignons zoals Charley Blankenship die had gevonden tussen zijn viooltjes, zou je niet snel een amaniet verwachten. Tenzij hij op de een of andere manier vermomd was en ertussen was gezet.

Neff was op woensdagnacht of donderdagochtend overleden. Ouwe Ted Hill had in de tussentijd geen auto's gehoord — maar hij had wel vrijdagavond een auto horen komen en gaan. En de voorwielen van de pick-up van Willis Neff waren schoon geweest.

Oliver Viera? Om hem van de ladder te kunnen laten vallen, was het allereerst noodzakelijk dat hij de ladder zou beklimmen. En wat was een beter lokaas dan een balancerende pot verf? En als hij dan eenmaal op de ladder stond, dan was er maar een klein rukje voor nodig om hem omver te krijgen...

Het was ineens allemaal duidelijk, dacht Joe verbijsterd en onder de indruk. Bijna helemaal duidelijk, in ieder geval. Maar bewijzen? Hij trok aan zijn kin. Hij moest eens even heel diep gaan nadenken.

"O, sheriff," klonk een zachte vrouwenstem. "U bent zo diep in gedachten, ik durf u eigenlijk bijna niet te onderbreken."

Joe keek op, recht in een zacht, rond gezicht omgeven door een krans van felpaarse krullen. "O, hallo, mevrouw Beasley." Een stem was een stem. "Hoe is het met u?"

"Zoals gewoonlijk. Ik wilde gewoon even gedag komen zeggen. Ik ken je al zolang, al sinds je een kleine jongen was met een gezicht vol vegen. En er was een enkel ding dat mij altijd gunstig stemde over jou, wat anderen ook zeiden. Je herinnert het je misschien niet eens meer, maar Widdie, mijn arme ouwe lapjeskat, zat ooit op een hek terwijl er allemaal honden naar haar stonden te blaffen, en een paar gemene kleine jongetjes probeerden haar eraf te duwen — en jij zorgde dat ze ermee ophielden."

Joe grinnikte. "Ik herinner het mij nog. U nam mij mee het postkantoor in en maakte een kopje chocolademelk voor me. Dat was de eerste keer dat ik dat ooit heb gedronken."

"Daarna had ik altijd een warm plekje in mijn hart voor je. Ik wist dat je helemaal niet zo'n slechte jongen kon zijn."

"Ik denk niet dat ik erger was dan de gemiddelde kwajongen." Joe zocht naarstig naar een manier om het gesprek af te breken. "Excuseert u mij, mevrouw Beasley, maar ik moet even contact opnemen met het hoofdbureau."

"O, laat mij je er alsjeblieft niet van weerhouden om je werk te doen." Mevrouw Beasley maakte aanstalten om weg te hobbelen, maar draaide zich toen met een ietwat verlegen glimlach weer om. "Er is iets waar ik eigenlijk heel erg nieuwsgierig naar ben, en misschien mag ik het niet vragen, maar als je het goed beschouwt ben ik natuurlijk ook in dienst van de overheid, dus misschien is het niet verkeerd om het toch te vragen."

Joe knipperde met zijn ogen, niet in staat om het betoog van mevrouw Beasley te ontwarren. "Wat wilt u vragen?"

"Het gaat om de brief van meneer Hacker. Ik ben al een hele tijd zo benieuwd wat daar nu in stond."

"Brief?" Joe had ineens een heel vreemd gevoel, een soort koele tinteling op de huid van zijn gezicht. "Welke brief?"

Mevrouw Beasley sprak gehaast: "Misschien dat je het niet meer weet, of misschien dat je hem nooit hebt gekregen, aangezien hij geadresseerd was aan sheriff Cucchinello."

"Een brief van Bus Hacker aan Sheriff Cucchinello?"

"Ja. Een jaar of drie geleden bracht hij mij die brief, en hij zei tegen mij: 'Mary, als ik kom te overlijden, en zodra ik kom te overlijden, dan wil ik dat je deze brief voor me op de post doet. Maar niet eerder.' Het was gewoon een brief, zoals ik al zei, geadresseerd aan sheriff Cucchinello. Van tijd tot tijd herinnerde hij mij eraan, en dan zei ik altijd, jawel, meneer Hacker, natuurlijk heb ik uw brief nog altijd veilig opgeborgen. En toen ging hij dood, en toen heb ik de brief op de bus gedaan. Ondertussen waren de portokosten wel omhooggegaan, dus ik moest er een postzegel bijplakken. Die heb ik uit eigen zak betaald."

Joe's gedachten begonnen te racen. "Sheriff Cucchinello was toen al overleden."

Mevrouw Beasley knikte heftig. "Dat wist ik toen nog niet. Hoewel ik er ook niet veel aan had kunnen doen als ik het wel had geweten."

"Maar u heeft hem dus wel verstuurd?"

"Jawel."

"Nadat Bus Hacker overleed?"

"Jazeker. De volgende dag al. Omdat hij er altijd zo op gehamerd had dat die brief zo belangrijk was."

"Hoe was de brief geadresseerd?"

"Gewoon 'Ernest Cucchinello, Sheriff, Pleasant Grove, Californië'. Ik kan het me nog heel goed herinneren."

Joe knikte. "De brief is waarschijnlijk op het huisadres van sheriff Cucchinello bezorgd, en mevrouw Cucchinello heeft misschien besloten dat hij niet belangrijk was."

"O." Mevrouw Beasley keek teleurgesteld. "Ik ben al de hele tijd zo nieuwsgierig."

"Maar ik ben blij dat u erover begonnen bent. Ik zal navraag doen bij mevrouw Cucchinello, en misschien kan ik meer vertellen als ik u de volgende keer spreek. Ondertussen — zegt u alstublieft niets over deze brief, tegen wie dan ook."

"Natuurlijk doe ik dat niet."

Joe startte zijn auto. "Ik moet nu gaan. Ik ben blij u even gesproken te hebben."

"Ja, ik vond het zo leuk om je weer te spreken. En als je de volgende keer weer in Marblestone bent, kom dan gerust naar het postkantoor, dan maak ik weer een lekkere kop warme chocola voor je."

Joe dwong zichzelf enthousiast te glimlachen. "Dat zal ik zeker doen, mevrouw Beasley. Tot ziens."

Joe reed terug langs Candelara Canyon, over de bochtige weg, terwijl het grind opspatte onder zijn wielen. Er was te weinig tijd, de weg was te lang; hij kon zijn ongeduld nauwelijks bedwingen. De brief. Misschien dat de inhoud de theorie die zich in zijn hoofd begon te vormen absoluut zou tegenspreken. Maar hij dacht het niet. Zoveel kleine valse noten en vreemde zaken leken nu ineens heel logisch. Het kasboek van Bus Hacker met de vreemde ontbrekende posten...De vele vreemde aspecten aan de dood van Willis Neff...Het motief — primair of secundair? — voor de moord op Charley Blankenship...En nu — de ontbrekende brief van Bus Hacker! Joe duwde zijn gaspedaal nog wat verder naar beneden. De snelheidsmeter ging nu de honderd voorbij. Vreemd, gezien de omstandigheden, dat hij die brief nooit gekregen had...

De weduwe van Ernest Cucchinello was een korte, rondborstige vrouw met hele kleine handen en voeten. Ze woonde nog altijd in het grote, op een ranch lijkende huis aan McClellan Avenue bij de country club. Toen Joe aanbelde, deed mevrouw Cucchinello zelf open. "Kijk nou, het is meneer Bain! Ik zou u 'sheriff Bain' moeten noemen natuurlijk. Hoewel dat heel vreemd klinkt na zoveel jaar 'sheriff Cucchinello'."

"Het klinkt mij ook nog altijd vreemd in de oren," zei Joe. "Ik kwam u iets vragen, mevrouw Cucchinello. Een week of twee geleden heeft u misschien een brief ontvangen die geadresseerd was aan sheriff Cucchinello, afkomstig van ene Clarence Hacker uit Pleasant Grove."

"O, ja. Dat is zo. Natuurlijk."

"Wat heeft u ermee gedaan?"

"Ik heb hem uiteraard opengemaakt. Het was geen persoonlijke brief, het leek mij meer iets dat met zijn werk te maken had. Ik meen me te herinneren dat het om een schoolbus ging of zoiets. Ik heb er niet echt veel aandacht aan geschonken. Ik moest toch de stad in om boodschappen te doen, en ik heb de brief bij mevrouw Rostvolt achtergelaten." Mevrouw Cucchinello sprak de naam met overdreven precisie uit. Het was wel duidelijk dat zij de geruchten had gehoord.

"Zozo," zei Joe. "Dus mevrouw Rostvolt heeft de brief in ontvangst genomen."

"Jazeker. Heeft ze hem niet aan u doorgegeven dan?"

"Waarschijnlijk wel, misschien dat ik het gewoon ben vergeten. Als ik haar straks zie, zal ik ernaar vragen. Dank u heel hartelijk, mevrouw Cucchinello."

"Graag gedaan, Sheriff Bain. Kom gerust nog eens langs."

"Dat zal ik zeker doen."

HOOFDSTUK XIV

JOE REED NOG SNELLER TERUG over McClellan Avenue dan hij op de heenweg gereden had. Toen, terwijl de gedachten door zijn hersenen begonnen te stromen, remde hij ineens af en reed met een slakkengangetje verder. Als hij deze hele situatie logisch bekeek, dan was er sprake van een reeks alternatieven. Ofwel mevrouw Rostvolt had (A) de brief geopend ofwel (B) ze had hem niet opengemaakt. Ongetwijfeld A. Of ze had de brief onbelangrijk gevonden, en in dat geval had ze hem ofwel in het archief gestopt ofwel weggegooid; of ze had hem belangrijk gevonden, in welk geval ze de brief ook in het archief kon hebben gestopt of voor haar eigen doeleinden kon hebben gebruikt. Joe ontblootte zijn tanden in een humorloze grijns. Hij zou het snel genoeg weten.

Hij parkeerde op zijn gebruikelijke plek achter het gerechtshof en bleef even zitten om na te denken. Hoe kon hij de situatie het beste aanpakken? Hij stapte zijn auto uit en liep naar de tweede etage, naar het kantoor van Paul Wentzman, de openbaar aanklager.

Wentzman gebaarde in de richting van een stoel en keek Joe van opzij aan door zijn glimmende montuurloze bril. Hij was een korte, gedrongen man met bleke, zware wangen, een hoog en smal voorhoofd en een bedrieglijk milde uitdrukking op zijn gezicht. Hij sprak met een hoge, belerende stem die misschien wel, misschien niet — Joe was er niet over uit — verborg dat hij een goed stel hersenen had. "Waar zit je mee?"

Joe legde zorgvuldig uit wat zijn probleem was. Paul Wentzman leunde naar voren, zette zijn vingertoppen tegen elkaar en knikte enkele malen dat hij het begreep. Zijn bril glom door de reflectie van de lampen tegen het plafond. "Het komt er dus op neer dat je het vermoeden hebt dat mevrouw Rostvolt deze brief om persoonlijke redenen heeft achtergehouden, en je wilt haar met je vermoedens confronteren."

"Precies. En ik wil die brief. Ik wil niet dat ze de kans krijgt om te zeggen dat de brief zo onbelangrijk was dat ze hem heeft weggegooid."

"En ik begrijp dus dat jij gelooft dat deze brief belangrijke aanwijzingen bevat?"

Joe knikte. "Er hebben zich in Marblestone een aantal dodelijke ongevallen voorgedaan die naar nu blijkt geen ongelukken waren. Ik zal je de verdere informatie later geven, want jij zult deze zaak moeten behandelen in de rechtbank — een heel spectaculaire zaak, moet ik zeggen — maar de eerste stap is dat ik die brief te pakken moet krijgen."

Wentzman dacht na. "We kunnen aantonen dat ze de brief heeft ontvangen middels de verklaring van mevrouw Cucchinello. Als we kunnen aantonen dat de brief overduidelijk belangrijke informatie bevatte —"

"Ik kan wel zo ongeveer raden wat erin stond."

"Je kunt het proberen met een terloopse vraag — waarmee je haar de kans geeft om te doen alsof ze de brief vergeten was — of een directe beschuldiging —"

"In welk geval ze de vermoorde onschuld zal gaan spelen."

"Welnu, als ze iemand chanteert — en ik heb de indruk dat je dat wil suggereren — dan zal dat ongetwijfeld vandaag of morgen aan het licht komen."

"De man die ik in gedachten heb lijkt me niet het type voor chantage. Deze brief moet hem echt behoorlijk in het nauw gedreven hebben. Als ik erover nadenk, dan is hij waarschijnlijk degene die het huis van Bus Hacker in brand heeft gestoken in een poging om die brief te vernietigen...ik neem terug wat ik zojuist zei over chantage, want dat is onderdeel van de echte zaak, waar ik nu verder even niet op in wil gaan."

Wentzman duwde zichzelf naar voren. "Laten we haar dan direct om de brief vragen. Uiteindelijk is dat toch waar het op neerkomt."

Joe knikte somber. "Ik denk het ook." Hij hees zichzelf overeind. "Kom mee...Ik zie hier als een berg tegenop. Zelfs al heb ik een grondige hekel aan dat mens."

Ze liepen de terrazzo trap af naar de eerste etage en liepen rond de galerij die uitkeek op de ontvangsthal naar de prachtige marmeren trap met de versierde bronzen leuningen, liepen naar beneden, de hal in en liepen toen naar achteren, via een donkere hal, naar de uitbouw.

Mevrouw Rostvolt keek op van haar typemachine en streek met een automatisch gebaar over de stijve roodbruine krullen die als een aureool om haar hoofd lagen. Ze tuitte haar lippen en richtte zich weer op haar werk.

Joe liep langzaam het kantoor door met Wentzman quasi-nonchalant achter zich aan. Mevrouw Rostvolt leek aan te voelen dat Joe niet veel goeds in de zin had en keek weer op met grote, ronde, vochtige ogen.

Joe sprak op afgemeten toon. "Ongeveer een week geleden heeft mevrouw Cucchinello u een brief gegeven afkomstig van een man met de naam Clarence Hacker en met het verzoek hem aan mij door te geven. Waar is die brief?"

Mevrouw Rostvolt kneep haar nog altijd getuite lippen nog dichter op elkaar. Haar nek werd langzaam rood. Maar toen ze sprak was haar toon luchtig. "Een brief? Van wie?"

"Waar is hij?"

De ogen van mevrouw Rostvolt schoten vuur. "Ik stel uw toon tegen mij niet op prijs, meneer Bain." Ze keek langs hem heen naar Wentzman. "Ik zal uw onbeleefdheid zelfs geen moment langer meer dulden—"

"Als u die brief niet snel overhandigt, dan gaat u naar boven, cel 13 in."

Mevrouw Rostvolt bevroor. "Welke brief bedoelt u precies?"

"U weet precies welke brief ik bedoel. Ik heb het u al uitgebreid uitgelegd."

Mevrouw Rostvolt kneep haar ogen half dicht. "Mevrouw Cucchinello heeft wel meer losse dingen hierheen gebracht. Ik heb geen idee wat er met dat alles gebeurd is."

"Meneer Wentzman is getuige van alles wat u nu zegt. Als blijkt dat u de informatie in deze brief voor persoonlijke doeleinden gebruikt heeft, dan maakt u de zaak alleen maar erger voor uzelf."

Mevrouw Rostvolt ging vermoeid overeind staan. "Ik word doodziek van u ... Ik zal zien of ik hem kan vinden ... Het kan zijn dat ik hem heb weggegooid."

Joe liep met haar mee naar de archiefkast. Ze keek over haar schouder naar hem. "Doe niet zo opdringerig. Ik pak die brief wel."

Joe lachte grimmig. "Wacht maar, ik kan nog veel vervelender worden!"

Mevrouw Rostvolt keek hem nijdig aan, aarzelde en trok toen een la open.

Joe las het label aan de voorkant van de archiefmap: "'H'. Voor 'Hacker'?"

"Uiteraard."

"Prima. Ik zoek zelf wel." Joe duwde zich naar voren en mevrouw Rostvolt kon niet anders dan opzij stappen. "H ... Ha ... Hall ... Harris ... Harzat ... Ik zie hier geen brief van Hacker."

Mevrouw Rostvolt haalde haar schouders op. "Waarschijnlijk was hij niet belangrijk."

"Dus dan moet ik bij de 'O' van 'onbelangrijk' zijn?" stelde Joe voor.

"Als u opzij gaat — dan kan ik hem misschien wel vinden."

Joe deed een stap opzij. Plotseling leek mevrouw Rostvolt heel onzeker. Ze trok eerst aan de ene la, toen aan een andere. Toen stopte ze, draaide zich om en keek Joe aan. "Ik doe hier niet meer aan mee. Ik wil een advocaat."

"U moet wel behoorlijk van uw stuk gebracht zijn, mevrouw Rostvolt."

"Ik ben niet van mijn stuk gebracht!" riep ze uit. "Ik heb gewoon schoon genoeg van al uw beschuldigingen!"

"Ik heb u nog nergens van beschuldigd. Nog niet."

Mevrouw Rostvolt wierp een wanhopige blik op de archiefkast. Joe sprak op zijdezachte toon: "Het zal me niet meer dan een uurtje kosten om de hele rommel door te bladeren."

Op mokkende toon zei ze: "Hij zit waarschijnlijk onder de 'X'."

"'X', zegt u? Voor 'extra belangrijk'?"

"Daar bewaar ik dingen die ik nergens anders kwijt kan."

Joe openende de 'X'-lade en trok er een manilla map uit. Hij legde de map op tafel en draaide zorgvuldig blaadje na blaadje om. Bijna achterin vond hij de brief van Hacker. Hij las de brief en keek toen met een harde blik in zijn ogen naar mevrouw Rostvolt. "Waarom heeft u deze brief niet aan mij laten zien?"

"Hij leek me niet zo belangrijk."

Wentzman had een stap naar voren gedaan en stond nu te lezen. Joe keek hem aan. "Hebben we hier voldoende aan om haar te arresteren?"

Wentzman knikte. "Achterhouden van bewijsmateriaal, hinderen van de rechtsgang, misbruik van een vertrouwenspositie."

Joe zei: "Deze hele zaak wordt binnenkort opengebroken. Vandaag of anders vannacht. Als dit genoeg is om haar vast te houden, dan kunnen we later chantage en medeplichtigheid aan moord aan de aanklachten toevoegen."

Mevrouw Rostvolt kromp in elkaar. Ze riep uit: "U bent helemaal gek geworden! Waarom doet u mij dit allemaal aan? Ik heb dat allemaal helemaal niet gedaan!"

"Dat valt nog te bezien." Joe keek met een spottende blik naar de achterzijde van het bureau. "Wel, mevrouw Rostvolt, de zaken kunnen soms wel heel raar lopen. U bent al bijna twintig jaar hier in dienst en zorgt altijd voor de dames die boven in de cel zitten. En nu is het uw beurt. U gaat naar boven!"

"Nee!" Mevrouw Rostvolt was niet van plan toe te geven. "U kunt mij niet arresteren omdat ik vergeetachtig ben, of onzorgvuldig. Ik heb niets gedaan van de dingen die u nu beweert, en u kunt ook niet bewijzen dat ik zoiets heb gedaan."

"Deze brief is uitermate belangrijk — overduidelijk. Vergeetachtigheid, onzorgvuldigheid — daar komt u niet mee weg. Beseft u wel dat er twee, misschien wel drie mannen vermoord zijn alleen maar omdat u mij die brief niet heeft laten zien? Dat is een heel ernstige zaak."

"Ik wil een advocaat spreken." Plotseling begonnen de ogen van mevrouw Rostvolt te glimmen.

"Dat recht heeft u. Wie wilt u?"

De glimmende ogen begonnen kwaadaardig te schitteren. "Lee Gervase!"

Joe was verbijsterd. "Lee Gervase? Die zal zijn vingers niet willen branden aan een zaak als deze. Als hij zijn verstand gebruikt, dan weigert hij."

"Ik wil Lee Gervase bellen."

"Ga uw gang. Bel hem. U weet waar de telefoon staat."

"Ik wil niet dat u meeluistert als ik hem spreek."

"Als u straks eenmaal in uw cel zit heeft u alle privacy die u maar wilt."

Mevrouw Rostvolt draaide zich om en liep langzaam naar de telefoon. Ze draaide een nummer. Joe keek haar plotseling met half-dichtgeknepen ogen aan.

Mevrouw Rostvolt sprak. "Meneer Gervase, alstublieft... Meneer Gervase, u spreekt met mevrouw Rostvolt, in het kantoor van de sheriff..." Ze luisterde, zoog haar mondhoeken naar binnen en sprak gehaast. "Ik ben *gearresteerd*. Ja, *ik*! Gearresteerd! Die waardeloze sheriff hier—" Ze luisterde nogmaals. "Het gaat om een brief die ik volgens hem heb achtergehouden. Hoe dan ook, ik zou graag willen dat u mij vertegenwoordigt." Ze luisterde, fronste en keek naar Joe. "Hij zegt dat hij me gaat opsluiten, en dat is absoluut—"..."Goed dan. Ik zal... Nee. Dat zal ik niet... Ja, dat besef ik." Ze hing op en draaide zich opstandig om naar Joe en Paul Wentzman, die haar beiden gefascineerd aankeken. "Lee Gervase is mijn advocaat. Hij zegt dat ik niets meer tegen u moet zeggen, dat ik niets moet beweren of toegeven. Dus—meer heb ik niet te zeggen."

Joe grinnikte wrang. "Ik begrijp het. Welnu, mevrouw Rostvolt, wilt u, als uw laatste officiële handeling in dit kantoor, misschien uw eigen arrestatiebevel schrijven?"

"Nee. Absoluut niet," snauwde mevrouw Rostvolt.

"U heeft nooit veel gevoel voor humor gehad."

"Ik eis dat er een vrouwelijke cipier op het bureau aanwezig is."

"Er zal hier binnen een uur een vrouw zijn, En in de tussentijd zullen we u niet onzedelijk betasten." Joe draaide zich om en gebaarde naar Ace Wardell in de meldkamer, die vol interesse naar hen had zitten kijken. Wardell stapte om het tussenschot heen de ruimte binnen.

"Mevrouw Rostvolt staat onder arrest," zei Joe.

De mond van hulpsheriff Wardell viel open. "Dat meen je niet!"

"Toch wel. Arresteer haar, sluit haar op in cel 13. De aanklacht is onwetmatig achterhouden van bewijsmateriaal."

Wardell keerde zich om naar mevrouw Rostvolt. "Zo, ouwe tang, je bent dus eindelijk betrapt met de jam op je gezicht."

Joe pakte de manilla map en nam hem mee naar achteren, naar

het zogenaamde laboratorium — een achterkamertje waar een paar apparaten stonden. Paul Wentzman volgde hem. "Wat is nu precies de achtergrond van dit hele verhaal?"

Joe liep naar een kast en kwam terug met een doos met daarin het apparaat om vingerafdrukken zichtbaar te maken dat hij ooit in elkaar had gezet tijdens zijn studietijd in het Chapman Institute. "Het is een lang verhaal. Het begint zestien jaar geleden, toen een jongeman met de naam Ausley Wyett werd gearresteerd voor de moord op Teresa McAllister."

"Ik kan me die zaak vaag herinneren. Dat was voor mijn tijd."

"Uit de brief blijkt nu dat Bus Hacker zo zijn twijfels had — meer dan twijfels zelfs — of Ausley Wyett echt wel schuldig was." Terwijl Joe sprak pakte hij de brief aan een hoekje op en stopte hem in een recht-hoekige glazen bak. Paul Wentzman keek hem met een vragende frons aan. "Waarom doe je dat?"

"Eenvoudige nieuwsgierigheid, zou je kunnen zeggen." Joe zeefde een kleine hoeveelheid paars-bruin-zwarte kristallen in een pannetje en stak een stekker in het dichtstbijzijnde stopcontact. "Jodiumdampen," zei Joe. "Je kunt de vingerafdrukken straks zo op zien komen."

Het papier kleurde lichtbruin en plotseling, zonder enige waar-schuwing, verschenen er overal vingerafdrukken — op het hele vel. Sommige waren vaag, andere heel duidelijk. Joe pakte de brief, legde hem onder een kopieer-camera, legde er een glasplaat op, deed het licht aan en liet de sluiter dichtklikken. Toen pakte hij de brief weer op, stopte hem in een envelop van cellofaanpapier en liep met Paul Wentzman terug naar zijn kantoor.

"Ga zitten," zei Joe. Hij liep naar het buffet. "Cooch heeft het een en ander nagelaten dat we nu net zo goed kunnen aanspreken." Hij pakte een paar flessen en twee glazen uit de kast. "Scotch of bourbon?"

"Scotch. Een centimetertje. Ik ben niet zo'n grote drinker."

Joe schonk een centimeter of drie in beide glazen. "Sorry dat ik geen ijs heb. Cooch was niet iemand met oog voor detail."

Hulpsheriff Wardell stak zijn hoofd om de deurpost. "Lee Gervase is hier. Zegt dat hij de advocaat van mevrouw Rostvolt is."

"Die man is gestoord," zei Joe. "Stuur hem maar naar binnen." Hij pakte een derde glas en veegde dit goed schoon aan zijn mouw. Lee

Gervase keek door de deur naar binnen. Hij zag er bezorgd uit. Hij fronste toen hij Paul Wentzman zag zitten.

Joe sprak op vriendelijke toon: "Kom erin, Lee. Precies de man die ik wilde spreken."

Gervase deed een stap de kamer in. "Ik hoef je niet te vertellen met hoeveel tegenzin ik een zaak als deze aanneem — waar het dan ook over mag gaan — zo kort voor de verkiezingen. Maar als ik het niet doe, dan krijg ik dat ook op mijn boterham."

"Ga zitten, Lee. We komen er waarschijnlijk wel uit samen. Wat wil je drinken?"

"Niets, dank je. Wat is de aanklacht tegen mijn cliënte?"

Joe schonk een centimeter Scotch in het glas en duwde dat in de handen van Lee Gervase, die het met tegenzin aanpakte. "Ga zitten en ontspan je terwijl ik je de trieste details geef. Misschien dat je je dan alsnog van de zaak zult terugtrekken, want je zult er geen stemmen mee winnen."

Lee Gervase zette met een verbolgen blik zijn glas op het bureau. "Dat is iets waar ik me nu niet druk over kan maken. De vrouw zit in de problemen; ze heeft me gevraagd om haar bij te staan, en meer kan ik er niet van zeggen."

Joe haalde zijn schouders op. "Het is nergens voor nodig om je op te winden. Dit is de situatie. Sinds ik de zaken heb overgenomen ontdek ik steeds meer kleine gevalletjes van corruptie van de hand van mevrouw Rostvolt. Niets groots — hier een paar dollar, daar een paar dollar. Ik spring van het een naar het ander in een poging om al deze affaires tegelijk de kop in te drukken. Mevrouw Rostvolt was hier uiteraard helemaal niet blij mee, en ik denk dat ze ook wel besefte dat haar dagen geteld waren. Hoe dan ook, er werd een brief bezorgd op het bureau — een heel belangrijke brief — en zij heeft hem voor mij achtergehouden. Ik heb het vermoeden dat ze er iemand mee chanteerde, maar dat is op dit moment slechts een vermoeden."

"Is het niet mogelijk dat ze gewoon een inschattingsfout gemaakt heeft?"

Joe schudde zijn hoofd. "Niet erg waarschijnlijk onder deze omstandigheden. Ik weet zeker dat dat haar verdediging zal zijn. Meneer Wentzman zal proberen te bewijzen dat een dergelijke vergissing niet mogelijk was, en ik denk dat hem dat wel zal lukken."

Lee Gervase sprong overeind en keek op zijn horloge. "Ik denk dat ik maar beter eerst met haar kan spreken. Wat is precies de aanklacht?"

"Wel — op dit moment is die nogal vaag. Het zou me niet verbazen als we haar medeplichtigheid tot moord in de schoenen konden schuiven. Meneer Wentzman en ik zullen dit nog onderling bespreken."

"Dus je bent niet van plan haar vrij te laten?"

"Niet tot de rechter het beveelt. Ik denk dat de borgsom behoorlijk zal kunnen oplopen."

"Waar is ze nu?"

"Cel 13. Ga maar naar boven. Zij is de enige daar. Geef haar geen zagen en geen opium; als je dat toch doet, zal ik niet op je stemmen."

Lee Gervase wierp hem een blik vol minachting toe en vertrok. Ze hoorden zijn voetstappen de trap opgaan.

Paul Wentzman nam een slokje van zijn whisky. "Wat is het verhaal?"

Joe ging er gemakkelijk bij zitten en vertelde hem het hele verhaal: over de dood van Tissie McAllister, over het feit dat Ausley voorwaardelijk vrijgekomen was en over de brieven die hij aan de vijf getuigen gestuurd had; over de vreemde dood van Bus Hacker, Charley Blankenship, Willis Neff en Oliver Viera.

"Dat is een sappig verhaal," zei Paul Wentzman met een brede grijns die een kant van zijn karakter liet zien die Joe nooit vermoed had.

"Sappig is het goede woord. Vier mannen komen om het leven door ongelukken. Alleen weet ik dat het geen ongelukken zijn, en de man die verantwoordelijk is weet ook dat het geen ongelukken waren en lacht mij achter mijn rug uit. Ik kon alleen maar teruglachen. Tot nu toe dan. Want vandaag begonnen de puzzelstukjes ineens in elkaar te vallen en begreep ik het hoe en waarom van deze zaak.

"En toen las ik de brief die Bus Hacker heeft geschreven, en nu is alles duidelijk. Zo goed als duidelijk, in ieder geval. Er zijn nog een paar vaagheden."

Lee Gervase verscheen weer in de deuropening. "Ik heb mevrouw Rostvolt gesproken."

"Je gaat haar bijstaan?"

"Zeker. Ze zegt dat de hele zaak een belachelijke vergissing is, en ik ben geneigd om het met haar eens te zijn."

"Uiteraard. Jij bent haar advocaat."

"Onder de omstandigheden, gezien haar lange jaren trouwe dienst —"

"Laat me niet lachen, Lee."

"— lijkt het mij dat het je zou sieren om haar de kans te geven haar baan op te zeggen en de hele zaak te vergeten."

"Zo eenvoudig is dat niet. Als die vrouw niet zo gierig, of kwaadaardig, of wat haar motieven dan ook waren, geweest was, dan zouden er twee mannen, of misschien wel drie mannen, nu nog in leven zijn. Ze wist dat de brief een belangrijk bewijsstuk was en ze heeft hem opzettelijk achtergehouden. Ik ben van plan dit zo ver door te drijven als ik kan."

Lee Gervase haalde zijn schouders op. "Je kunt niet *bewijzen* dat het om hebzucht of kwade wil gaat. Je kunt niet bewijzen dat ze niet gewoon vergeetachtig was, of incompetent."

"Dat is aan de jury om daarover te beslissen."

Lee Gervase knikte kortaf. "In dat geval zal ik een verklaring schrijven om de rechtbank te verzoeken haar de rechtszitting in vrijheid te laten afwachten."

"Dat ben je je cliënte inderdaad verplicht," zei Joe.

Lee Gervase vertrok, en even later verliet ook Paul Wentzman het kantoor.

Een uur later was Lee Gervase weer terug. Joe was in het laboratorium; Ace Wardell riep hem naar de balie, waar Lee Gervase hem zwijgend een document overhandigde.

Joe schudde zijn hoofd. "Dat is niet voldoende, Lee."

"Niet voldoende? Waarom in vredesnaam niet?"

"Ik heb inmiddels nieuw bewijs. Ik zal haar nu definitief in staat van beschuldiging stellen voor medeplichtigheid aan moord, *post facto*. Dit document is niet zwaar genoeg. Je zult een nieuw verzoek moeten opstellen."

Lee Gervase zei ijzig: "Ik vind dat je me dat weleens eerder had kunnen vertellen."

"Zoals ik al zei — er zijn nieuwe bewijzen. Ik wilde je niet opzettelijk tegenwerken."

"Dat is een uitermate ernstige beschuldiging. En tenzij je heel gegronde redenen hebt, kun je jezelf hiermee behoorlijke problemen op de hals halen. Je zou weleens beschuldigd kunnen worden van onrechtmatige arrestatie."

"Ik maak me geen zorgen."

Lee Gervase vertrok. Joe schudde quasi-bedroefd zijn hoofd en draaide zich om.

Ace Wardell riep hem: "Telefoon. Art van Horn, vanuit Marblestone."

Joe verstijfde, en zijn keel leek plotseling dichtgeknepen. "Goede hemel. Nog een?" Hij pakte de telefoon. "Met sheriff Bain."

"Joe, met Art van Horn. Je kunt maar beter zo snel mogelijk hierheen komen. Zo te zien krijgen we grote problemen."

"Wat voor problemen?"

"Ausley Wyett heeft geprobeerd Cole Destin te vermoorden. En een aantal mensen hier is van plan om het hem betaald te zetten."

"Hoe heeft hij geprobeerd Cole te vermoorden?"

"Hij heeft hem van de weg geduwd. Nog een 'ongeluk'. Alleen wist Cole zijn auto in bedwang te houden."

"Waar is Ausley nu?"

"Thuis. Maar dat zal niet lang duren, want de hele bar is vol met kerels die met de minuut meer beschonken en gemener worden. Dat is waar ik vandaan bel."

"Wie is het meest dronken en het meest gewelddadig?"

"Da's moeilijk te zeggen. Stub Caramino is het meest bezopen. Maar er zijn twee of drie kerels die behoorlijk gewelddadig zijn. Cole zelf is ook behoorlijk nijdig."

"Wel — probeer met ieder van hen afzonderlijk te praten. Praat op ze in en probeer ze ervan te overtuigen dat ze zich koest moeten houden tot ik er ben — over een half uur."

HOOFDSTUK XV

JOE PARKEERDE VOOR de Town Club, sprong de auto uit samen met Sergeant Miggs en Sergeant Boso. Art van Horn wachtte hen op bij de deur van de bar en hief zijn handen in een slap gebaar van opluchting. "Ik ben blij om jullie te zien. Ik weet niet of deze kerels alleen maar een grote mond hebben en stoom willen afblazen, of dat ze echt van plan zijn om zichzelf tot een razernij op te zwepen."

"Waarschijnlijk zijn het alleen maar praatjes. Lynchen is niet meer zo in de mode vandaag de dag."

"Er zijn vandaag de dag ook niet zoveel kerels als Ausley Wyett, en dat is de enige reden."

"Misschien."

Ze keerden zich net om naar de bar toen een Willys stationwagen kalmpjes aan kwam rijden en naast de stoep tot stilstand kwam. Terwijl Joe, Art van Horn en de twee hulpsheriffs vol verbazing toekeken, kwam Ausley Wyett de auto uit. "Hallo allemaal."

Art van Horn beende naar voren. "Wat doe jij in vredesnaam hier in de stad?"

"Ik wilde een biertje komen drinken," zei Ausley gepikeerd. "Is daar iets mis mee?"

"Als je ook maar een voet in de bar zet, dan zul je door minstens twaalf mannen uit elkaar getrokken worden."

"Dat is nogal kleinzielig." Ausley wendde zich tot Joe. "Hoe zit het, Joe?"

Joe antwoordde op neutrale toon: "Cole Destin beweert dat je geprobeerd hebt om hem van de weg te rijden."

Ausley sperde zijn ogen wijd open van ongeloof. "Zegt Cole dat? Hij is gek."

"Wat is er gebeurd?"

"Ik was op de boerderij van Neff, en Cole kwam daar langs — hij wilde met Ellie praten over een eventuele verkoop. Ze vroeg me wat ik dacht, en ik zei dat ze de zaak niet zomaar moest opgeven. Welnu, er vielen wat woorden en Cole zei dat ik moest ophoepelen. Ik wilde geen problemen veroorzaken, dus ik ben vertrokken. Ik weet niet wat er daarna gebeurd is — ik denk dat Ellie hem eruit gezet heeft — maar een paar minuten later duikt Cole ineens achter mij op, met een enorme snelheid.

"Ik ging opzij zodat hij mij kon inhalen, en precies op dat moment komt er een grote tankwagen de hoek om. Cole kon geen kant op. Ik trapte gelijk op de rem zodat hij me voorbij kon, maar hij had blijkbaar hetzelfde idee, ging ook op zijn rem staan, en toen stond hij dus nog altijd midden op de weg en de tankwagen kwam recht op hem af. Het enige dat hij kon doen was de greppel in rijden. Hij had mazzel, want een stukje eerder was er een steile bergwand naast de weg, zonder een greppel of wat dan ook, en vijftig meter verderop was er een diepe kloof. Ik stopte, de tankwagen stopte. Cole ging verschrikkelijk tekeer. Ik zag dat hij niets mankeerde, dus ik ben verder gereden, de stad in."

"Hij beweert dat je hem wilde vermoorden."

"Zoiets zou ik nooit doen. Je kent me beter dan dat, Joe."

"Daar hebben we Ausley Wyett!" klonk een stomverbaasde stem.

Cole Destin kwam de bar uit, gevolgd door een stuk of zes mannen. Cole marcheerde naar voren. "Joe — jij bent nog altijd de sheriff, tot de verkiezingen. Deze man heeft nog geen twee uur geleden geprobeerd mij te vermoorden door me tegen een grote vrachtwagen aan te duwen. Ik wil dat je hem arresteert."

Joe zei: "Hoor eens even, Cole. Volgens hem was jij degene die hem probeerde in te halen in een bocht zonder zicht."

"Mijn verhaal is dat hij expres probeerde mij in het pad van een grote tankwagen te duwen."

Joe haalde zijn schouders op. "Als je een aanklacht wil indienen, dan zal ik zeer zeker zorgen dat hij bij de rechtszaak aanwezig is. Maar je zult er je handen aan vol hebben om je beschuldigingen te bewijzen. En als je dat niet kunt, dan zou hij weleens een civiele zaak tegen jou kunnen aanspannen."

"Hoezo? Ausley Wyett?" Cole Destin lachte gemeen. "Hij is een schandvlek op het menselijk ras. En hij heeft de gore moed om zich op te dringen aan een net, aardig meisje als Ellie Neff."

Joe hoorde Ausley diep ademhalen en toen ontspannen. Joe zei: "Jullie lijken je geen van allen te realiseren dat Ausley Wyett niets misdaan heeft — tenzij jullie het kunnen bewijzen."

"Nee?" spotte Walt Hobius. "En hoe zit het dan met Tissie McAllister?"

"Dat verleden tijd. Hij is nu vrij, en tenzij iemand iets anders tegen hem kan bewijzen, heeft hij precies dezelfde rechten als ieder ander."

"Wij hebben ook rechten," riep Stub Caramino op hese toon. "Vier doden sinds hij uit de gevangenis is. En vandaag had hij bijna de vijfde te pakken. Ga je daar niets aan doen?"

"Jawel," zei Joe. "Dat ben ik zeker van plan."

"Wanneer? Dat zou ik weleens willen weten, wanneer dan?"

Joe dacht even na. "Er zijn nog een paar details die ik moet verhelderen — maar ik kan beloven dat ik binnen twee dagen in actie zal komen."

"Ik wil nu al actie," zei Cole. "Ik dien een aanklacht in tegen Wyett voor poging tot moord, en ik heb de chauffeur van de tankwagen als mijn getuige."

"Je gaat een aanklacht indienen?"

"Ja. Dat doe ik."

Joe wendde zich tot Ausley. "In dat geval kun je net zo goed met me meekomen naar de stad. Dan hoef ik niet achter je aan te jagen als ik het arrestatiebevel klaar heb."

Ausley deed een stap naar achteren. "Ik ben niet van plan om het iemand makkelijk te maken. Waarom zou ik?"

"Dat moet je zelf weten, Ausley. Er is echter een groot politiek evenement in de stad vanavond. Iedereen wil mij scalperen, en je vriend Cole Destin houdt een toespraak."

"Daar kun je donder op zeggen. En in mijn toespraak zal ik geen spaan meer van jou heel laten."

"Er is geen enkele wet die iemand verbiedt om protesten te roepen tijdens een toespraak, voor zover ik weet. Misschien dat ik zelf ook nog wel het een en ander te roepen heb."

Ausley wreef over zijn kin. "En wat heb ik daarmee te maken?"

"Je kunt op borgtocht vrijgelaten worden en dan kun je de voorstelling volgen."

"Wel — goed dan … als dat zo is."

Art van Horn gniffelde. "Als dat zo is, dan kom ik ook."

"Natuurlijk, waarom niet?" zei Joe. "Hoe meer zielen, hoe meer vreugd. Iedereen is welkom. Vergeet niet dat ik de plaatselijke jongen ben, en dat ik degene ben die vanavond zal worden aangevallen."

"Je lijkt je er niet zo druk om te maken, Joe," merkte Walt Hobius op met een zure grijns.

"Het is niet de eerste keer dat iemand me aanvalt. Ik ben nog altijd heel gebleven." Hij wendde zich tot Ausley Wyett. "Laten we nu gaan en deze hele toestand ophelderen. Kom je gelijk mee, Cole? Want dat is de enige reden dat ik Ausley nu al meeneem."

"Ik kom zodra ik me thuis heb omgekleed."

"Goed genoeg. Ik zal op het hoofdbureau op je wachten. Kom mee, Ausley."

Het werd vier uur, en toen vijf uur, maar Cole verscheen niet. Ausley zat in de stoel in het kantoor van Joe een tijdschrift te lezen. Eindelijk ging de telefoon. Cole Destin klonk aangeslagen. "Ik heb Paul Wentzman gesproken, en hij zegt dat hij geen reden tot vervolging ziet. Hij zegt dat er niet genoeg bewijs is."

"En hoe zit het met de chauffeur van de vrachtwagen?" vroeg Joe ironisch.

"Die heb ik gesproken. Hij zegt dat alles wat hij heeft gezien is dat ik probeerde Ausley in te halen en toen in een greppel reed. Hij zegt zelfs —" Cole aarzelde.

"Hij zegt zelfs," zei Joe, "dat hij het je verdiende loon zou hebben gevonden als je doodgereden was, omdat je zo stom was om in te halen in een bocht."

Cole sprak met enorme waardigheid. "Dus wat mij betreft ben ik niet meer van plan om een aanklacht in te dienen."

"En hoe zit het met Ausley? Was je nog van plan je excuses aan te bieden?"

"Ben je helemaal gek? Hij heeft geprobeerd om mij te vermoorden. Ik kan het alleen niet bewijzen."

"Dan denk ik dat hij aan zet is," zei Joe. "Het kan zijn dat hij een aanklacht tegen je indient, het kan zijn dat hij het laat gaan."

"Hoor eens even, Joe. Jij vervult deze functie alleen maar tijdelijk, en vergeet dat niet. Ik moet zeggen dat ik meer dan genoeg heb van dat schijnheilige gedrag van jou. Vanavond gaat de voorstelling beginnen, en als je klappen moet incasseren, dan heb je pech."

"Dat risico zal ik dan moeten nemen. Ik ben er."

"Je kunt net zo goed komen. Met wegblijven schiet je ook niets op."

De zon zakte omlaag langs een koperkleurige zomerse hemel; langzaam ging het laatste licht over in de schemering. Vanavond zag Montalvo Square er feestelijk uit. Er stond een podium bij de fontein, versierd met rood, wit en blauw crêpepapier en slingers van rode, witte en blauwe lichtjes. Een paar grote zoeklichten, gehuurd van een bedrijf in San Jose, begonnen de hemel te doorzoeken; uit de luidsprekers klonken militaire marsen. Achter een kraam ter hoogte van Main Street stond een groep vrouwen koffie te zetten in vier grote koffiezetapparaten, terwijl anderen donuts uitspreidden over diverse dienbladen. Dit waren de goed-doorvoede, goedgeklede echtgenotes van plaatselijke zakenlui, die vrolijk tegen elkaar stonden te kwetteren.

Een groot zoeklicht verlichtte het podium, een man in een zwarte broek en een wit overhemd was bezig om een stel microfoons af te stellen: "Test: een — twee — drie — vier. Test —"

Mensen dromden langzaam maar zeker samen op het plein en gingen zitten op de banken langs de paden en op de balustrade rondom de fontein. Een groep mannen met muziekinstrumenten klom het podium op: een accordeon, een gitaar, een bas en een banjo. Ze stemden hun instrumenten en begonnen ouderwetse liedjes, countrymuziek en liedjes voor bij het kampvuur te spelen en te zingen.

De menigte op het plein groeide gestaag, aangemoedigd door de warme avond en de volle maan. Aan de voet van het podium verzamelden de belangrijkste sprekers van de avond zich, en uiteindelijk klom een groep van hen het podium op en ging zitten op de stoelen die daar voor hen waren neergezet.

Om acht uur stapte Fred Hatch, voorzitter van de Kamer van Koophandel van Pleasant Grove, naar de microfoon en wachtte met een toegeeflijk beleefde glimlach tot de muzikanten klaar waren met *Red River Valley*. Montalvo Square was nu ongeveer halfgevuld met mensen, terwijl er nog altijd meer bij kwamen.

De muzikanten beëindigden hun lied, maakten een artistiek bescheiden buiging; Fred Hatch applaudisseerde beleefd en hier en daar in het publiek werd ook geklapt.

Fred Hatch tikte op de microfoon, knikte tevreden toen hij de speakers hoorde sputteren, en begon te spreken.

Joe Bain belde zijn moeder die, na uitroepen van verwondering over de arrestatie van mevrouw Rostvolt, toestemde om de taak van vrouwelijke cipier op zich te nemen tot er een vervangster gevonden was.

Joe draaide zich abrupt om en keek naar Ausley Wyett die een exemplaar van *Hunters Afield* van een jaar geleden zat te lezen. Ausley legde het tijdschrift voorzichtig neer. "Hoe staan de zaken?"

Joe dacht even na. "Voor de wet ben je een vrij man. Als ik jou was, zou ik me gedeisd houden en vannacht in de stad blijven."

Ausley schuifelde met zijn voeten. "Dat zou kunnen. Maar ik maak me een beetje ongerust over mijn honden. Stel dat er iemand van plan is om ze een vergiftigd stuk vlees te geven of zo."

"Ik denk niet dat ze iets zal overkomen," zei Joe. "Niet zolang mensen denken dat je problemen hebt met de politie. Ik kan me natuurlijk vergissen."

"Ik begrijp het gewoon niet," zei Ausley Wyett. "Waarom moeten mensen toch altijd het slechtste geloven over de medemens."

Joe gniffelde op gemaakt droevige toon. "Meestal hebben ze een goede reden."

Ausley keek hem gepikeerd aan.

Joe ging verder: "Doe wat je wilt. Ik ga poolshoogte nemen bij de rally. Die grote jongens zijn van plan om mij uit mijn baan te verjagen. En het kan maar zo zijn dat ik daar iets op te zeggen ga hebben."

"Ik kom met je mee," zei Ausley. "Ik heb toch niets anders te doen."

"Zorg wel dat je uit de buurt blijft van die kerels uit Marblestone. Ik heb liever niet meer geruzie dan absoluut noodzakelijk."

"Ik zal geen ruzies beginnen," zei Ausley op sombere toon.

"Ga jij maar vast. Ik heb wat dingen te regelen met de hulpsheriffs.

Ik heb vijf mannen nodig op dat plein, voor het geval er problemen zijn."

"Waarom zouden er problemen zijn?"

"Je kunt nooit weten," zei Joe. Hij begeleidde Ausley in de richting van de deur. "Ik zie je straks op het plein."

Ausley vertrok; Joe ging naar het kantoor achterin waar hij zijn hulpsheriffs Boso, Miggs, Gonzales, Taylor en Phipps uitlegde wat hij van hen verwachtte.

Toen ging hij zelf naar het plein. Hij kwam precies aan op het moment dat Fred Hatch zijn eerste woorden in de microfoon sprak: "Goedenavond, dames en heren! Ik ben heel blij dat u met zovelen bent gekomen; zo te zien wordt dit een hele enthousiaste rally. Welnu, ik zal niet te veel van uw tijd in beslag nemen. Er zijn hier mensen die van plan zijn om te spreken, om u te vertellen wat hun ideeën zijn over wat goed is voor deze regio en wat goed is voor u, en die u met alle respect zullen verzoeken om op hun man te stemmen. Na de toespraken hebben we een muziekprogramma met de beroemde Traveling Hoosiers en de liefelijke June Perkins. En vergeet niet dat er gratis versnaperingen te krijgen zijn in de stal ten noorden van het plein.

"En nu wil ik graag onze gasten voorstellen die zo gul hun tijd en hun talent hebben ingezet ten behoeve van ons rayon.

"Allereerst: een van onze belangrijkste burgers, en kandidaat voor de post van sheriff: meneer Lee Gervase!"

Lee Gervase stond op, maakte een buiging en glimlachte met stijve kaken. In zijn donkerblauwe pak slaagde hij erin eruit te zien als een man die zich niet druk maakte om uiterlijkheden maar die niettemin goed gekleed was. Joe zag een aantal vrouwen onderling commentaar leveren. Hij grijnsde zuur.

"En naast hem," zei Fred Hatch, "zit de eerbiedwaardige hoofdredacteur van de grootste krant van de regio: Howard Griselda van de Pleasant Grove *Messenger*!"

Griselda stond op, fronste, knikte met zijn grote hoofd en ging weer zitten.

"Naast hem de alom gerespecteerde voorzitter van onze San Rodrigo Vereniging voor de Vooruitgang: Wilfred Mortimer!"

Wilfred Mortimer, een lange man met wit haar en een nette witte snor en hangende oogleden, begroette de menigte met enige terughoudendheid.

"En verder een vertegenwoordiger van onze Latijns-Amerikaanse gemeenschap — Dr. Henry Gomez!"

Dr. Gomez, rond als een olijf en met een bril die de rode, witte en blauwe lampjes reflecteerde, maakte een snelle op-en-neergaande beweging.

Fred Hatch keek met enige twijfel naar de vijfde stoel, leunde toen naar voren en knikte naar de menigte. "En lest best — ik zie hem daar aankomen — een lid van een van de oudste families in het County, een man die meer verstand heeft van ranches en vee dan de meeste mensen, net aangekomen — hij is er bijna — Cole Destin!"

Cole Destin, indrukwekkend in zijn muisgrijze gabardine, klom het podium op, knikte even kort naar de menigte en ging zitten.

Fred Hatch zei: "Voordat ik de eerste spreker aankondig wil ik u even kort uitleggen wat het doel is van onze organisatie. Wij geloven dat San Rodrigo County groter, beter en welvarender kan worden. Wij zijn voorstanders van vooruitgang, wij willen een deugdelijke, efficiënte administratie; wij zijn tegen de stagnatie en de bureaucratische inefficiëntie en corruptie. Wij zijn voorstanders van de bouw van een nieuw, efficiënter gerechtsgebouw om deze aanfluiting te vervangen —" Fred Hatch gebaarde in de richting van het oude gerechtsgebouw "— en we staan voor een complete vernieuwing van alle administratieve instellingen in de regio, om te beginnen, met deze komende verkiezingen, met het ambt van sheriff. Dus — zonder verder omhaal — presenteer ik een man die door zijn opleiding, zijn training, zijn unieke capaciteiten en zijn dienstbare instelling uitermate geschikt is voor het ambt van sheriff — hier is onze volgende sheriff — Lee Gervase!"

Er klonk een kort, beleefd applaus en Lee Gervase liep naar de microfoon.

Joe haalde diep adem en met een vreemd, wiebelig gevoel in zijn knieën liep hij via het trapje het podium op. Fred Hatch zag hem, fronste en liep kalmpjes naar hem toe om hem aan te spreken. Joe sprak een paar woorden. De mond van Fred Hatch viel open. Lee Gervase keek met een frons over zijn schouder. Joe liep het podium over en pakte de microfoon. Lee Gervase maakte een beweging alsof hij hem terug wilde pakken, haalde toen zijn schouders op, glimlachte en hield zijn handen omhoog in de richting van het publiek alsof hij zich wilde verontschuldigen voor de onderbreking. De menigte, zich bewust van het feit dat hier een situatie was ontstaan die niet op de agenda had gestaan, viel ineens stil. Joe zei: "Wat ik nu ga doen is uitzonderlijk, en getuigt misschien niet van goede smaak. Waar het op neerkomt is dat ik me bemoei met een groots programma dat is georganiseerd en gesponsord door mensen die mijn tegenstanders zijn in de verkiezingen van volgende week. Onder normale omstandigheden zou ik zoiets nooit doen — omdat — nou, gewoon omdat het niet hoort.

"Er is echter sprake van een heel ongewone situatie, en als ik uit zou mogen leggen wat er aan de hand is, dan denk ik dat u mij dit ietwat onbeleefde gedrag wel zult kunnen vergeven.

"Lee Gervase staat hier naast me. Hij was van plan om u van alles te vertellen over de corruptie binnen het politiecorps van Sheriff Ernest Cucchinello —"

Lee Gervase grijnsde breed, wurmde zichzelf weer terug achter de microfoon. "Meneer Bain, wat u daar zegt over uzelf, hoe onbeleefd u bent, en hoe weinig goede smaak u vertoont, dat is absoluut correct. Maar als u wil tegenspreken dat het systeem van Sheriff Cucchinello uitermate corrupt en zeker niet efficiënt was, dan ben ik natuurlijk altijd bereid om u aan te horen."

"Nee, Lee. Daar gaat het helemaal niet om. Ouwe Cooch is dood. Ik bestuur een heel ander soort corps. En dat is niet waarom ik hier ben."

"Wel — wat doe je hier dan wel?"

"Ik ga de mensen van deze regio duidelijk maken waarom ze straks niet op jou zullen stemmen."

De glimlach van Lee Gervase was dodelijk. "Denk je niet dat de stemmers dat zelf moeten kunnen beslissen?"

"Het is onmogelijk, Lee. Jij zit dan namelijk in de gevangenis. Je staat onder arrest."

De menigte hapte collectief naar adem, en toen steeg er een gemompel op. Lee Gervase maakte een geschokte beweging, staarde hem aan en begon toen te lachen. Howard Griselda sprong naar voren, pakte Joe bij de arm en trok hem weg bij de microfoon. Cole Destin leunde achterover met een uitdrukking van opperste minachting op zijn gezicht.

Joe sprak een paar koele, afgemeten zinnen tegen Griselda, die plotseling leek te verslappen. Hij maakte een onzeker gebaar alsof hij Joe wilde bevelen van het podium te stappen en bleef toen nijdig starend op zijn plaats staan. Joe liep terug naar de microfoon. "Ik moet toegeven dat dit allemaal een beetje al te theatraal is, maar ik vind ook dat de stemmers er recht op hebben te horen op wat voor een man jullie allemaal wilden stemmen.

"Dit zijn de feiten. Lee Gervase is een competente, ambitieuze man. Hij ziet een grootse toekomst voor zichzelf, hij heeft nu al plannen voor de verre toekomst — hij wil door naar Sacramento, misschien zelfs Washington. Wie zal het zeggen? Hij weet dat, als hij zijn doel wil bereiken, hij moet zorgen dat hij goed voor de dag komt in zijn eerste publieke functie. En hoe nu beter dan door de zittende sheriff en zijn voorganger af te schilderen als een stelletje apen? Lee Gervase liet zich leiden door zijn ambitie, en is hierdoor ernstig in de problemen geraakt.

"Dit is wat er gebeurd is. Zestien jaar geleden is een man met de naam Ausley Wyett gevangengezet op beschuldiging van moord op een jong meisje. Een man met de naam Clarence Hacker was een van de getuigen tegen hem — en hij heeft niet de volledige waarheid gesproken. Hij heeft waarschijnlijk niet gelogen in de getuigenbank, maar hij heeft wel heel veel achtergehouden. Hier had hij zo zijn eigen reden voor, en die reden was afpersing. Een afperser is altijd doodsbang voor zijn slachtoffer, en Clarence Hacker stelde zichzelf veilig op de meest gebruikelijke manier. Als hij onverwacht zou komen te overlijden dan zou er een brief worden opgestuurd naar de autoriteiten.

"Clarence Hacker overleed, de brief werd verstuurd. Hij werd geopend door een vrouw die in dienst was geweest van sheriff Cucchinello. Ze las de brief, begreep meteen hoe belangrijk de brief was, en in plaats van hem aan mij te laten zien, ging ze ermee naar Lee Gervase. Ik neem aan dat ze hem zoiets vertelde als: 'Meneer Gervase, Sheriff Bain is van plan me te ontslaan. Als ik u kan laten zien hoe u in uw eerste week al goed voor de dag kunt komen, kan ik mijn baan dan behouden?' En Lee Gervase, zo neem ik aan, had hier wel oren naar. Mevrouw Rostvolt liet hem de brief zien —"

Lee Gervase zei op scherpe toon: "Dat is een stel brutale leugens. Het is laster!"

Op milde toon antwoordde Joe: "Denk je nu echt dat ik het risico zo nemen om mijn mond open te doen als ik niet zou kunnen bewijzen dat ik weet waar ik het over heb?"

"Ik heb geen idee. Dames en heren, mevrouw Rostvolt is mijn cliente. Vandaag belde ze mij op met de aanklacht dat ze onheus bejegend werd door dit miserabele excuus voor een wetsdienaar — hetgeen er zelfs toe geleid heeft dat hij haar vandaag heeft gearresteerd en in een cel gegooid voor iets dat niet meer dan een simpele vergissing was. En in de wetenschap dat zijn hele campagne om herkozen te worden hopeloos is, probeert Bain nu om mij te belasteren —"

Joe zei: "Helemaal niet, Lee. Ik belaster je niet. Ik arresteer je. Je kunt je niet verkiesbaar stellen als sheriff, of gekozen worden, omdat je de gevangenis in gaat. De aanklacht is medeplichtigheid aan moord. Mevrouw Rostvolt heeft geen been om op te staan, net zomin als jij. En weet je waarom dat is?"

"Ik heb absoluut geen idee waarom!"

"Omdat er op die brief een levensgrote afdruk staat van jouw duim. Weet je nog dat ik je vandaag een glas aangaf? Ik heb jouw vingerafdruk vergeleken met de afdrukken op de brief — en er was geen twijfel over mogelijk. Je kunt er niet omheen, Lee — en mevrouw Rostvolt ook niet. Als zij die brief belangrijk genoeg vond om hem aan jou te laten zien, en jij hem gelezen hebt en hebt ingestemd met haar voorwaarden — dan zijn jullie allebei schuldig." Joe bracht zijn handen naar voren en klapte met een handig gebaar een stel handboeien rond de polsen van Lee Gervase, die er verbijsterd naar stond te kijken.

Joe gebaarde naar sergeant Miggs, die net onder hem stond. Miggs stapte het platform op en pakte Lee Gervase bij de arm. "Kom maar mee, kerel."

Lee Gervase schudde zich los en draaide zich om naar zijn verbijsterde vrienden die achterop het platform stonden. "Zijn jullie niet van plan om hem tegen te houden? Kunnen jullie hier niets aan doen?"

Griselda sprak als eerste, met een vreemde, afgeknepen stem: "Als zijn aanklacht waar is — dan kunnen we niets doen. Dan willen we niets doen."

Fred Hatch sprak met een hoge, piepende stem: "Doe je mond

open, Lee. Zeg dat Bain gek geworden is. Vertel iedereen dat het een verzinsel is — een monsterlijk, wreed verzinsel."

Lee Gervase schuifelde naar de microfoon. "Dames en heren — dit is een verzinsel — een monsterlijk, wreed verzinsel."

Joe maakte een grimas en gebaarde naar Miggs, die Lee Gervase achter de microfoon vandaan trok en van het platform af duwde. Cole Destin stond abrupt op, staarde Joe enige tijd aan en liep toen in de richting van de trap. Joe zei: "Blijf hier, Cole, ik ben nog niet klaar. Nog lang niet."

Cole Destin vroeg: "Wat bedoel je?"

"Nu ik hier toch sta, kan ik net zo goed de hele zaak uit de doeken doen, tenzij de mensen hier niet willen weten hoe de vork in de steel zit — als dat zo is, dan ga ik." Joe liet zijn blik over de menigte gaan. "Hoe zit het? Wilt u alle feiten van deze zaak horen? Het is de vreemdste zaak die ik ooit in mijn leven ben tegengekomen, dat kan ik u garanderen. Dus wie alles wil horen mag nu ja roepen."

Er klonk een luid koor van "ja's".

"Iemand bezwaar?"

Stilte.

Joe keerde zich om naar Fred Hatch. "Heb ik toestemming om te spreken?"

Fred Hatch maakte een hulpeloos gebaar en grinnikte zwakjes. "Het maakt allemaal niet zoveel uit. We hebben geen programma meer. We hebben zoals het er nu naar uitziet ook geen kandidaat meer."

Hoofdstuk XVI

"Om te beginnen," zei Joe tegen het publiek, "moeten we zestien jaar terug in de tijd. Een aantal van u zal zich de zaak nog wel herinneren. Ausley Wyett was beschuldigd van de moord op Teresa McAllister. Er waren vijf getuigen tegen hem: Clarence Hacker, Charles Blankenship, Willis Neff, Cole Destin en Oliver Viera.

"Ausley Wyett verklaarde dat hij niet schuldig was, maar hij werd toch veroordeeld. Ongeveer een maand geleden kwam hij vrij uit de San Quentin gevangenis en keerde terug naar de boerderij waar hij was geboren.

"Ik weet niet precies wat zijn bedoeling was, maar Ausley schreef vijf brieven aan de vijf getuigen waarin zoveel stond als 'ik ben terug uit de gevangenis waarin ik door jouw getuigenis terecht ben gekomen. Ik ben van plan er iets aan te doen. Hoe denk jij me te kunnen helpen?' Dit is niet letterlijk woord-voor-woord — maar dat is waar het op neer kwam.

"Het was niet verstandig van hem om die brieven te schrijven. De eerste keer dat ik ervan hoorde was toen Charley Blankenship naar het bureau kwam om te klagen. Vervolgens heb ik de andere vier getuigen opgezocht. En inderdaad — ze hadden allemaal een brief gekregen, en ze waren allemaal nijdig op Ausley Wyett.

"Ik ben met Clarence Hacker gaan praten. Voor mijn ogen kreeg hij een hartaanval. Een ongeluk.

"Een paar dagen later at Charley Blankenship een paar giftige paddenstoelen. Ongeluk.

"Weer een paar dagen later werd Willis Neff neergeschoten, ogenschijnlijk door iemand die buiten het seizoen aan het jagen was. Ongeluk.

"Ausley Wyett verklaarde dat hij niets afwist van deze vreemde sterfgevallen. Hij vertelde me dat hij met Oliver Viera in gesprek was op het tijdstip dat Neff werd doodgeschoten. Voordat ik dit kon navragen bij Oliver Viera zelf viel deze van een ladder het ravijn in en brak zijn nek. Ongeluk.

"En toen was er nog maar één van de vijf in leven — Cole Destin. Ik waarschuwde hem om voorzichtig te zijn. Het is zelfs —"

Cole kon zich niet langer inhouden. "En ik heb verder verdomd weinig aan je gehad!" barstte hij uit op scherpe toon. "Ausley Wyett heeft geprobeerd me te vermoorden! Hij heeft me maar net gemist!"

"Dat kan nog weleens als laster worden opgevat, Cole — als Ausley een klacht wil indienen."

"Laat hij het maar proberen."

"Welnu, we hadden dus vier doden — allemaal ongelukken. Ik wist dat Bus Hacker een brief had die hij me had willen laten lezen, maar ik kon hem niet vinden. Iemand anders was ook op zoek naar deze brief. Deze persoon heeft geprobeerd Bus Hackers oude kluis open te breken, en toen dat niet lukte heeft hij het huis in brand gestoken in de hoop dat de brief zou verbranden.

"Ik heb de kluis geopend — geen brief. Bus Hacker had de brief op de post gedaan, en zodoende had mevrouw Rostvolt hem gelezen, en ook Lee Gervase. Als ik hem meteen gekregen had, dan had ik de dood van Oliver Viera en Willis Neff kunnen voorkomen. Misschien zelfs die van Charley Blankenship. Wat er in de brief stond? Daar kom ik zo op terug.

"Zelfs voor ik de brief las wist ik al wie deze 'ongelukken' had geënsceneerd, en ik had al enkele theorieën hoe deze persoon dit voor elkaar had weten te krijgen.

"Neem bijvoorbeeld de dood van Bus Hacker. Iedereen wist dat hij het aan zijn hart had. Dus de verantwoordelijke — ik zal hem X noemen vanaf nu — beraamde een duivels plan. Eerst zorgde hij ervoor dat de auto van Bus een paar dagen niet gebruikt zou kunnen worden, door water in de benzinetank te gooien. Toen liet hij Bus naar de stad komen met een of andere smoes, en terwijl Bus het huis uit was, kon hij zijn voorbereidingen treffen. Het was een gelukkig toeval dat ik net op bezoek wilde gaan bij Bus toen hij terugkwam.

Hij was woedend dat hij in de maling genomen was, oververhit en knalrood van de lange wandeling. Toen hij met grote stappen naar de voordeur liep en voorover sloeg was ik in eerste instantie niet verbaasd. Maar uit gewoonte keek ik toch om me heen, en ik zag iets dat me verraste — niets bijzonders, maar net vreemd genoeg dat het me bijbleef. Er zat een gaatje van een halve centimeter in de veranda, net onder het stalen rooster. Ik kon niet naar binnen, maar ik denk dat er aan de binnenkant van de deur, in de buurt van de plint, eenzelfde gaatje moet hebben gezeten. Zoals ik al zei, hechtte ik op dat moment verder geen betekenis aan dat gat. Er was geen enkele reden om aan te nemen dat er iets bijzonders mee was. Na de dood van Bus deed ik hetzelfde als hij — ik liep de trap op, trok de hordeur open en deed de voordeur open — en er gebeurde niets. Ik denk dat ik nu weet wat de truc was. Bus Hacker is geëlektrocuteerd — hij kreeg een flinke stroomstoot van 110 Volt. Er moet een stroomdraad gespannen zijn van de stoppenkast in de kelder door het gat in de veranda naar het metalen rooster, en een tweede door het gat in de vloer naar de deurknop. Hoe het komt dat ik die stroomdraden op dat moment niet gezien heb? Nou, dat kan op de volgende manier. Met een dun touwtje onder de hordeur door was er een gewicht vastgemaakt aan deze stroomdraden. Toen Bus de hordeur opende liet dat touwtje los en trok het gewicht aan de beide stroomdraden. Maar het gewicht van Bus, die op het rooster stond, hield de boel nog op z'n plek. Hij greep de deurklink en kreeg een enorme stroomstoot. Hij kan niet loslaten, hij zit vast aan de knop; zijn hart geeft een paar wilde slagen en Bus is er geweest. Hij valt van de veranda, de stroomdraad zit niet langer vast onder het stalen rooster en het gewicht trekt de beide draden terug de kelder in.

"Diezelfde nacht breekt X in het huis in om de bewijsstukken op te ruimen. Hij probeert de kluis open te breken, maar slaagt er niet in. Hij steekt het huis in brand met het idee dat hij daarmee de brief kan vernietigen. De volgende dag brengt Cole Destin Walt Hobius met zijn takelwagen naar het huis om de kluis omhoog te trekken uit de kelder, en zelfs nadat de kluis geruime tijd aan de ketting heen en weer heeft geslingerd is hij nog steeds niet open.

"Ik heb de kluis opengemaakt. Er was geen beschuldigende brief te vinden. Wat ik wel vond was het kasboek van Bus Hacker, waarin hij iedere cent opschreef die hij uitgaf. Ik vond het vreemd dat er een of twee dingen nergens genoemd werden — maar omdat ik toch vooral met Ausley bezig was, had ik niet echt het idee dat er iets mis was.

"En zo stierf Bus Hacker — voor mijn ogen vermoord. X wachtte een poosje in angstige spanning, maar toen er niets gebeurde nam hij aan dat de brief vernietigd was en dat hij veilig was.

"Het volgende punt op zijn programma: Charles Blankenship. En hier laat X echt zien hoe geniaal hij is. Ik weet niet waar hij de bewuste amaniet heeft gevonden. Toen ik jong was groeiden er een heleboel op de vochtige plekken in de heuvels. Ik neem aan dat dat nog steeds zo is. Engel des Doods noemden wij ze vroeger. Of gewoon gifzwammen. Een klein stukje is genoeg om iemand dodelijk te vergiftigen.

"Het ongeluk van Charley Blankenship werd waarschijnlijk op de volgende manier gearrangeerd. X zoekt een mooie groep wilde champignons en graaft deze voorzichtig uit. Vervolgens vindt hij een paar amanieten. Hij heeft er maar eentje nodig. Ze lijken precies op de gewone champignon, behalve dan dat de lamellen wit zijn en dat er een kapje rond de stam groeit. Onze man kleurt de lamellen bruin, trekt het kapje er voorzichtig af, en nu lijkt het een gewone champignon. Hij plant de hele groep champignons — inclusief de amaniet met de bruine lamellen — in het violenperk van Charley Blankenship. En de rest van het verhaal is welbekend.

"Vervolgens — Willis Neff. Tot nu toe is dit allemaal speculatie van mijn kant. Ik kan helemaal niets bewijzen. Er zijn wat interessante invalshoeken — zoals het kasboek van Bus Hacker, en het feit dat mevrouw Blankenship het aan haar galblaas heeft — maar niets concreets.

"De dood van Willis Neff is anders. Veel gewelddadiger en gecompliceerder, en er blijven sporen achter. Maar het is niet waarschijnlijk dat iemand deze zal opmerken, tenzij deze persoon al reden tot wantrouwen had. X denkt dat hij het goed voor elkaar heeft.

"Tegen de tijd dat we het lijk van Neff vonden kon de dokter niet meer precies bepalen hoe laat hij was gestorven. Het was ergens tussen woensdag tien uur in de avond en donderdag zes uur in de ochtend. Zijn maaginhoud bewees dat hij een half uur voor zijn dood eieren met spek gegeten had. En toen kwam er een bejaarde man naar voren die de tijd voor ons wist vast te leggen. Hij bezwoer dat Neff pas na vijven op donderdagochtend kon zijn aangekomen — toen deze man, Hill, enige tijd niet in zijn hut was. Verder was er later die week nog maar één enkele auto langsgekomen, maar die was meteen weer teruggereden. Dat verklaarde dus niet hoe de pick-up van Neff daar gekomen was. Maar hij stond er wel — en Hill bezwoer ons op de bijbel van zijn grootvader dat hij alleen vroeg op de ochtend op donderdag onopgemerkt langs zijn hut had kunnen komen. Dus daarmee leken de tijd en plaats van Neffs dood vast te staan. Hij was om vijf uur aangekomen, had ontbeten, was een stukje gaan lopen — en toen was hij neergeschoten. Maar er was iets vreemds aan de hand. De achterwielen van zijn pick-up waren stoffig, maar de voorwielen niet. Was Neff net begonnen om zijn pick-up te wassen, om halfzes 's ochtends?

"Helaas voor X had Ausley Wyett een alibi. Hij had om zeven uur die donderdagochtend een gesprek gevoerd met Oliver Viera. Het is niet mogelijk dat Ausley om vijf uur Neff had doodgeschoten en de bewijsstukken op de richel had gelegd om zich vervolgens terug te haasten teneinde om zeven uur met Oliver Viera te spreken; vooral omdat hij er geen idee van had dat Oliver langs zou komen. Als Ausley echt om zeven uur met Oliver Viera had gesproken, dan had hij een waterdicht alibi.

"Ondertussen beginnen de mensen zich ongerust te maken. Zoveel doden achter elkaar — hoezeer het ook allemaal stuk voor stuk ongelukken lijken — dat kan geen toeval meer zijn! Maar als Ausley niet degene is die Neff heeft vermoord, dan is het buitengewoon onwaarschijnlijk dat hij een van de anderen heeft omgebracht, en dan valt het hele plan in duigen.

"Oliver Viera is Ausley Wyetts alibi. Helaas voor Oliver. Oliver moet verdwijnen, en snel — nog voor het alibi officieel kan worden opgetekend. Bovendien is hij een van de oorspronkelijke groep van vijf — en dat is, om het zo maar eens te zeggen, de kers op de spreekwoordelijke taart.

"Ik denk dat ik weet hoe Oliver Viera is gestorven. Ik weet het niet zeker, want ik heb geen enkele aanwijzing. X is veel te sluw. Maar dit is hoe het gedaan zou kunnen zijn.

"Oliver en zijn familie gaan een avondje uit: het is hun trouwdag. X gaat naar zijn huis, zet een ladder neer met een groot blik verf erop dat hij zó neerzet dat het bijna van de bovenste tree valt.

"Zodra Oliver die ochtend opstaat ziet hij de ladder en de verf. Hij gaat de ladder op om de verf te pakken voordat de bus valt en een heleboel troep maakt. Aan de andere kant van het ravijn staat X achter een boom. Hij ziet Oliver het huis uit komen, naar de ladder kijken en aanstalten maken om omhoog te klimmen. X zet zich schrap. Oliver klimt naar de top. X loopt achteruit en trekt aan de nylon visdraad die om de bovenste punt van de ladder heen geslagen is en over het ravijn is gespannen. Hij hoeft niet hard te trekken. De ladder wankelt, Oliver valt achttien meter omlaag en breekt zijn nek. Het lijkt op de zoveelste wraakactie van Ausley, en nu heeft Ausley ook geen alibi meer voor de dood van Neff. Heel, heel erg slim.

"Van de oorspronkelijke vijf is nu alleen Cole Destin over, en zoals hij u zelf wel zal kunnen vertellen, was hij er vandaag ook bijna geweest."

Joe stopte even en keek naar de menigte. Zonder twijfel had hij de onverdeelde aandacht van alle aanwezigen. Overal zag hij gefascineerde gezichten en donkere ogen die aandachtig naar hem opkeken. Hij draaide zich om en keek over zijn schouder naar de vier hoogwaardigheidsbekleders die zich nog geen uur geleden zo vol vertrouwen hadden verzameld. Howard Griselda zat voorovergebogen, verslagen en vernederd zoals nooit tevoren. Cole Destin staarde woedend voor zich uit, alle spieren strakgespannen. Fred Hatch, die onzeker naar de stoel gelopen was waar Lee Gervase eerder gezeten had, stond nu nerveus achter de stoel, alsof hij niet durfde te gaan zitten in de zetel van een man die in ongenade gevallen was. Wilfred Mortimer en Dr. Henry Gomez knipperden met hun ogen en fronsten alsof ze droomden.

Joe glimlachte nadenkend en draaide zich weer om naar de microfoon. "Dus nu is de grote vraag: hoe zit het nou met deze X? Ik kan u een ding vertellen, hij zweet peentjes op dit moment. Hij is hier, hij staat naar mij te luisteren en hij vraagt zich af of hij iets moet doen. Hij kan echter geen kant op — dus hij kan zich net zo goed ontspannen. Tenzij hij zich misschien wil overgeven?" Joe wachtte even. Maar er kwam geen reactie. "Hij vraagt zich nog steeds af of ik het echt over hem heb, en of ik dat kan bewijzen.

"Welnu, dat heb ik en dat kan ik. De brief van Bus Hacker is behoorlijk eenduidig. Bus Hacker staat er tussen haakjes in deze zaak ook niet zo mooi op. Hij heeft X zestien jaar lang afgeperst — op een kleinzielige, irritante manier, zonder ooit zo ver te gaan dat X zou gaan protesteren. Hoewel er kortgeleden toch iets gebeurd moet zijn waardoor X besloot om de kans te wagen de brief van Bus Hacker te pakken te krijgen — een brief waarover Bus hem zonder twijfel had verteld, en waarvan hij dacht dat Bus hem in zijn kluis bewaarde.

"En dan is er nog iets. Ik heb stellig de indruk dat X in eerste instantie niet echt kwaad was op Ausley Wyett. Maar in de loop der tijd is hij Ausley gaan haten, op de manier waarop iemand een hekel krijgt aan de persoon die hij benadeelt. Ik denk dat het een soort psychologische zelfbescherming is, of zoiets. Misschien dat het net na de moord op Tissie McAllister begonnen is. Ausley Wyett, een onschuldige man, heeft zestien jaar in de gevangenis gezeten voor een misdaad die hij niet had begaan. Het verbaast mij niet dat hij wrok koesterde jegens de vijf mannen die tegen hem getuigd hadden. Maar daar gaat het nu niet om. Waar het om gaat is dat X toevallig ook iets had tegen zeker drie van de mannen op Ausleys lijstje: Bus Hacker, Charley Blankenship en Willis Neff. Oliver Viera moest sterven om de reden die ik zojuist al vermeldde: hij was Ausleys alibi, en zijn dood maakte Ausley nog meer verdacht dan hij al was.

"Tot zover het achtergrondverhaal. Als onze man X iets wil zeggen, dan leen ik hem met alle plezier deze microfoon... Nee? Nou ja, ik kan begrijpen dat hij verlegen is. Hij is een slecht mens — en dat weet hij. Zestien jaar geleden heeft hij de kleine Tissie McAllister vermoord en Ausley Wyett ervoor laten opdraaien. En hoe wist Bus Hacker dit? Bus Hacker was de chauffeur van de schoolbus. Op het moment dat Ausley Wyett zijn jonge katjes aan Tissie liet zien parkeerde Bus Hacker zijn bus voor zijn huis. Hij zag genoeg om een redelijk idee te hebben wat er precies gebeurde.

"Ik hoop dat u het mij toestaat om even een klein beetje op te scheppen door u alle aanwijzingen voor te leggen die mij naar X hadden geleid nog voor ik de brief had gelezen, dan zal ik u daarna de brief voorlezen.

"Allereerst stonden in het kasboekje van Bus Hacker geen uitgaven voor huur of onderhoud van zijn auto. Millie Hacker heeft dertig jaar voor de Destins gewerkt, en Cole legde mij uit dat het gebruik van het huis min of meer bedoeld was als haar pensioen. Maar hoe zat het dan met het gebrek aan kosten voor de auto? Geen uitgaven voor benzine, olie, banden, reparaties — het leek te mooi om waar te zijn. Bijna alsof Bus zijn eigen garage had.

"Ten tweede had Charley Blankenship een gruwelijke hekel aan zijn neef, of liever gezegd de neef van zijn vrouw, Walt Hobius. Hij heeft zelfs een keer met hagel op hem geschoten. Toen ik Metty Blankenship sprak, merkte zij op dat Charley niets te maken wilde hebben met Walt. Vandaag heb ik haar gebeld en haar gevraagd hoe het zat met Charley's testament, om zeker te zijn dat ik het bij het goede eind had. Ik hoorde dat hij alles naliet aan zijn vrouw, of in het geval dat hij langer zou le-ven — hetgeen waarschijnlijk leek, gezien de problemen die mevrouw Blankenship had met haar galblaas — aan zijn achternichtje in Denver. Mevrouw Blankenship had echter altijd een zwak gehad voor Walt — en nu Charley dood was, kon Walt erop rekenen dat hij in de zeer nabije toekomst een aardige som gelds zou erven, plus veertig hectare kersen-boomgaard.

"Ten derde: een dag of twee voor de dood van Charley Blankenship viel het me op dat Walt bruine vlekken op zijn vingers had. Ik dacht dat het nicotine was. Walt had zijn mond moeten houden, maar hij dacht niet goed na en liet zich de waarheid ontglippen. Hij zei dat de vlekken afkomstig waren van jodium of bruine inkt of 'zoiets'. Ik weet nog dat ik dacht dat het raar was voor iemand om niet te weten waar hij zijn han-den mee vuil gemaakt had. Maar Walt had zitten experimenteren met de amaniet, in een poging om de lamellen bij te kleuren, en daarbij had hij allebei gebruikt. En misschien nog wel meer bruine kleurstoffen.

"Hierdoor kwam ik op het goede spoor. Ik had uitgevogeld hoe Bus Hacker om het leven gekomen was, maar daarmee had ik nog geen enkel idee wie het geweest kon zijn. Maar toen ik mezelf begon af te vragen 'Hoe zou ik iemand zo ver krijgen dat hij een amaniet at?', en mijzelf antwoordde 'Ik zou hem op een champignon laten lijken door de lamellen bruin te kleuren', dacht ik aan de vingers van Walt. En daarna vielen de puzzelstukjes vanzelf in elkaar.

"Ten vierde: de voorwielen van de pick-up van Neff waren schoon. Neff had op elk moment woensdagavond of donderdagochtend

vermoord kunnen worden. De bewijzen wezen echter naar Monterey,
om vijf uur donderdagochtend — tenzij hij elders vermoord was en
het lijk daar was neergelegd. Maar dit was onmogelijk. Hill vertelde
dat er maar één enkele auto was gekomen, en dat die auto ook meteen
weer was vertrokken diezelfde vrijdagavond — dus Neff moet naar die
plek zijn gereden vlak voordat hij vermoord werd. Tenzij Neff en zijn
pick-up tegelijkertijd naar die plaats waren gebracht op vrijdagavond.
En dat is niet zo eenvoudig, tenzij je een takelwagen bezit. Niet zo
eenvoudig tenzij je een garage hebt waar je een pick-up en een lijk een
dag lang verborgen kunt houden. Een pick-up die aan een takelwagen
hangt heeft stoffige achterwielen maar schone voorwielen.

"En zo bouwde ik mijn theorie op. En dan nog een kleinigheid. De
dag dat Bus Hacker stierf sprak ik Walt. Hij had de krant zitten lezen
en leek helemaal geen haast te maken om de auto van Bus Hacker te
repareren. Ik zocht daar op dat moment natuurlijk niets achter. Maar
toen zag ik eindelijk de brief van Bus Hacker die Irma Rostvolt en Lee
Gervase samen hadden geprobeerd voor mij te verbergen." Joe haalde
een vel papier uit zijn zak. "Dit is wat er staat:

Voor wie dit leest:

Deze brief zal aantonen wat ik precies voor iemand ben, namelijk
een man die geplaagd wordt door zijn geweten en die leeft in vrees
voor de Almachtige God vanwege zijn zonden op deze aarde.

Al vele jaren vraag ik mij af wat ik moet doen. Ik heb geen absoluut bewijs dat Walter Hobius degene is die Teresa McAllister heeft
verkracht en vermoord op 22 mei 1946, maar hij betaalt mij al deze
jaren al zwijggeld, en ik geloof dat hij, en niet Ausley Wyett, degene
is die zou moeten boeten voor deze misdaad.

Ik ben niet absoluut zeker van mijn zaak. Als ik dat wel was, dan
zou geen macht op aarde mij ertoe kunnen bewegen om mijn mond
te houden, want ik ben niet zonder moreel besef.

Op de middag van 22 mei reed Walter Hobius met mijn bus naar
huis, in plaats van op schoolbus 1 waarmee hij normaal gesproken
reisde. De reden was dat ik problemen met de bus had en Walter
had ingehuurd om de noodzakelijke reparaties te verrichten. Hij
luisterde naar de motor en verklaarde dat de kleppen geschuurd

moesten worden, en dat hij dit de volgende dag zou doen. Als ik een paar dollar wilde besparen, zou ik de cilinderkop zelf kunnen verwijderen.

Ik parkeerde op de hoek van Destin Lane en Mitre Canyon Road. We stapten uit, deden de motorkap omhoog en bekeken de motor, waarna ik besloot om Walter de hele klus te laten uitvoeren, omdat ik niet bepaald een automonteur ben. Cole Destin reed voorbij in zijn auto. Walter maakte aanstalten om naar Marblestone te lopen. In mijn getuigenis, nadat ik in Gods naam een eed had gezworen, kon ik geen onwaarheid vertellen. Ik heb geen meineed gepleegd, ik ben geen leugenaar. Ik verklaarde onder ede dat ik niemand voorbij had zien komen. Dit was de absolute waarheid. Walter Hobius kwam niet voorbij. Hij liep van mij vandaan.

Na een poosje keek ik de weg op en zag Ausley Wyett de schuur uitkomen en naar de wei lopen. Ik zag Walter stoppen en met Teresa spreken. Ze wees naar de schuur en ik geloof nu achteraf dat ze hem vertelde over de kittens van Ausley Wyett, en hem vroeg of hij er misschien een wilde.

Ik zag Walter aarzelen. Toen liepen hij en Teresa naar de schuur en gingen naar binnen.

Meer heb ik niet gezien, want hierna ben ik mijn eigen huis binnengegaan.

Toen ik het nieuws van de moord hoorde was ik behoorlijk overstuur. Maar Ausley Wyetts poging om zich van het lijk te ontdoen gaven mij de indruk dat hij schuldig moest zijn, want een onschuldig man zou zich niet zo gedragen.

Walter Hobius begon de volgende ochtend aan de reparatie van mijn bus. Hij was nerveus en slecht op zijn gemak. Ik vertelde hem dat ik hem de schuur in had zien gaan met Teresa, en hij vroeg me niets te zeggen. Hij verzekerde mij dat hij het meisje niets had aangedaan, en als ik zijn aanwezigheid zou vermelden, dan zou het gênant voor hem zijn, en bovendien zou het de verder duidelijke zaak vertroebelen. En dan zou hij misschien het werk aan mijn bus niet af kunnen maken. Hij zei dat als hij het goed wilde doen, dat hij het beste de ringen en de lagers helemaal kon vervangen, en in feite dus de motor compleet reviseren. Hij zou me geen cent vragen voor het werk, maar als hij zou worden opgeroepen als getuige kon hij het natuurlijk niet doen.

Dus op dat moment, en ik bid om vergeving van onze Hemelse Vader die alles begrijpt, heb ik ingestemd. De zaak tegen Ausley Wyett leek al helemaal rond te zijn, en mijn verklaring zou de hele boel alleen maar vertroebelen.

Walter Hobius reviseerde de motor van de bus. En iedere keer dat er iets moest gebeuren vertelde ik het hem en deed hij het gratis. Ik schaamde me er niet voor om hem op deze manier te gebruiken. Als ik niet had meegewerkt was hij er een stuk slechter af geweest. De jaren verstreken en Walter Hobius bleef mijn auto voor mij onderhouden en gaf mij zo af en toe gratis benzine en olie. Ik heb daar geen spijt van. Hij heeft me slechts ten dele kunnen compenseren voor het knagen van mijn geweten gedurende de afgelopen jaren. Het is niet meer dan terecht dat hij gestraft wordt, tot op zekere hoogte, voor de misdaad waarvan ik niet zeker weet dat hij hem daadwerkelijk heeft begaan.

Ik zweer bij mijn hoop op uiteindelijke verlossing en mijn vrees voor de toorn van God dat deze brief de volledige, exacte waarheid bevat. Als ik niet zo zwak was, zou ik me melden bij de autoriteiten om een verklaring af te leggen, maar ik ben oud en ziek en ik wil mijn laatste dagen in vrede slijten.

Als ik me vergist heb, dan vraag ik om uw vergiffenis en begrip. Het bovenstaande is de volledige waarheid.

CLARENCE J. HACKER

Joe keek op, over de hoofden van de menigte heen. Hij wees. "Toen ik begon te praten stond Walt Hobius daar, bij de koffiestal. Ik hield hem in de gaten. Drie hulpsheriffs deden hetzelfde. Hij heeft een paar minuten staan luisteren en besloot toen te vertrekken. De hulpsheriffs zijn hem gevolgd en hebben hem verderop op de stoep gearresteerd.

"Walter Hobius zit nu in de gevangenis."

HOOFDSTUK XVII

WALTER HOBIUS SPRAK zonder enig voorbehoud, zonder ook maar te proberen om zijn schuld te ontkennen of zijn daden te vergoelijken. Het leek zelfs of hij buitengewoon trots was op zijn eigen sluwheid. Hij gedroeg zich niet vijandig tegen Joe, en nog minder tegenover de journalisten die vanuit alle hoeken van de staat waren gekomen. Jegens Bus Hacker toonde Walt echter een bijtende haat. "Weet je? Het enige dat me dwarszit is dat ik niet eerder achter die miserabele ouwe zak ben aangegaan. Jarenlang al zuigt hij mijn bloed — benzine, olie, banden, reparaties. Waarom zou hij een nieuwe auto kopen als ik zijn ouwe schroothoop toch gratis opknap? En net voordat Ausley vrijkwam vertelde hij me dat hij vier nieuwe banden wilde en de hele auto wilde laten overspuiten. Ik zei hem dat ik niet zoveel geld te besteden had. Ooit toen ik in zijn huis was had hij me de brief laten zien die hij had geschreven en in zijn kluis bewaarde; nu herinnerde hij mij aan het bestaan van deze brief en waarschuwde me dat ik maar beter kon meewerken. Ik zei hem dat het in orde was, maar op dat moment besloot ik al dat ik het hem betaald zou zetten. Het feit dat Ausley vrijgelaten werd spoorde me nog extra aan...Wat? Ausley? Ja, Ausley, die stommeling. Waarom kon hij niet in de gevangenis blijven? Hij had buiten de gevangenis ook niet veel aan zijn leven. Meiden mochten hem niet, hij was een paljas. De gevangenis was de beste plek voor hem...Joe heeft goed uitgelegd hoe ik Charley uit de weg heb weten te ruimen. Nog zo'n gemene ouwe zak die het niet waard was te blijven leven. Maar Joe heeft nog iets gemist. Ik maakte me zorgen dat hij dat detail zou ontdekken. Ik heb de zwam gevonden, maar de champignons moest ik kopen. Ik kon er geen vinden. Ik heb ze gekocht bij een champignonkweker in Santa Cruz. Als Joe eraan gedacht had om daar vragen over te gaan stellen was het spel uit geweest...

"Op woensdagnacht was Neff in het bordeel in San Rodrigo. Hij had zijn reserveband achtergelaten en zei dat hij hem later zou komen ophalen. Ik zei hem dat ik zou wachten tot hij kwam — maakte niet uit hoe laat het was. Ik ben een geduldige klootzak. En dat heeft Joe ook niet gezien. Hij had gezien dat Neff zijn reserveband had afgeleverd; de reserveband lag achterin de bak van de pick-up. Neff moest in de tussentijd bij de garage zijn geweest om hem op te halen. Als Joe daarover nagedacht had, zou het spel nogmaals uit geweest zijn. Maar Neff ging naar San Rodrigo, bezocht zijn hoer, is neem ik aan nog ergens gaan eten en was rond een uur of elf terug. Ik heb hem meegenomen naar de garage en hem neergeschoten, met een geluiddemper op mijn wapen. Ik was een paar maanden geleden op dat weiland in Monterey geweest, dus ik heb Neff in de pick-up gelegd, de deuren van de garage dichtgedaan en heb de hele zooi vrijdagnacht naar dat weiland gesleept... Nee, ik heb er geen spijt van. Ik heb nergens spijt van, behalve van Ollie, die was geen kwaaie vent. Maar hij moest dood. Het was hij of ik. De een z'n brood is de ander z'n dood; zo gaat het in het leven. Ik heb nergens spijt van. En ik zal je nog wat vertellen. Ik had Cole Destin ook te grazen genomen. Waarom? Om alles netjes af te ronden, zodat het allemaal zou kloppen. Cole moest verdwijnen. Jawel. Hij zou de volgende geweest zijn. Vijf getuigen, vijf brieven, vijf ongelukken. Zie je wat ik bedoel? Als je erover nadenkt is het prachtig...En het is gewoonweg botte pech dat ik gepakt ben. Ik verdien het niet om opgehangen te worden. En ik kom er nog wel onderuit, wacht maar af..."

Op de dag na de verkiezing liep Ausley Wyett het kantoor van de sheriff binnen. Er zaten drie mannen in Joe's privékantoor, en de felicitaties en goede wensen hingen nog in de lucht. Joe verontschuldigde zich bij de anderen en stapte de gang in. "Ausley, kerel! Hoe gaat het ermee?" Joe's tong sloeg een klein beetje dubbel. Hij had er niet onderuit gekund om meerdere malen te proosten: op een succesvolle eerste ambtstermijn, op de toekomst van San Rodrigo County en zelfs op de eerbiedwaardige rechtszaal die na een verpletterende nederlaag van het hele voorstel voor de uitgave van obligaties nu zelfs de status van nationaal monument had aangenomen.

"Het gaat behoorlijk goed," zei Ausley. "Ik was toevallig in de stad, dus ik wilde nog even langskomen om je nogmaals te bedanken dat je mij uit de afgrond hebt weten te trekken."

"Je hoeft me niet te bedanken, Ausley. Het is mijn werk. En door jou te helpen heb ik mijzelf ook een dienst bewezen. Ik ben blij dat alles op deze manier voor ons allebei is goedgekomen. En hoe word je behandeld door de mensen in Marblestone?"

Ausley glimlachte zwakjes. "Niet slecht. Niemand is echt vriendelijk. Ik denk dat ik nog altijd een slechte reputatie heb — zelfs al heb ik niets gedaan."

"Dat slijt wel — hela! Wat is dit nou?" Joe inspecteerde de brede gouden ring aan Ausleys ringvinger. "Je gaat me toch niet vertellen dat je de sprong gewaagd hebt?"

"Zeker." Ausley grinnikte een beetje schaapachtig. "Op de een of andere manier heb ik Ellie ervan weten te overtuigen dat ik een goede echtgenoot zou zijn voor haar. Omdat ik verstand heb van het runnen van een ranch en zo. We zijn vanochtend getrouwd."

"Wel heb je ooit! Ongelooflijk!"

Ausley keek hem mild verwijtend aan. "Ze is nu inkopen aan het doen — kleren en zo. We gaan voor een week of twee naar Los Angeles."

Joe haalde diep adem en schudde Ausley de hand. "Proficiat, Ausley. Je hebt een beste meid getroffen. Zo'n beetje de liefste die je maar had kunnen vinden."

Ausley schuifelde wat met zijn voeten. "Ik denk het ook...Wel, ik kan haar maar beter gaan ophalen. We hebben nog een lange rit voor de boeg."

"Doe de bruid mijn hartelijke groeten!"

"Zal ik doen, Joe. Tot ziens."

"Tot ziens, Ausley. Geniet er maar van."

De lange gestalte liep de gang door en stapte naar buiten, het zonlicht in. Joe schudde zijn hoofd. "Zo gaan die dingen nou eenmaal. Als een kerel geen stappen onderneemt en blijft treuzelen dan merkt hij op een gegeven moment dat hij achterblijft. Vér achterblijft...Nou ja, ik mag niet klagen. Ik ben nu écht Sheriff Joe Bain...En ik kan ook wel een paar weekjes vakantie gebruiken."

Jack Vance werd in 1916 geboren in een welgesteld Californisch gezin dat tegen het einde van zijn kindertijd moeilijke tijden doormaakte. Als jonge man probeerde hij een aantal onbevredigende baantjes uit alvorens aan de Universiteit van Californië in Berkeley mijnbouw-kunde, natuurkunde, journalistiek en Engels te gaan studeren. Hij ging van school toen de oorlog uitbrak en werd matroos op de koopvaardij. Later werkte hij als rolbrugmachinist, landmeter, keramist en timmer-man, voordat hij zich door het produceren van een gestage stroom aan SF, mysterieromans en korte verhalen als voltijds schrijver vestigde.

Hij was meer dan zestig jaar actief als schrijver, en voor zijn werk ontving hij onder andere drie *Hugo Awards*, een *Nebula Award*, een *World Fantasy Award* œuvreprijs, en een *Edgar* van de *Mystery Writers of America*. De *Science Fiction & Fantasy Writers of America* kroonden hem tot Grootmeester, en hij werd opgenomen in de roemruchte *Science Fiction Hall of Fame*.

In zijn werk overschreed Jack Vance vaak de grenzen van het genre: van weemoedige fantastiek (de zeer invloedrijke *Stervende Aarde* verhalen) tot interstellaire space opera (de vijfdelige *Duivelsprinsen* reeks), van heldhaftige fantasy (de *Lyonesse* trilogie) tot de mysterieuze moorden die een sheriff in landelijk Californië moet oplossen (de *Joe Bain* boeken).

Toen hij reeds op leeftijd was, vormde zich een internationale groep van Vance-fans die zich tot doel stelde om het complete œuvre van Vance in de oorspronkelijke staat te herstellen, daarbij tientallen jaren van redactionele ingrepen en ongewenste wijzigingen ongedaan makend. Dit resulteerde in de toonaangevende Engelse *Vance Integral Edition* die als 44 hardcover delen in een beperkte oplage verscheen.

In 2013, kort nadat hij zijn eerste jazz-album had opgenomen, over-leed Jack Vance op 96-jarige leeftijd in het huis dat hij eigenhandig had gebouwd in de beboste heuvels buiten Oakland. In het jaar van zijn honderdste geboortedag begint Spatterlight met het uitgeven van een nieuwe Nederlandse editie. In 62 paperbacks verschijnen zowel alle Vance verhalen die al eerder zijn uitgegeven, alsook alle titels die nog niet eerder in het Nederlands verkrijgbaar waren.

Colofon

Dit boek is gezet uit 11,5 pt Adobe Arno Pro.

De tekst van deze uitgave is ontleend aan het digitale archief van de *Vance Integral Edition*, een reeks van 44 boeken die onder auspiciën van de schrijver geproduceerd werden door een wereldwijde groep van zijn lezers. Onze dank gaat uit naar Norma Vance voor haar onschatbare redactionele hulp, en naar het *Department of Special Collections* van de Boston University die ons met hun *John Holbrook Vance* collectie geweldig hebben geholpen.

Deze uitgave kwam tot stand met de hulp van Arjen Broeze.

Omslagontwerp: Howard Kistler

Typografisch ontwerp: Joel Anderson

Kaarten: Christopher Wood

Zetwerk: Joel Anderson

Management: John Vance, Koen Vyverman

www.ingramcontent.com/pod-product-compliance
Lightning Source LLC
Chambersburg PA
CBHW020655030726
47498CB00002B/516